A Faint Cold Fear Thrills Through My Veins
William Shakespeare

Zu diesem Buch

«Steh auf!» befahl er. «Reiß dich zusammen. Wir müssen hier verschwinden!» Aber seine Stimme klang wie aus weiter Ferne, so weit entfernt, wie ihnen früher der Tod erschienen war. Mit kreischenden Rädern schoß der Wagen die Straße hinunter.

«Du wirst das überstehen, bestimmt! Es war doch nicht schlimm, die winzige Klinge!»

«Warum hast du das gemacht? Warum? Warum?»

Als bald darauf bei Ruby Branch die Polizei eintrifft, weil sie stundenweise Zimmer vermietet, ist ihre zur Schau gestellte Selbstsicherheit schnell verschwunden, da Inspector Burden kurzerhand ihren putznassen Teppich konfisziert, um ihn kriminaltechnisch untersuchen zu lassen.

Inspector Burden und Chief Inspector Wexford haben zwei gewichtige Gründe für diese Maßnahme. Sie nehmen an, daß Ann, die verschwundene Schwester des Malers Margolis, hier im Haus gewesen ist, und daß der anonyme Brief über den möglichen Täter von Rubys Freund George ‹Monkey› Matthews stammt. Zumal ‹Monkey› nur eine fadenscheinige Erklärung dafür geben kann, wieso er im Besitz eines massivgoldenen Feuerzeugs ist, mit der Gravur «Für Ann, die mein Leben erhellt».

Kingsmarkham ist ein kleiner Ort, in dem wenig verborgen bleibt, selbst wenn manche Beobachter subjektive Schlüsse ziehen. So kommt Police Constable Drayton dem verheirateten Vertreter Alan Kirkpatrick auf die Spur, der mit großer Wahrscheinlichkeit von Ruby identifiziert wird. Aber ganz sicher ist sie nicht.

Warum nur hat der Täter bei Ruby seinen Namen – Geoff Smith – angegeben? Denn Geoff Smith ist tot.

Ruth Rendell ist die im Krimi-Genre am häftigsten mit Auszeichnungen bedachte Autorin. 1991 erhielt sie den Diamond Dagger für ihr Werk.

Lieferbare Titel von Ruth Rendell in der Reihe rororo thriller siehe Seite 201.

Ruth Rendell

Den Wolf auf die Schlachtbank

Deutsch von Ilse Bezzenberger

Rowohlt

rororo thriller
Herausgegeben von Bernd Jost

Veröffentlicht im Rowohlt Taschenbuch Verlag GmbH,
Reinbek bei Hamburg, Dezember 1991

(früherer Titel: «Schweiß der Angst»)
Die Originalausgabe erschien unter dem Titel «Wolf to
the Slaughter» 1967 by Hutchinson, 1982 bei Arrow

Redaktion Jutta Schwarz
Umschlaggestaltung Peter Wippermann/Nina Rothfos
Satz Sabon (Linotronic 500)
Gesamtherstellung Clausen & Bosse, Leck
Printed in Germany
880-ISBN 3 499 42996 9

Die Hauptpersonen

Anita Margolis	ist ihres Bruders Hüter und verschwindet spurlos.
Rupert Margolis	ist ein malendes Genie und als solches ein Chaot.
Richard Fairfax	ist Dichter und Ex-Verlobter von Anita.
Alan Kirkpatrick	hat das falsche Auto und die falsche Frau.
Rose Penistan	putzt und klatscht.
Ruby Branch	trauert den alten Zeiten hinterher.
George ‹Monkey› Matthews	erholt sich im Knast von seiner Freundin.
Noreen Anstey	erkennt, daß es zu spät für Reue ist
Knobby Clark	bereut keines seiner Geschäfte.
Russel Cawthorne	wird rundum betrogen.
Linda Grover	wünscht sich die Hilfe eines Polizisten.
Police Constable Mark Drayton	wünscht sich eine erfolgreiche Karriere.
Inspector Michael Burden	hat sehr konkrete Vorstellungen.
Chief Inspector Wexford	steht am Ende vor einem Scherbenhaufen.

Für Don

Nur Puppen, mit denen das
Schicksal spielt,
sind wir auf Erden hier.
Erkennen muß ein jeder das, der
klareren Gesichts.
Figuren auf dem Schachbrett
gleich
geschoben werden wir.
Dann nimmt man uns hinweg und
legt
uns in den Sarg des Nichts.

Rubai des Omar Chajjam

Bedenkt, der Krug voll süßen
Weins
in seiner flücht'gen irdischen
Erscheinung
ward aus dem Staube derer,
die einst lebten
und heiter liebten.
Die kalte Lippe, die ich heute
küsse,
wie viele Küsse sie wohl einstmals
gab und nahm?

Rubai des Omar Chajjam

I

Sie hätten jemanden umbringen können.

Die Polizei jedenfalls hätte das bestimmt vermutet, wenn sie den viel zu schnell fahrenden Wagen auf der dämmrigen Straße gestoppt hätte. Dann hätten der Mann und das Mädchen aussteigen und erklären müssen, weshalb sie eine gefährliche Waffe bei sich hatten. Und die Erklärung hätte der Mann geben müssen, denn das Mädchen wäre nicht imstande gewesen, das zu beantworten. Obendrein wirkten die Regenmäntel, die sie beide trugen, wie eine Tarnung, wie Gangsterkleidung, fuhr es ihr durch den Kopf, während sie die dünnen Regenfäden beobachtete, die in der hereinbrechenden Dunkelheit die Scheibe hinunterrannen. Und dann noch dieses Messer, hieb- und stichbereit!

«Wozu hast du das eigentlich bei dir?» fragte sie. Es waren ihre ersten Worte, seit sie Kingsmarkham und seine im Nieselregen verschwommenen Straßenlaternen hinter sich gelassen hatten. «Du kannst Ärger kriegen, wenn du so ein Ding besitzt.» Ihre Stimme klang nervös, was allerdings nicht allein auf das Messer zurückzuführen war.

Er drückte den Knopf, der die Scheibenwischer in Bewegung setzte. «Mal angenommen, das alte Mädchen kommt uns plötzlich komisch», meinte er, «hat sich's womöglich anders überlegt. Könnte doch sein, daß ich ihr ein bißchen Gottesfurcht beibringen muß.» Er fuhr mit dem Fingernagel über die Klinge.

«Mir gefällt das nicht besonders», erwiderte das Mädchen, und wieder meinte sie nicht bloß das Messer.

«Wärst du vielleicht lieber zu Hause geblieben, mit der Aussicht, daß *er* jeden Augenblick hereinplatzt? Ist ja schon ein reines Wunder, daß du's geschafft hast, seinen Wagen loszueisen.»

Statt einer Antwort sagte sie zögernd: «Ich möchte übrigens diese Frau, diese Ruby, nicht sehen. Ich bleibe im Wagen sitzen, außer Sichtweite, während du zur Tür gehst.»

«Klar, und sie verduftet nach hinten heraus. So hab ich die ganze Sache ja auch am Sonnabend arrangiert.»

Von Stowerton sah man zunächst nur einen orangefarbenen Schimmer, verstreute Lichter, die im Dunst schwammen. Sie fuhren durch das Zentrum, wo die Läden bereits geschlossen waren, mit Ausnahme des Waschsalons. Frauen, die tagsüber arbeiteten, saßen vor den Maschinen und sahen zu, wie ihre Wäsche hinter den Bullaugen herumwirbelte, und ihre Gesichter sahen in dem grellweißen Licht grün aus vor Müdigkeit. Cawthornes Tankstelle und Autowerkstatt an der Ecke der Kreuzung lag im Dunkeln, aber das dahinterliegende viktorianische Haus war festlich erleuchtet, und aus der offenen Haustür dröhnte Tanzmusik. Das Mädchen lauschte auf die Töne und kicherte leise in sich hinein. Dann flüsterte sie ihrem Begleiter etwas zu. Da es aber lediglich die Cawthornes und ihre Party betraf und nicht das, was sie selber vorhatten, nickte er nur zerstreut und fragte:

«Wie spät?»

Beim Einbiegen in die Seitenstraße konnte sie die Kirchturmuhr sehen. «Gleich acht.»

«Na prima», sagte er. Er schnitt eine Grimasse in Richtung Festbeleuchtung und Musik, machte mit zwei Fingern eine anzügliche Geste und meinte: «Cawthorne, der alte Knacker – ich wette, der gäbe was drum, wenn er jetzt an meiner Stelle wäre.»

Die Straßen waren grau und regennaß, und eine sah aus wie die andere. Alle vier Meter wuchsen kümmerliche Bäume aus dem Asphalt, deren verzweifelt kämpfende Wurzeln Risse in der Teerdecke hinterlassen hatten. In endloser Eintönigkeit zogen sich die geduckten Reihenhäuser hin, alle ohne Garage, so daß beinahe vor jedem Eingang ein Wagen halbwegs auf den Gehsteig hinausragte.

«Hier ist es schon, Charteris Road Nummer zweiundachtzig, das Haus an der Ecke dort. Na schön, im Vorderzimmer brennt ja Licht. Ich dachte schon, sie würde womöglich kneifen und uns hängenlassen, hätte am Ende kalte Füße gekriegt und wäre abgehauen.» Er ließ das Messer in der Tasche verschwinden. Das Mädchen sah zu, wie die Klinge zurückschnappte und im Schaft verschwand. «Das wäre mir nämlich gar nicht lieb gewesen», murmelte er.

Das Mädchen erwiderte ruhig, wenn auch mit verhaltener Erregung in der Stimme: «Mir auch nicht.»

Der Regen hatte es vorzeitig Nacht werden lassen. Es war dunkel im Wagen, zu dunkel, um das Gesicht des anderen erkennen zu können. Ihre Hände trafen sich, als sie sich gemeinsam abmühten, das kleine goldene Feuerzeug in Gang zu setzen. Im Schein der kleinen Flamme glühten seine dunklen Gesichtszüge förmlich auf. Es verschlug ihr den Atem.

«Du bist schön», flüsterte er, «mein Gott, bist du schön!» Er berührte ihren Hals und fuhr mit den Fingern in die Höhlungen über dem Schlüsselbein. Eine Weile saßen sie einfach da und blickten einander an, und die Flamme legte Kerzenschimmer und weiche Schatten über ihre Gesichter. Dann ließ er das Feuerzeug zuschnappen und stieß die Wagentür auf. Sie drehte den viereckigen, goldenen Gegenstand in den Händen, und ihre Augen hatten Mühe, die Inschrift zu entziffern: *Für Ann, die mein Leben erhellt.*

Die Straßenlaterne an der Ecke warf einen Streifen Licht von der Bordkante bis zur Pforte. Als er ihn durchquerte, stand sein Schatten sekundenlang hart und schwarz in diesem Abend voller verwaschener Umrisse. Das Haus, auf das er zuging, war armselig und schäbig, der Vorgarten zu klein für einen Rasen; er war nichts als ein Stück kahler Erde, ein dürftiges Geviert, von Steinen umgeben wie ein Grab.

Auf der obersten Stufe stellte er sich ein wenig links von der Haustür auf, so daß die Frau, die gleich auf sein Klopfen öffnen würde, nicht mehr sah als nötig. Zum Beispiel brauchte sie ja nicht das Heck des grünen Wagens zu sehen, das regennaß im Laternenlicht glitzerte. Er wartete ungeduldig und trat von einem Fuß auf den anderen. An den Fenstersimsen hingen Regentropfen wie Glasperlenketten.

Jetzt hörte er drinnen Geräusche und Bewegung. Steif vor Anspannung räusperte er sich. Den Schritten folgte ein plötzliches Aufleuchten des rhombusförmigen Fensterchens in der Mitte der Tür, und während das mehrfache Klicken des Türschlosses ertönte, erschien darin ein halb ängstlich, halb geschäftstüchtig dreinblickendes Gesicht, faltig und stark geschminkt unter brandrotem Haar. Er fuhr mit beiden Händen in die Taschen, umschloß mit der rechten einen glattpolierten Griff und war eisern entschlossen, dafür zu sorgen, daß die Sache hier glatt ginge.

Und als die Sache dann schiefgegangen war, so grauenhaft schief, da befiel ihn ein Gefühl schicksalhafter Ausweglosigkeit. Es hatte so kommen müssen, früher oder später, so oder so. Irgendwie schafften sie es, in ihre Mäntel zu kommen, und er mühte sich, das Blut mit dem Schal zurückzudämmen.

«Ein Arzt», ströhnte sie unentwegt, «einen Arzt oder ins Krankenhaus!» Aber er wollte davon nichts wissen, wenn es irgend zu vermeiden war. Das Messer steckte wieder in seiner Tasche, und er wollte nichts weiter als frische Luft, als den Regen auf dem Gesicht zu spüren und in den Wagen zu kommen.

Nackte Todesangst malte sich auf ihren Gesichtern. Er ertrug es nicht, ihr in die Augen zu blicken, diese entsetzensstarren Augen, rot verfärbt, als spiegelte sich das Blut in den Pupillen. Gelähmt von

Panik klammerten sie sich aneinander, wankten den Gartenweg entlang, vorüber an dem Grabgeviert aus Erde. Irgendwie bekam er die Autotür auf, und sie fiel über den Vordersitz.

«Steh auf!» befahl er. «Reiß dich zusammen. Wir müssen hier verschwinden!» Aber seine Stimme klang wie aus weiter Ferne, so weit entfernt, wie ihnen früher der Tod erschienen war. Mit kreischenden Rädern schoß der Wagen die Straße hinunter. Ihre Hände flatterten, und ihr Atem rasselte.

«Du wirst das überstehen, bestimmt! Es war doch nicht schlimm, die winzige Klinge!»

«Warum hast du das gemacht? Warum? Warum?»

«Das alte Mädchen, diese Ruby... Aber jetzt ist es zu spät.»

Zu spät – Schablone letzter Worte... Aus dem Cawthorneschen Haus dröhnte Musik, als der Wagen an der Autoservice-Firma vorüberfuhr, kein Trauergesang, sondern heiße Tanzmusik. Die Haustür stand offen, und wie ein ausgerollter Teppich fiel gelbes Licht über die Pfützen der Straße. Der Wagen raste weiter, vorüber an den Geschäften. Hinter den letzten Siedlungshäusern hörten die Straßenlaternen auf. Es hatte aufgehört zu regnen, aber die Landschaft lag in Dunstschwaden gehüllt. Die Straße verlief durch einen Tunnel schweigender Bäume, von denen das Wasser troff, ein riesiger, nasser Schlund, der den Wagen über seine feuchte, schlüpfrige Zunge einsog.

Über den Teppich aus Licht, sorgsam die Pfützen meidend, strebten Partygäste hinein und heraus. Musik schlug ihnen entgegen, heiße, trockene Musik, ein scharfer Kontrast zur Nacht. Soeben trat ein junger Mann aus dem Haus, das Glas in der Hand.

Er war aufgedreht, lebenshungrig, aber die Möglichkeiten dieser Party hatten sich für ihn bereits erschöpft. Der Betrunkene dort in seinem geparkten Wagen, den er leutselig anredete, ignorierte ihn. Da trank er sein Glas leer und stellte es auf einer Dieselzapfsäule ab. Traurig, weit und breit kein Mensch, mit dem man reden konnte! Lediglich so eine arme, scharfgesichtige Frau, wahrscheinlich auf dem Weg nach Hause, vermutete er, weil die Kneipen jetzt schlossen. Lauthals deklamierend trat er auf sie zu:

«Komm, machen wir das Beste aus dem Lebenssold, bevor auch wir zum Staub uns neigen!»

Sie grinste ihn an. «Hast recht, Kleiner, amüsier dich nur!»

Er war wohl kaum in der richtigen Verfassung, Auto zu fahren, jedenfalls nicht im Augenblick. Außerdem hätten ihm, ehe er seinen eigenen Wagen freibekommen hätte, mindestens sechs andere Wagen Platz machen müssen, und deren Fahrer amüsierten sich noch alle drinnen auf der Party. Also marschierte er kurz entschlossen in heiterster Stimmung zu Fuß los, mit der unbestimmten Hoffnung, daß ihm noch irgend jemand Besonderes über den Weg laufen werde.

Es hatte wieder angefangen zu regnen, und er fühlte angenehm die kalten Tropfen auf seinem heißen Gesicht. Die Straße nach Kingsmarkham gähnte ihm entgegen. Wohlgemut und ohne eine Spur von Müdigkeit stiefelte er drauflos. Weit vorn, ganz in der Ferne, sozusagen in der Kehle dieses tiefen, feuchten Schlundes, sah er die Lichter eines parkenden Wagens.

«Welche Lampe hält das Schicksal hier bereit für seine Kinder, strauchelnd in der Dunkelheit?»

2

Einen Tag und eine Nacht hatte der scharfe Ostwind gebraucht, um die Straßen zu trocknen. Bestimmt würde der Regen wiederkehren, aber im Moment war der Himmel von hartem, bitterem Blau. Quer durch das Stadtzentrum lärmte der Kingsbrook mit aufgeregt schäumenden kleinen Wellen über die glatten runden Steine.

Der Wind war scharf, man fühlte ihn nicht nur, man hörte ihn auch. Er fegte durch die Gassen, welche die alten Ladenzeilen gegen die neuen Geschäftshäuser abgrenzten, und er entlockte den blattlosen Ästen Töne wie Eulenschreie, wenn er sie gegen Ziegel und Schiefer peitschte. Die Leute, die auf den Stowerton-Bus in Richtung Norden oder auf den Pomfret-Bus in Richtung Süden warteten, schlugen die Mantelkragen hoch, um ihre Gesichter zu schützen. Die vorüberfahrenden Autos hielten die Fenster fest geschlossen, und wenn ein Radfahrer die Kuppe des Brückenbogens erreichte, der sich über den reißenden Fluß spannte, dann sprang der Wind ihn an, daß er einen Augenblick gleichsam auf der Stelle trat, ehe er sich ins Zeug legte und auf der anderen Seite abwärts hoppelte, vorüber am Hotel *Olive and Dove*.

Einzig an den Narzissen im Schaufenster des Blumengeschäftes konnte man erkennen, daß es April war und nicht Dezember. Sie nahmen sich hinter dem schützenden Glas ebenso fein und untadelig aus wie die Verkäufer und Büroangestellten, die froh sein konnten, an diesem unwirtlichen Vormittag nicht draußen sein zu müssen. Zu ihnen gehörte – jedenfalls im Augenblick – auch Inspector Michael Burden, der von seiner wohlisolierten Wetterwarte aus über die High Street hinblickte.

Das Kingsmarkhamer Polizeipräsidium nämlich, ein atemberaubend moderner Bau, gewährte einen Überblick über die ganze Stadt, obwohl es von seinen nächsten Nachbarn durch eine veritable Wiese getrennt war. Heute morgen war darauf sogar ein Pferd angepflockt, das sah genauso verfroren und verdrießlich aus, wie Burden sich gefühlt hatte, als er vor zehn Minuten angekommen war. Er ließ sich immer noch vor einer Düse der Warmluftheizung auftauen, die einen warmen Luftstrom gegen seine Beine blies. Er hielt zwar nicht so viel von literarischen Zitaten wie sein Vorgesetzter, der Chief Inspector Wexford, aber an diesem ekelhaften Donnerstagmorgen konnte man wirklich behaupten, daß der April der grausamste aller Monate sei, weil er zwar noch keinen Flieder, aber doch Traubenhyazinthen fahrlässig aus der toten Erde lockte. Die nämlich drängten sich tatsächlich dort unten auf dem Vorplatz des Präsidiums in Steinschalen aneinander, mit spärlichen Blüten, die unter dem nassen, zerdrückten Blattwerk nahezu erstickten. Wer immer sie dort hingepflanzt hatte, sicherlich war es in der Absicht geschehen, mit ihrer Blütenfarbe ein Pendant zu schaffen zu der blauen Lampe über dem Vordach. Aber der lange Winter hatte das vereitelt. Burden hatte eher das Gefühl, auf Tundravegetation hinunterzublicken statt auf die Resultate eines englischen Frühlings.

Er trank den Rest des heißen, ungesüßten Tees, den Sergeant Camb ihm gebracht hatte. Der Tee war ohne Zucker, weil Burden ihn so am liebsten mochte, nicht aus Gründen der gesundheitlichen Disziplin. Sein Körper und sein Windhundgesicht waren von Natur aus hager und asketisch, einerlei was immer er aß. Heute morgen trug er übrigens einen neuen Anzug, konservativ, wie er nun einmal in puncto Kleidung war, und er schmeichelte sich selbst, daß er darin aussähe wie ein Bankdirektor auf Urlaub. Mindestens würde niemand, der ihn unvoreingenommen in diesem Büro mit seinem

Spannteppich, den geometrisch gemusterten Vorhängen und der prätentiösen Glasskulptur sah, ihn für einen Kriminalbeamten in seiner alltäglichen Umgebung halten.

Er stellte die Teetasse auf den Unterteller aus schwarzer Prinknash-Keramik zurück und heftete seinen Blick mißbilligend auf eine Gestalt drüben auf der gegenüberliegenden Straßenseite. Vielleicht war er heute derartig befangen in der Korrektheit des eigenen Äußeren, daß er nur den Kopf schütteln konnte über diesen Gammler dort unten mit seinem langen Haar und der mehr als unkonventionellen Kleidung. Die Fenster waren ein wenig beschlagen. Burden wischte säuberlich ein Guckloch frei und spähte hindurch. Man fragte sich manchmal, wohin es heutzutage wohl noch kommen würde mit der männlichen Kleidung? Schon der junge Inspector Drayton war ja ein typisches Beispiel moderner Schlampigkeit, aber der dort unten erst! Eine geradezu exotisch stachelige Pelzjacke, die eher zu einem Eskimo gepaßt hätte, dazu ein langer lila und gelber Schal, den man nicht einmal etwa als Abzeichen einer bestimmten Universität entschuldigen konnte, darunter blaßblaue Jeans und Wildlederstiefel. Jetzt kam er über die Straße – ein Trottel von einem Fußgänger! – und betrat den Vorplatz des Präsidiums. Als er sich jetzt auch noch niederbeugte und die Dolde einer Traubenhyazinthe abriß, um sie in sein Knopfloch zu stecken, da hätte Burden am liebsten das Fenster aufgerissen und ihn angebrüllt, aber dann ließ er es doch lieber, um nicht die kostbare warme Luft hinauszulassen. Das letzte, was er sah, ehe der junge Mann unter dem Vordach verschwand, war sein Schal, die flatternden lila Fransen.

Geradezu wie in der Carnaby Street, dachte Burden verwirrt. Er war erst kürzlich mit seiner Frau zum Einkaufen in London gewesen, und sie hatte sich für jene verrückten Gestalten dort weit mehr interessiert als für die Geschäfte. Wenn er nach Hause käme, würde er ihr erzählen, daß es gar nicht notwendig war, fast sechzig Kilometer in einem stickigen Eisenbahnzug zu fahren, wo es sozusagen vor ihrer eigenen Haustür sehr viel auffälligere Anblicke gab. Bald würde selbst dieser stille Winkel von Sussex wohl von ihnen überschwemmt sein, dachte er seufzend, während er sich an seinen Schreibtisch setzte, um sich Draytons Bericht über diesen Diebstahl einiger Stücke Waterfordglas vorzunehmen.

Nicht schlecht, gar nicht schlecht! Wenn man seine Jugend und seine Unerfahrenheit berücksichtigte, dann machte sich Drayton wirklich gut. Allerdings – da gab es Lücken, wichtige Fakten waren außer acht gelassen worden... Ach ja, wenn man auf dieser Welt irgend etwas erledigt haben wollte, dann mußte man es fast immer selbst tun, dachte er erbittert. Er nahm seinen Regenmantel vom Haken – sein Wintermantel war in der Reinigung, denn schließlich war es ja April – und ging die Treppen hinunter.

Tagelang war das schwarzweiße Schachbrettmuster des Fliesenbodens in der Halle bis zur Unkenntlichkeit von schmutzigen Fußabdrücken überzogen gewesen, heute jedoch strahlte es in hellem Glanz. Burdens wohlgepflegte Schuhe spiegelten sich förmlich darin. Die moderne, langgeschwungene Ellipse des Schaltertresens und die unbequemen roten Plastikstühle boten sich heute in der scharfgestochenen Kühle dar, wie sie Wind und trockene Luft selbst einem Interieur verleihen.

Gleichfalls versunken in sein Spiegelbild, das die blanken Fliesen zurückwarfen, saß, die knochigen Hände schlaff an den Seiten herabhängend, der Mann, den Burden auf der Straße gesehen hatte. Beim Geräusch der Schritte, die die Halle durchquerten, blickte er abwesend in die Richtung, wo Sergeant Camb am Telefon redete. Anscheinend hatte er ein Anliegen und war nicht etwa, wie Burden vermutet hatte, gekommen, um den Müll abzuholen oder eine Sicherung auszuwechseln oder auch nur, um irgendwelche obskuren Informationen an Inspector Martin zu verhökern. Vielmehr sah es so aus, als sei er ein vollgültiges, unschuldiges Mitglied der Öffentlichkeit mit irgendwelchen kleinen Problemen. Ob er einen Hund verloren oder eine Brieftasche gefunden hatte? Sein Gesicht war blaß und schmal, die Stirn ausladend, die Augen unruhig. Als Camb den Hörer niederlegte, trat der Mann mit merkwürdig unterwürfiger Verlegenheit an den Tresen.

«Ja, Sir?» sagte der Sergeant. «Was kann ich für Sie tun?»

«Mein Name ist Margolis. Rupert Margolis.» Merkwürdige Stimme. Burden hätte eher eine Art Cockney, den Dialekt der Gegend, erwartet, irgend etwas, das zu seiner Kleidung gepaßt hätte, jedenfalls nicht diese dekadent-kultivierte Kraftlosigkeit. Margolis machte eine betonte Pause, nachdem er seinen Namen genannt hatte, so, als erwarte er eine ungeheure Reaktion. Er legte den Kopf auf die Seite, als warte er auf Ausrufe des Entzückens oder auf

Hände, die sich ihm entgegenstreckten. Aber Camb nickte nur zögernd. Der Besucher hüstelte leicht und fuhr sich mit der Zunge über die trockenen Lippen.

«Ich dachte», begann er schließlich, «ob Sie mir vielleicht sagen könnten, wie man es anstellt, eine Putzfrau zu finden?»

Weder Hunde, noch Brieftaschen, noch Sicherungen, noch Spitzeldienste! Dieser Bursche wollte einfach nur sein Haus saubergemacht kriegen! Ganz schön beschämende Fehleinschätzung, beziehungsweise eine heilsame Lektion, sich nicht zu oberflächlichen Schlußfolgerungen hinreißen zu lassen! Burden lächelte in sich hinein. Was der Kerl wohl dachte, wo er hier war? Auf dem Arbeitsamt, auf dem Informationsbüro für Ratsuchende?

Camb, der so leicht durch nichts aus der Ruhe zu bringen war, bedachte Margolis mit einem Lächeln, das den Fragenden eigentlich hätte ermutigen können, Burden jedoch wußte, daß sich hinter diesem Lächeln philosophische Resignation verbarg, gipfelnd in der Maxime, daß es auf dieser Welt nichts gab, was es nicht gab.

«Also, Sir, das Arbeitsamt ist nur fünf Minuten von hier entfernt. Gehen Sie die York Street hinunter, an Joy Jewels vorbei, und dort ist es direkt neben der Red Star Garage. Versuchen Sie es doch einmal da. Und wie wäre es zum Beispiel mit einem Inserat im Lokalblatt oder mit einem Aushang in Grovers Schaukasten?»

Margolis runzelte die Stirn. Seine Augen hatten die Farbe eines Vogeleis, ein helles, grünliches Blau, und wie ein Vogelei waren sie mit bräunlichen Flecken gesprenkelt. «Ich bin so ungeschickt mit all diesen praktischen Dingen», sagte er bekümmert und ließ den Blick über die prätentiöse Ausstattung der Halle gleiten.

«Sehen Sie, normalerweise kümmert sich meine Schwester um all so was, aber die ist am Dienstag auf und davon gegangen; allem Anschein nach jedenfalls.» Er seufzte tief und lehnte sich mit seinem ganzen Gewicht auf den Tresen. «Das ist nämlich das zweite, was mir Sorgen macht. Im Moment bin ich vollkommen im Stich gelassen. Kein Mensch kümmert sich um mich.»

«Wie gesagt, das Arbeitsamt, Sir», wiederholte Camb unerbittlich, wandte sich ab und griff hastig nach ein paar im Luftzug aufwirbelnden Papieren, als Inspector Drayton von draußen hereintrat. «Ich werde mich wohl oder übel mal um diese Tür kümmern müssen. Ist ja reine Verschwendung, hier drinnen zu heizen!»

Margolis machte keine Anstalten zu gehen, sondern sah zu, wie der Sergeant den verchromten Türgriff auf und nieder bewegte und sich vorbeugte, um den Schnapper zu überprüfen.

«Ich frag mich bloß, was Ann wohl macht», redete er hilflos weiter. «Es sieht ihr so gar nicht ähnlich, einfach abzuhauen und mich in meinem ganzen Chaos sitzenzulassen.»

Burdens Geduld war nahezu erschöpft. «Wenn Sie sonst weiter keine Nachricht für mich haben, Sergeant, dann fahr ich jetzt nach Sewingbury hinüber. Und Sie können mich begleiten, Drayton.»

«Keinerlei Nachrichten», bestätigte Camb, «aber ich habe gehört, Monkey Matthews ist wieder auf freiem Fuß.»

«Dachte ich mir schon, daß es wieder mal soweit ist», erwiderte Burden.

Die Heizung des Wagens arbeitete auf vollen Touren, und Burden ertappte sich bei dem Wunsch, Sewingbury wäre sechzig Kilometer entfernt und nicht sechs. Die Scheiben fingen bereits an, unter ihrer Atemluft zu beschlagen, als Drayton in die Kingsbrook Road einbog.

«Wer ist Monkey Matthews, Sir?» fragte er und gab Gas, weil die Geschwindigkeitsbegrenzung aufgehoben war.

«Richtig, Sie sind ja noch nicht so lange bei uns. Monkey ist ein Gauner, ein Dieb und ein Hochstapler im Kleinformat. Wir haben ihn letztes Jahr eingebuchtet, weil er versucht hat, jemanden in die Luft zu jagen, und zwar auf sehr kleinkarierte Weise, mit einer hausgemachten Bombe nämlich. Er ist so um fünfzig, sagenhaft häßlich und hat verschiedene menschliche Schwächen. Unter anderem ist er ein Schürzenjäger.»

Vollkommen ernst meinte Drayton: «Monkey – das klingt nicht gerade sehr menschlich.»

«Er sieht auch eher aus wie ein Affe», erklärte Burden kurz angebunden, «wenn Sie das meinen.» Schließlich bestand ja kein Grund, eine simple Bitte um Sachinformation in eine Unterhaltung ausarten zu lassen. Daran war Wexford schuld, der hatte eine Vorliebe für Drayton und zeigte das auch. Man brauchte eben nur anzufangen, sich Untergebenen gegenüber kumpelhaft zu geben und mit ihnen Witze zu reißen, und schon nutzten sie das aus. Er wandte Drayton den Rücken zu, blickte durchs Seitenfenster über die frostigen Felder hin und fuhr betont sachlich fort: «Er raucht wie ein Schornstein und hat einen entsprechenden Friedhofshusten. Mit dem kriegen Sie's bestimmt noch zu tun, ob Sie wollen oder nicht. Halten Sie nur die Augen offen.» Besser, er hörte es gleich so klipp und klar von ihm und nicht in Wexfords stark ausgeschmückter Version. Der Chief Inspector hielt sich eine Menge zugute auf eine gewisse joviale Kameraderie, die ihn mit solchen Typen wie Monkey verband, und für jemanden in seiner Position war das ja auch völlig in Ordnung. Konfrontierte man jedoch jemanden wie Drayton von vornherein mit dem eher komischen Aspekt eines solchen Falles – wer konnte wissen, wohin das noch führte!

Mit einem verstohlenen Seitenblick umfaßte er das dunkle, harte Profil des jungen Mannes. Sie waren doch alle gleich, diese Jungen – argwöhnisch, verschlossen – und darunter dann nichts als Nerven und Komplexe!

«Zuerst zu Knobby Clark, Sir?»

Burden nickte. Wie lange wollte Drayton sein Haar eigentlich noch wachsen lassen? Womöglich wochenlang, bis er aussah wie der Schlagzeuger in einer dieser Popgruppen? Wexford hatte natürlich recht, wenn er fand, sie müßten ja nicht allesamt sofort als Polizisten zu erkennen sein – vom Regenmantel bis zu den Schuhen –, aber dieser Dufflecoat hier war nun wirklich das Letzte. Man brauchte Drayton nur zwischen eine Gruppe Kleinganoven zu stellen, und es wäre unmöglich, die Schafe von den Ziegen zu unterscheiden.

Der Wagen hielt vor einem kleinen, billigen Juwelierladen.

«Doch nicht hier im Halteverbot, Drayton!» fuhr Burden den Jungen scharf an, noch bevor er die Handbremse gezogen hatte.

Sie gingen hinein. Ein dicker Mann von sehr kleiner Statur, auf dessen Stirn sich ein dunkelrotes Muttermal bis weit über den kahlen Schädel hinzog, stand hinter einer gläsernen Verkaufsvitrine und fingerte an einem Armband und einem Ring herum.

«Gräßlich kalter Vormittag», sagte Burden.

«Ja, schlimm, Mr. Burden.» Knobby Clark, Juwelier und gelegentlich auch Hehler gestohlener Sachen, trat unruhig ein, zwei Schritte seitwärts. Er war zu klein, um über die Schulter der Kundin hinwegzusehen, deren Schmuckstücke er soeben taxierte. So kam der ganze massige Kopf in Sicht, der aussah wie das Riesenexemplar eines Knollengemüses, wie eine Steckrübe vielleicht oder ein Kohlrabi – ein Eindruck, der vor allem durch die ungleichmäßige Färbung des Muttermals hervorgerufen wurde.

«Sie brauchen sich nicht zu beeilen», meinte Burden, «ich habe Zeit, notfalls den ganzen Tag.»

Er widmete seine Aufmerksamkeit ein paar ausgestellten Carriage Clocks. Die Frau, mit der Knobby feilschte, war – das hätte er schwören können – durch und durch korrekt und wohlanständig. Sie trug einen dicken Tweedmantel, der ihr bis weit über die Knie reichte, obgleich sie ziemlich jugendlich wirkte, und die Handtasche, aus der sie die in ein feines, frisches Taschentuch gehüllten Schmuckstücke hervorgeholt hatte, war bestimmt einmal sehr teuer gewesen. Ihre Hände zitterten ein wenig, und Burden sah, daß sie zwei Eheringe trug. Das Zittern der Hände hätte sich vielleicht mit der eisigen Kälte in Knobbys ungeheiztem Laden erklären lassen, für das Zittern ihrer Stimme hingegen konnten nur die Nerven verantwortlich sein, die Nerven und das verständliche Widerstreben einer solchen Frau, überhaupt herkommen zu müssen.

Zum zweitenmal an diesem Tag war er überrascht von dem Ton und dem Akzent einer Stimme. «Ich war immer der Überzeugung, dieses Armband sei wertvoll», sagte sie, und es klang ein wenig beschämt. «Alle Geschenke, die mein Mann mir gemacht hat, waren es.»

«Kommt darauf an, was man unter wertvoll versteht», versetzte Knobby, und Burden wußte, daß der gewinnende Unterton und die Servilität, hinter der sich eiskalte Unnachgiebigkeit gegenüber Bitten und Argumenten verbarg, für seine Ohren bestimmt war.

«Ich werde Ihnen sagen, was ich tue: Ich gebe Ihnen für beides zusammen einen Zehner.»

Wie ein Rauchwölkchen hing ihr erschrocken ausgestoßener Atem in der eisigen Atmosphäre. «O nein, das kann ich nicht!» Sie versuchte, das Zittern ihrer Hände zu unterdrücken, aber als sie mit dem Taschentuch hantierte, schepperte das Armband leise vibrierend gegen die Glasplatte.

«Wie Sie wollen», sagte Knobby Clark achselzuckend. Ungerührt sah er zu, wie die Handtasche zuschnappte. «Nun, Mr. Burden, und was kann ich für Sie tun?»

Burden erwiderte zunächst gar nichts. Er begriff die Demütigung der Frau; man sah ihr ihre Enttäuschung an, die mehr wie verletzte

Liebe wirkte als wie gekränkter Stolz. Mit einem höflichen «Entschuldigen Sie bitte» schob sie sich an ihm vorbei, während sie ihre Handschuhe überstreifte und dabei jene merkwürdige Disziplin der Augen wahrte, die, wie es heißt, zu den Exerzitien der Nonnen gehört. Geht auf die Vierzig zu, konstatierte er im Geiste, nicht mehr hübsch, hat mal bessere Tage gesehen. Er hielt ihr die Tür auf.

«Ach, vielen Dank», sagte sie, nicht gerade überschwenglich, aber doch mit leisem Erstaunen, so, als sei sie früher, vor langer Zeit, an dergleichen Aufmerksamkeit gewöhnt gewesen, die sie jetzt für immer verloren glaubte.

«Sie haben wohl nicht zufällig was von diesem Zeug hier zu Gesicht bekommen?» eröffnete Burden drohend das Gespräch und hielt Knobby eine Liste der gestohlenen Glasgegenstände unter die Knollennase.

«Das habe ich Ihrem jungen Mann doch bereits gesagt, Mr. Burden.»

Drayton reckte sich unmerklich in die Höhe, und um seinen Mund erschien ein harter Zug.

«Ich glaube, ich sehe mich mal selbst ein bißchen bei Ihnen um.» Knobby riß den Mund auf, um zu widersprechen, und die Goldfüllungen seiner Zähne glänzten mit den Uhren um die Wette. «Nun schreien Sie bloß nicht nach einem Durchsuchungsbefehl, dazu ist es viel zu kalt.»

Die Suche erbrachte nichts. Burdens Hände waren rot und steif, als sie aus dem Hinterzimmer zurückkamen. «Aladins Höhle in der Arktis», brummte er. «Okay, das genügt für den Augenblick.» Knobby war nicht nur ein Hehler, sondern gelegentlich auch ein Informant. Burden schob seine Hand in die Brusttasche, wo die Brieftasche die Linie des neuen Anzugs ein wenig störte.

«Haben Sie uns vielleicht irgend etwas zu erzählen?»

Knobby legte seinen Gemüsekopf auf die Seite. «Monkey Matthews ist wieder da», versuchte er es hoffnungsvoll.

«Erzählen Sie mir was, das ich noch nicht weiß», fuhr Burden ihn barsch an.

Die Schwingtür war in Ordnung gebracht, als sie zurückkamen. Dafür war es jetzt schwierig, sie überhaupt zu öffnen. Sergeant Cambs saß an seiner Schreibmaschine, mit dem Rücken zum Tresen. Sein erhobener Finger verharrte in der Luft, und er blickte leicht irritiert drein. Als er Burden sah, polterte er los, so ärgerlich es seine Frohnatur zuließ:

«Ich bin den Burschen *jetzt* erst losgeworden!»

«Wen losgeworden?»

«Na, diesen Clown, der hier reinkam, als Sie weggingen.»

«Warum sind Sie auch immer so mitfühlend.»

«Ich glaube, der hat gehofft, ich schicke ihm Wachtmeister Peach in seine Kate runter, um sie sauberzumachen, wenn er bloß lange genug jammert. Im Quince Cottage wohnt der, unten im Pump Lane. Lebt da mit seiner Schwester zusammen. Bloß, die hat sich aus dem Staub gemacht und hat ihn in seinem Dreck sitzengelassen. Ist Dienstag abend auf 'ne Party gegangen und nicht wieder zurückgekommen.»

«Und hergekommen ist er, weil er eine *Putzfrau* sucht?» Burden fand das ein bißchen bedenklich, andererseits verlängerten sie auch nicht gern unnötig ihre Vermißtenliste, wenn es sich vermeiden ließ.

«‹Ich weiß überhaupt nicht, was ich machen soll›, hat er gesagt. ‹Sonst ist Ann nie weggegangen, ohne mir einen Zettel zu hinterlassen.› – Ann hier und Ann dort! Da kann man sich wirklich nur fragen: Bin ich meines Bruders Hüter?»

Der Sergeant war ein redseliger Mensch, und Burden konnte nicht umhin, sich zu fragen, wieweit Cambs eigene Schwatzhaftigkeit wohl Rupert Margolis' Herzensergießungen gefördert hatte.

«Ist der Chef schon da?» fragte er.

«Da kommt er gerade, Sir.»

Wexford hatte seinen Wintermantel an, diesen scheußlichen grauen Mantel, der nie während eines Kälteeinbruches zufällig in der Reinigung war, weil er nämlich überhaupt niemals gereinigt wurde. Seine Farbe und die merkwürdig runzlige Beschaffenheit des Stoffes suggerierten unausweichlich den ohnehin naheliegenden Vergleich mit einem Elefanten, als der Chief Inspector jetzt mit schweren Schritten die Treppe herunterkam, die Hände in den Taschen, wo sich die Umrisse seiner Fäuste auch dann noch abzeichneten, wenn sie leer waren.

«Lunch im *Carousel*, Sir?» schlug Burden vor.

«Gut, warum nicht.» Wexford griff nach der Schwingtür und

mußte noch einmal kräftig nachdrücken, weil sie klemmte. Mit unterdrücktem Grinsen setzte sich Camb wohlgemut wieder an seine Schreibmaschine.

«Irgendwas Neues inzwischen?» fragte Burden, als ihnen zwischen den Hyazinthenschalen der Wind ins Gesicht fuhr.

«Nichts Besonderes», entgegnete Wexford und drückte sich den Hut fester in die Stirn. «Monkey Matthews ist wieder draußen.»

«Ach, wirklich?» meinte Burden, streckte die Hand aus und spürte die ersten Tropfen eines eisigen Regens.

3

Wenn Chief Inspector Wexford an einem Freitagmorgen an seinem Rosenholztisch saß und die Wochenendbeilage des DAILY TELEGRAPH las, so war das ein sicheres Indiz dafür, daß das Leben in Kingsmarkham geradezu bedächtig verlief. Vor ihm stand eine Tasse Tee, die Zentralheizung atmete köstliche Wärme aus, und die neuen, blaugrauen, handgewebten Vorhänge waren zum Schutz gegen den deprimierenden Anblick des pladdernden Regens halb zugezogen. Wexford überflog einen Artikel über die Strände von Antigua und zog den Scherenarm seiner Arbeitslampe tiefer herunter, um besseres Licht zu haben. In seinen kleinen steingrauen Augen erschien ein Ausdruck spöttischer Belustigung, als sein Blick an der ungewöhnlich üppigen Reklame für Kleidung, Accessoires und Pflegeartikel hängenblieb. Sein eigener Anzug war grau, doppelreihig, und er beutelte sowohl unter den Armen als auch an den Taschen. Gelangweilt blätterte er weiter. Ihn interessierten weder Aftershave-Lotions noch Haarcreme, noch Diät. Er war nun mal korpulent und schwer, war immer schon vierschrötig gewesen und würde es auch bleiben, und sein Gesicht war häßlich, das Gesicht eines Satyrs mit Stupsnase und breitem Mund. Den Klassikern zufolge waren Satyrn die ständigen Begleiter des Bacchus, aber das Äußerste, was Wexford mit Bacchus gemein hatte, war ein gelegentliches gemeinsames Gläschen mit Inspector Burden im *Olive and Dove*.

Auf der zweitletzten Seite stieß er auf einen Artikel über Kunst, der seine Aufmerksamkeit weckte. Wexford war kein unkultivierter Mann, und der Artikel begann ihn zu interessieren. Er betrachtete gerade eingehend die Farbfotografien – zwei von Gemälden und eine vom Maler selbst –, als Burden eintrat.

«Na, viel kann ja nicht los sein», meinte Burden, als er die Wochenendbeilage sah und daneben Wexfords unordentlich aufgeschichtete Korrespondenz. Er trat hinter den Chief Inspector und blickte ihm über die Schulter. «Die Welt ist doch verdammt klein», meinte er. Sein Ton ließ Wexford aufblicken und eine Augenbraue in die Höhe ziehen.

«Der Kerl da war gerade gestern hier.» Dabei tippte er mit dem Finger auf das abgebildete Gesicht.

«Wer? Rupert Margolis?»

«Was, der ist Maler? Ich hielt ihn mehr für einen Popper.»

Wexford grinste. «Hier steht, daß er ein neunundzwanzig Jahre altes Genie ist, dessen Gemälde ‹Die Morgendämmerung des Nichts› soeben von der Tate Gallery angekauft worden ist.» Er überflog die Zeilen. «Margolis, dessen sogenannte ‹Schmutzmalerei› nicht mit der derzeitigen Epoche des ‹Theaters der Grausamkeit› zusammenfällt, benutzt für seine Arbeiten neben Farbe auch Kohlenstaub, Teeblätter und anderes mehr. Er ist fasziniert von den wundervoll mannigfaltigen Möglichkeiten, stoffliche Strukturen verfremdet einzusetzen, usw., usw. ... Nun kommen Sie, Mike, machen Sie nicht solch ein Gesicht. Man muß schließlich dem Neuen aufgeschlossen bleiben! – Und was wollte er hier?»

«Er suchte eine Haushaltshilfe.»

«Oh, jetzt sind wir also schon ein Vermittlungsbüro für Hauspersonal, was? Burdens Butler-Büro!»

Lachend las Burden den Absatz unter dem dicken Zeigefinger des Chief Inspector laut vor: «Verschiedene Arbeiten aus Margolis' brillantem Gesamtwerk sind die Früchte eines zweijährigen Aufenthaltes auf Ibiza. Seit einem Jahr jedoch haben er und seine Schwester Anita ihren Wohnsitz in Sussex genommen. Margolis arbeitet in einem Atelier aus dem sechzehnten Jahrhundert, dem umgestalteten Wohnraum des sogenannten Quince Cottage in Kingsmarkham. Und hier, unter dem blutroten Quittenbaum, der der alten Kate den Namen gab, hat er gewissermaßen nach sechsmonatiger, peinvoller Schwangerschaft unter Schöpferqualen sein Meisterwerk zur Welt gebracht, sein ‹Nichts›, wie er es eigenbrötlerisch nennt.»

«Ziemlich viel Geburtshelferlatein», seufzte Wexford. «Tja, das können *wir* uns nun nicht leisten, Mike, so einfach ein ‹Nichts› zur Welt zu bringen!»

Aber Burden hatte sich mit dem Magazin auf den Knien hingesetzt. «Gar nicht uninteressant, das hier», meinte er und las vor: «Anita, ein ehemaliges Modell und Playgirl aus Chelsea, ist oft in der High Street von Kingsmarkham zu sehen, wenn sie mit ihrem weißen Alpine-Sportwagen zum Einkaufen fährt... Ich hab sie also wohl nie gesehen, denn anscheinend: einmal gesehen – nie wieder vergessen! Aber hören Sie weiter: dreiundzwanzig Jahre alt, dunkel, makellos schön, mit bezwingenden grünen Augen. Sie ist die Ann von Margolis' Porträt, für das ihm ein südamerikanischer Sammler zweitausend Pfund geboten hat. Ihrer Fürsorge und Anteilnahme an seinem Schaffen verdankt Margolis die Anregung zu einigen seiner besten Arbeiten, und hier ist auch, wie manche Leute sagen, der Grund zu finden, weshalb sie vor sechs Monaten ihre Verlobung mit dem Dichter und Schriftsteller Richard Fairfax löste.»

Wexford fingerte nervös an der Glasskulptur herum, die erst kürzlich zusammen mit den Vorhängen und dem Schreibtisch als Dekoration im Polizeipräsidium erschienen war. «Warum kaufen Sie sich eigentlich nicht selbst den TELEGRAPH, wenn Sie so wild darauf sind?» brummte er.

«Ich lese es doch bloß, weil es von lokalem Interesse ist», verteidigte sich Burden. «Komisch, was so alles um einen herum vorgeht, und man weiß nichts davon.»

Vieldeutig zitierte Wexford: *«Noch manche Perle, voll des reinsten Lichts, liegt in des dunklen Ozeans geheimen Gründen.»*

«Von dunklen, geheimen Gründen weiß ich nichts.» Burden reagierte stets sehr empfindlich auf Kritik an seiner Heimatstadt. Er klappte das Magazin zu. «Schöne Perle ist mir das. Dunkel und makellos schön, mit bezwingenden grünen Augen. Geht auf Parties und kommt nicht nach Hause...»

Der Blick, der Burden traf, war wie ein kalter Blitz. «Was sagen Sie da?»

Überrascht blickte Burden auf. «Ich sagte, sie geht auf Parties und kommt nicht nach Hause.»

«Klar, das hab ich ja gehört.» Hellwache Schroffheit klang aus Wexfords plötzlicher Ungeduld. Der frotzelnde Unterton seiner

Stimme, während sie den Artikel gelesen hatten, war abrupt verschwunden, aus witzelnder Ironie war knallharte Unverbindlichkeit geworden. «Ich weiß, was Sie gesagt haben. Ich möchte wissen, *warum* Sie es gesagt haben. Woher wissen Sie das?»

«Wie ich bereits sagte, war unser Genius auf seiner Jagd nach einer Scheuerfrau auch bei uns. Dabei geriet er in eine Unterhaltung mit Camb, und dem hat er erzählt, seine Schwester sei am Dienstag abend zu einer Party gegangen, und er habe sie seither nicht mehr gesehen.»

Wexford erhob sich langsam. Das schwere, faltige Gesicht sah verdutzt aus, aber es lag auch noch etwas anderes darin. Zweifel? Angst? «Moment mal – Dienstag abend?» fragte er stirnrunzelnd. «Sind Sie sicher, daß es Dienstag abend war?»

Burden hielt nichts von Geheimnistuerei zwischen Kollegen.

«Sehen Sie, Sir, er hat sie nicht mal als vermißt gemeldet. Wozu also die Panik?»

«Was heißt hier Panik!» Er schrie es fast. «Mike, wenn ihr Name Ann ist und wenn sie am Dienstag abend verschwunden ist, dann wird es ernst! Kein Bild von ihr hier drin, wie?» Wexford schnippte hastig die Seiten des Magazins, das er Burden einfach weggerissen hatte, umeinander. «Nein, kein Bild», sagte er verärgert. «Wetten, daß der Bruder auch keins hat?»

Burden versuchte zu beschwichtigen: «Seit wann geraten wir eigentlich derartig aus dem Häuschen, bloß weil es einem alleinstehenden Mädchen – einem gutaussehenden, wahrscheinlich reichen Mädchen – in den Sinn kommt, mit einem Freund ins Blaue zu verschwinden?»

«Seit eben jetzt», fauchte Wexford. «Seit heute morgen. Hier...» Der Stapel Papiere, Wexfords morgendliche Posteingänge, sah zwar aus wie ein Abfallhaufen, aber er fand den Umschlag mit einem Griff und hielt ihn Burden hin. «Da, das gefällt mir gar nicht, Mike.» Er schüttelte einen dicken, gefalteten Bogen heraus. Die Glasskulptur, indigoblau und transparent, warf ihren diffusen, leuchtenden Abglanz darüber hin wie eine Blase aus Tinte.

«Aus und vorbei ist es mit der Geruhsamkeit», sagte er.

Es war ein anonymer Brief, der jetzt dort lag, wo das Magazin gelegen hatte. Die Worte waren mit rotem Kugelschreiber geschrieben.

«Sie wissen ja selbst, wie viele von solchen Dingern wir ständig kriegen», meinte Wexford. «Ich war schon drauf und dran, ihn in den Papierkorb zu werfen.»

Eine nach links geneigte Handschrift, eine große, offensichtlich verstellte Schrift. Weder war das Papier schmutzig noch waren die Worte obszön. Der Abscheu, den Burden empfand, galt lediglich der Feigheit des Schreibers, seinem widerwärtigen Wunsch, sich einen Nervenkitzel zu verschaffen, ohne sich zu erkennen zu geben.

Stumm las er:

Ein Mädchen mit Namen Ann ist in diesem Bezirk am Dienstag abend zwischen acht und elf Uhr ermordet worden. Der Mann, wo es getan hat, ist klein und dunkel und jung, und er hat einen schwarzen Wagen. Name ist Geoff Smith.

Mit verächtlichem Gesicht warf er den Bogen hin und griff nach dem Umschlag. «In Stowerton aufgegeben», stellte er fest, «gestern, zwölf Uhr fünfzig. Nicht besonders schlau vom Absender, mit der Hand zu schreiben. Nach unseren Erfahrungen schneidet man doch bei so etwas die Worte aus Zeitungspapier aus.»

«Sie wollen doch wohl nicht auf die Unfehlbarkeit unserer Handschriftenexperten anspielen, wie?» spottete Wexford. «Haben Sie schon jemals erlebt, daß einer von diesen Typen eine klipp und klare Meinung von sich gibt, so oder so, Mike? Ich nicht. Wenn Ihr Adressat nicht eine Probe Ihrer normalen Handschrift besitzt, dann können Sie sich nämlich die Mühe mit der Zeitung und der Schere ersparen. Neigen Sie einfach die Buchstaben nach links, wenn Sie sie normalerweise nach rechts neigen, schreiben Sie groß, wenn Sie normalerweise klein schreiben, dann kommt Ihnen keiner auf die Schliche, und Sie sind auf Nummer Sicher. Nein, nein, ich werde zwar auch diesen Wisch ins Labor runterschicken, aber es sollte mich wundern, wenn die Burschen mir irgendwas erzählen könnten, was ich mir nicht schon selbst daraus hergeleitet habe. Nur etwas gibt es, das ich mir noch nicht erklären kann – eine einzige Sache gibt es hier, die mich auf die Spur unseres Briefschreibers führen kann.»

«Das Papier», sagte Burden nachdenklich. Er fuhr mit dem Finger über die dicke, cremige Oberfläche mit dem seidigen Wasserzeichen.

«Genau. Das ist nämlich handgeschöpft, wenn mich nicht alles täuscht. Aber der Schreiber selbst gehört nicht zu der Sorte Mensch, die handgeschöpftes Bütten bestellt. Der ist ein ungebildeter Bursche. Sehen Sie sich bloß dieses ‹… wo es getan hat› an.»

«Möglich, daß er in einem Papierladen arbeitet», sagte Burden bedächtig.

«Wahrscheinlicher ist, daß er für jemanden arbeitet, der dieses Papier eigens in einem Schreibwarenladen bestellt hat.»

«Also eine Art Diener, meinen Sie? Das engt das Feld natürlich schon mal beträchtlich ein. Aber wie viele Leute hierzulande beschäftigen wohl männliches Dienstpersonal?»

«Viele Leute beschäftigen zum Beispiel Gärtner, Mike. Der Papierlieferant, da müssen wir anfangen, und wir brauchen uns dabei auch nur mit der feineren Sorte zu befassen. Kingsmarkham fällt dabei schon mal aus. Ich kann mir nicht vorstellen, daß Braddon handgeschöpftes Papier führt, und Grover schon gar nicht.»

«Sie nehmen diese ganze Angelegenheit so verdammt ernst, Sir.»

«Allerdings, Mike. Martin, Drayton, Bryant und Gates sollen gleich mal raufkommen. Das hier ist ein anonymer Brief, bei dem ich es mir nicht leisten kann, ihn als Unfug abzutun. Sie, Mike, sehen wohl am besten mal zu, was Sie aus diesem neunundzwanzigjährigen Genie herauskriegen können.»

Er saß neben Burden hinter dem Schreibtisch, als alle versammelt waren. «Also – ich will Sie nicht von Ihrer routinemäßigen Arbeit abziehen, noch nicht jedenfalls. Bitte besorgen Sie zunächst einmal das Wählerverzeichnis, und machen Sie eine Liste von sämtlichen Geoff Smiths in diesem Distrikt, vor allem in Stowerton. Ich möchte, daß sie sämtlich im Laufe des Tages überprüft werden, und ich möchte wissen, ob einer von ihnen klein und dunkel ist und ob einer von ihnen einen schwarzen Wagen hat. Das ist zunächst alles. Und wenn ich bitten darf – weder Ehefrauen in Angst und Schrekken versetzen, noch sich mit Gewalt Einblick in Garagen verschaffen, meine Herren! Nichts als eine beiläufige Überprüfung. Halten Sie die Augen offen! Sergeant Martin, sehen Sie sich mal dieses Papier an. Und wenn Sie irgendwo in einem Papierladen etwas Ähnliches finden, dann möchte ich es bitte zu Vergleichszwecken mitgebracht haben…»

Nachdem sie fort waren, seufzte Burden bitter: «Smith! Ich bitte Sie – Smith!»

«Manche Leute heißen wirklich Smith, Mike.» Wexford faltete die farbige Beilage so zusammen, daß Margolis' Foto zuoberst lag, und schob sie sorgsam in eine Schublade des Rosenholzschreibtisches.

«Wenn ich bloß Streichhölzer finden könnte», jammerte Rupert Margolis, «dann würde ich Ihnen eine Tasse Kaffee machen.» Er fummelte hilflos zwischen schmutzigem Steingutgeschirr, offenen Milchflaschen und feuchten, zerknüllten Tiefkühlpackungen auf dem Küchentisch herum. «Dienstag abend waren doch noch welche da. Da bin ich gegen elf nach Hause gekommen, und sämtliche Sicherungen waren durchgebrannt. Das ist hier nichts Ungewöhnliches. Und dann lag hier dieser riesige Stapel alter Zeitungen, den hab ich erst mal genommen und zur Hintertür rausgeworfen. Unsere Mülleimer sind nämlich immer voll. Aber was soll's, jedenfalls habe ich dabei tatsächlich Streichhölzer gefunden, so etwa fünfzehn Schachteln, genau da, wo das Papier gelegen hat.» Er seufzte schwer. «Weiß der Himmel, wo die jetzt hin sind. Gekocht hab ich doch nicht viel.»

«Hier», sagte Burden und reichte ihm eins der Streichholzbriefchen, die man im *Olive and Dove* mit seinen Drinks serviert bekam. Margolis goß aus einem Kaffeetopf eine schwarze, von sprießendem Schimmel überzogene Flüssigkeit in den Ausguß. Der Kaffeesatz blieb an den Seiten des Spülbeckens und an einer im schmutzigen Abwaschwasser schwimmenden Aubergine haften.

«Also, wenn ich Sie recht verstanden habe...» Burden hatte eine halbe Stunde gebraucht, um die wichtigsten Tatsachen aus Margolis herauszubekommen, und auch jetzt war er sich noch nicht klar, ob er alles richtig verstanden hatte. «Ihre Schwester, deren Name Anita oder Ann ist, ging am Dienstag abend auf eine Party, zu der Mr. und Mrs. Cawthorne, die Inhaber der Autowerkstatt in Stowerton, eingeladen hatten. Sie selbst waren seit drei Uhr nachmittags fortgewesen, und als Sie um elf Uhr abends nach Hause kamen, war Ihre Schwester nicht da, ebensowenig ihr Wagen, ein weißer Alpine Sport, der für gewöhnlich draußen auf dem Weg abgestellt wird. Richtig so?»

«Richtig», sagte Margolis bekümmert. Die Küche hatte keine Decke, lediglich ein von altem Balkenwerk getragenes Wellblechdach. Er hockte auf einer Ecke des Tisches, blickte verloren auf die Spinnengewebe, die von oben herabbaumelten, und bewegte unwillkürlich den Kopf synchron zu den Schwingungen, in die der aufsteigende Dampf des Kaffeetopfes die grauen, flauschigen Stränge versetzte.

Burden ließ nicht locker. «Sie ließen also ihretwegen die Hintertür unverschlossen und gingen zu Bett, wurden jedoch bald darauf durch Mr. Cawthornes Telefonanruf aufgeweckt, der sich erkundigte, wo denn Ihre Schwester bliebe.»

«Ja. Ich war richtig wütend. Cawthorne ist ein gräßlich langweiliger alter Knabe, und ich rede nie mit ihm, wenn es sich irgend verhindern läßt.»

«Waren Sie denn gar nicht besorgt?»

«Nein, warum sollte ich? Ich dachte mir, sie hätte sich's eben anders überlegt und wäre sonstwohin gegangen.» Der Maler ließ sich von seinem Hochsitz herab und hielt zwei schmierige Teetassen unter den kalten Wasserhahn.

«Und gegen ein Uhr», fuhr Burden fort, «wurden Sie dann erneut wach durch Lichtstrahlen, die über Ihre Schlafzimmerdecke fuhren. Sie nahmen an, es seien die Scheinwerfer vom Wagen Ihrer Schwester, weil sonst weiter niemand im Pump Lane wohnt. Aber aufgestanden sind Sie nicht...»

«Ich bin sogar sofort wieder eingeschlafen. Ich war schließlich müde, müssen Sie verstehen.»

«Richtig, ich glaube, Sie sagten, Sie seien in London gewesen?»

Der Kaffee war überraschend gut. Burden bemühte sich, die Kruste am Tassenrand zu ignorieren und ihn zu genießen. Irgend jemand war mit einem nassen Löffel in den Zucker gefahren, und gelegentlich war er anscheinend auch mit einem von Marmelade verschmierten Messer in Berührung gekommen.

«Ja, fortgegangen bin ich um drei», wiederholte der Maler mit leerem Gesichtsausdruck und abwesendem Blick. «Da war Ann noch da. Sie sagte mir, sie würde fort sein, wenn ich zurückkäme, und ich solle ja meinen Schlüssel nicht vergessen.»

«Und *haben* Sie ihn vergessen, Mr. Margolis?»

«Natürlich nicht», erwiderte der Künstler mit plötzlicher Schärfe, «ich bin ja schließlich nicht verrückt.» Er leerte seine Kaffeetasse mit einem Zug, und sein bleiches Gesicht bekam ein wenig

Farbe. «Ich stellte meinen Wagen am Bahnhof Kingsmarkham ab und besuchte diesen Mann wegen einer Show, die ich mache.»

«Eine Show?» fragte Burden erstaunt. Bei diesem Wort sah er im Geiste tanzende Girls und Komiker im Smoking vor sich.

«Also gut, eine Ausstellung», versetzte Margolis ungeduldig. «Eine Ausstellung meiner Arbeiten. Wirklich, ihr seid mir vielleicht ein Haufen von Spießern! Das hab ich schon gestern gedacht, als anscheinend kein Mensch wußte, wer ich bin.» Er bedachte Burden mit einem Blick finsteren Mißtrauens, so als zweifle er an seinen geistigen Fähigkeiten. «Wie ich bereits sagte, ich fuhr hin, um diesen Mann zu sprechen. Er ist der Direktor der Morissot Gallery in Knightsbridge, und als unsere Unterredung zu Ende war, lud er mich unerwartet zum Essen ein. Dabei war ich total erschöpft von all der Herumreiserei. Dieser Galerist ist zum Gähnen langweilig, und es war denn auch entsetzlich, nur so rumzusitzen und seinem Gerede zuzuhören. Das ist auch der Grund, weshalb ich mich nicht aufraffen konnte aufzustehen, als ich Anns Autoscheinwerfer sah.»

«Und gestern morgen haben Sie dann ihren Wagen entdeckt, abgestellt hier auf dem Weg.»

«Ja, total naß und ekelhaft verdreckt und die Windschutzscheibe über und über verklebt mit dem NEW STATESMAN.» Margolis seufzte. «Das Zeitungspapier hat sich nämlich über das ganze Gelände verteilt. Sie könnten wohl nicht jemanden schicken, der das zusammensammelt, nein? Oder vielleicht den Gemeinderat dazu veranlassen?»

«Nein», sagte Burden bestimmt. «Sind Sie denn am Mittwoch überhaupt nicht ausgegangen?»

«Ich habe gearbeitet», erklärte Margolis gereizt. «Und dann schlafe ich auch sehr viel.» Unbestimmt setzte er hinzu: «Wenigstens in schlechten Zeiten, wissen Sie? Ich dachte, Ann sei inzwischen dagewesen und wieder gegangen. Wir gehen jeder unsere eigenen Wege.» Plötzlich wurde seine Stimme schrill, und Burden fragte sich mittlerweile, ob er wirklich leicht verrückt sei. «Aber ohne sie bin ich verloren! Sie läßt mich nie allein, so ohne ein Wort!» Abrupt stand er auf und stieß eine Milchflasche auf dem Boden um. Der Flaschenhals brach ab, und ein Strom säuerlicher Molke ergoß sich über den Kokosteppich. «O Gott, lassen Sie uns bloß ins Atelier rübergehen, falls Sie nicht noch Kaffee wollen. Nein, ich habe keine

Fotografie von ihr, aber ich könnte Ihnen mein Porträt von ihr zeigen, wenn Sie glauben, daß Ihnen das weiterhilft.»

Es waren wohl an die zwanzig Bilder im Atelier, eins davon so groß, daß es eine ganze Wand ausfüllte. Burden hatte erst einmal in seinem Leben ein größeres gesehen, und das war Rembrandts «Nachtwache». Er hatte es während einer Tagestour nach Amsterdam einigermaßen widerstrebend besichtigt. Hier verliehen außer der Farbe allerlei andere Substanzen den wild verschlungenen Figuren eine gewisse Dreidimensionalität, Watte, Metallscheiben und Streifen zerknüllten Zeitungspapiers. Burden entschied im stillen, daß ihm die «Nachtwache» doch besser gefiele. Wenn das Porträt im gleichen Stil gemalt war wie dieses Bild, dann würde es zum Zwecke der Identifizierung wenig hilfreich sein, dann hatte das Mädchen bestimmt nur ein Auge, einen grünen Mund, und im Ohr steckte ihr wahrscheinlich ein Topfschrubber.

Er setzte sich in einen Schaukelstuhl, nachdem er zuvor einen angelaufenen silbernen Toastständer, eine zerdrückte Farbtube und ein hölzernes Blasinstrument, vermutlich mediterranen Ursprungs, von seinem Sitz entfernt hatte. Zeitungen, Kleidungsstücke, schmutzige Teller und Tassen bedeckten jegliche freie Fläche und lagen hier und da auf dem Fußboden aufgehäuft. Neben dem Telefon standen verdorrte Narzissen in einer Glasvase, halb voll grünem Wasser, und eine davon, deren Stengel geknickt war, hatte ihr runzliges Blütenhaupt gegen einen mächtigen Keil Schnittkäse gelehnt.

Margolis kam mit dem Porträt zurück. Burden war angenehm überrascht. Es war im konventionellen Stil gemalt, fast – obgleich er das nicht genau wußte – im Stile Johns, und es zeigte Kopf und Schultern eines Mädchens. Ihre Augen waren wie die ihres Bruders, blau mit einem Hauch Jadegrün darin, und ihr Haar, ebenso schwarz wie seins, fiel ihr in zwei schweren Strängen über die Wangen. Das Gesicht hatte etwas Falkenähnliches, wenn denn das Gesicht eines Falken andererseits auch sanft und schön sein kann – der Mund fein und doch voll, um die Nase jener Anflug von Raubvogelkühnheit... Eine unbändige Intelligenz hatte Margolis hier festgehalten – oder hineingelegt. Falls sie nicht bereits jetzt, in ihrer Jugend, tot war, mußte Burden denken, dann würde sie eines Tages eine großartige alte Dame werden.

Er hatte das unbehagliche Gefühl, daß man eigentlich ein Werk loben müsse, wenn es einem vom Künstler selbst gezeigt wurde, und so sagte er beklommen:

«Sehr schön – ganz famos.»

Anstatt sich dankbar oder geschmeichelt zu zeigen, sagte Margolis einfach: «Ja, es ist sehr gut. Eine der besten Sachen, die ich je gemacht habe.» Er stellte das Gemälde auf eine freie Staffelei und betrachtete es glücklich. Sein Seelenfriede schien wiederhergestellt.

«Mr. Margolis», fuhr Burden unnachsichtig fort, «in einem Fall wie diesem ist es bei uns ein übliches Verfahren, die Angehörigen zu fragen, wo sich die vermißte Person möglicherweise aufhalten könnte.» Der Maler nickte, ohne sich umzudrehen. «Bitte denken Sie nach, Sir, wo, glauben Sie, könnte Ihre Schwester sein?»

Ihm fiel auf, daß sein Ton immer strenger und schulmeisterlicher geworden war, je weiter die Unterredung voranschritt, und plötzlich überlegte er, ob das nicht ziemlich anmaßend war. Seit seinem Eintreffen im Quince Cottage hatte er den Zeitungsbericht in Erinnerung, aber lediglich als Hilfsmittel, als Information über den Bruder und die Schwester, wie er sie aus Margolis persönlich höchstens nach stundenlangem Befragen herausbekommen hätte. Jetzt fiel ihm auch wieder ein, weshalb dieser Zeitungsartikel erschienen war und *wer* dieser Margolis war. Er befand sich hier in der Gegenwart eines Genies oder, falls das eine journalistische Übertreibung war, doch wenigstens eines großen Talentes. Margolis war nicht wie andere Männer. In seinen Fingern und in seinem Hirn steckte etwas, das ihn von der Menge absonderte, etwas, das vielleicht erst lange nach seinem Tode voll erkannt und gewürdigt werden würde. Burden verspürte einen Anflug von Scheu und Ehrerbietung, die sich weder mit der abstoßenden Unordnung dieser Räume in Einklang bringen ließ noch mit der bleichgesichtigen Kreatur, die aussah wie ein Gammler und doch vielleicht ein Rembrandt-Nachfolger war. Wer war denn *er*, ein Landpolizist, daß er sich anmaßte, hier zu urteilen, sich zu mokieren und es den Spießern gleichzutun? Seine Stimme wurde freundlicher, als er jetzt seine Frage wiederholte.

«Was glauben Sie, wo sie ist, Mr. Margolis?»

«Bei irgendeinem ihrer Freunde. Sie hat Dutzende davon.» Er drehte sich um, aber seine opalisierenden Augen schienen nichts wahrzunehmen, sondern verloren sich in träumerische Fernen. Ob Rembrandt je mit der Polizei seiner Tage in Berührung gekommen war? Aber damals war Genialität verbreiteter gewesen als heute; es gab einfach mehr Genies, und die Menschen wußten besser damit umzugehen. «Wenigstens würde ich das annehmen», setzte Margolis hinzu, «bloß, die Notiz...»

Burden horchte auf. Hatte er womöglich ebenfalls einen anonymen Brief bekommen? «Was für eine Notiz? Ihre Schwester betreffend?»

«Das ist es ja gerade: Nirgends ist eine! Es *müßte* aber eine dasein! Sehen Sie, sie ist auch früher schon oft so mir nichts, dir nichts mal verschwunden, und wenn ich gerade arbeitete oder schlief, dann hat sie mich nicht stören wollen.» Margolis fuhr sich mit den Fingern durch sein langes, strähniges Haar. «Und schließlich tue ich ja wenig anderes als arbeiten und schlafen», fuhr er fort. «Sie hinterläßt mir dann immer eine Notiz irgendwo an weithin sichtbarer Stelle, neben meinem Bett, oder irgendwo angepinnt.» Erinnerungen an solche früheren Zeichen schwesterlicher Fürsorglichkeit stiegen wohl in ihm auf. «Meistens waren es sogar ganz lange, ausführliche Mitteilungen, wohin sie gegangen war und mit wem, und was ich unternehmen müßte wegen der Saubermacherei, und... und, na ja, eben lauter so kleine Sachen, die ich machen sollte, verstehen Sie?» Ein zaghaftes Lächeln erschien auf seinem Gesicht, das sich aber augenblicklich säuerlich verdüsterte, als das Telefon klingelte. «Das ist bestimmt der elende alte Cawthorne», stöhnte er, «der ödet mich unentwegt an mit seinen Fragen, wo sie ist.»

Er langte nach dem Hörer und lehnte sich dabei mit dem Ellbogen auf den schimmeligen Batzen Käse.

«Nein, sie ist nicht hier. Nein, ich weiß nicht, wo sie ist.»

Während er ihn beobachtete, überlegte Burden, was das wohl für «kleine Sachen» waren, die seine Schwester ihm zu machen auftrug. Schon eine so winzige Sache wie das Entgegennehmen eines Telefonanrufes schien ihn ja bereits in einen Zustand menschenfeindlicher Verdrießlichkeit zu treiben. «Ja, ich hab schon die Polizei geholt, wenn Sie's unbedingt wissen wollen. Natürlich sag ich Ihnen Bescheid, wenn sie wieder auftaucht. Ja, ja, ja. Was heißt hier: Wir sehen uns ja? Keine Sekunde werden Sie mich sehen. Wir sehen uns doch nie!»

«O doch, das werden Sie, Mr. Margolis», sagte Burden ruhig, «Sie werden Mr. Cawthorne sogar jetzt gleich sehen.»

4

Nachdenklich verglich Wexford die beiden Papierbögen: der eine mit rotem Kugelschreiber beschrieben, der andere neu und sauber. Maserung, Farbe und Wasserzeichen stimmten überein.

«Übrigens stammt es doch von Braddon, Sir», berichtete Sergeant Martin. Er war ein überaus gewissenhafter Beamter, dessen Gesichtszüge zu einem ständigen tiefernsten Stirnrunzeln förmlich erstarrt waren. «Grover verkauft lediglich Notizblöcke und das, was sie dort unter Zeichenpapier verstehen. Braddon dagegen bezieht sein Papier eigens von einer Firma in London.»

«Sie meinen, es wird jeweils extra bestellt?»

«Ja, Sir. Glücklicherweise beliefern sie damit aber nur einen einzigen Kunden, eine Mrs. Adeline Harper, die in der Waterford Avenue in Stowerton wohnt.»

Wexford nickte. «Gute Wohngegend», meinte er. «Große altmodische Villen.»

«Mrs. Harper ist verreist, Sir, verbringt einen längeren Osterurlaub. Das sagen jedenfalls ihre Nachbarn. Und sie beschäftigt keinen männlichen Angestellten. Die einzige Bedienung, die sie überhaupt hat, ist eine Putzfrau, die montags, mittwochs und freitags kommt.»

«Ob die womöglich die Briefschreiberin sein könnte?»

«Das dort draußen sind große Häuser, Sir, und weit voneinander entfernt. Waterford Avenue, das ist nicht wie eine Gemeindesiedlung oder wie ein Wohnblock, wo jeder jeden kennt. Dort lebt jeder für sich. Diese Putzfrau hat man zwar ein und aus gehen sehen, aber niemand weiß ihren Namen.»

«Und falls sie die Angewohnheit hat, hie und da unbemerkt Kleinigkeiten mitgehen zu lassen wie etwa teures Briefpapier, dann wissen das natürlich auch weder ihre Arbeitgeberin noch die Nachbarn, was?»

«Alles was die Nachbarn wissen, ist, daß sie mittleren Alters ist, sich auffällig kleidet und rote Haare hat.» Martin klang entmutigt wegen der Dürftigkeit seiner Informationen.

«Montags, mittwochs und freitags... Ich nehme an, sie geht auch dorthin, während ihre Arbeitgeberin verreist ist?»

«Richtig, und heute *ist* Freitag, Sir. Bloß, sie arbeitet da nur vormittags, und sie war schon fort, als ich kam. ‹Ich habe sie gerade eben vorbeigehen sehen›, sagte mir eine Nachbarin. Ich bin wie der Blitz die Straße rauf, aber sie war nicht mehr zu sehen.»

Wexford wandte seine Aufmerksamkeit erneut den Papierbögen und dem angefügten Laborbericht zu. Keinen einzigen Fingerabdruck hatte man auf dem anonymen Brief gefunden, keine Spur von anhaftendem Parfümduft; der Kugelschreiber, mit dem er geschrieben worden war – ein billiges Ding, wie man es in jedem Papierladen des Landes kaufen konnte. Er besaß weiß Gott eine lebhafte Erfindungsgabe, aber sich die möglichen Verkettungen von Ereignissen vorzustellen, die zu diesem Brief geführt haben konnten, das wollte ihm nicht gelingen. Da hatte also eine rothaarige Putzfrau, deren persönliche Führung durchaus nicht ohne Tadel war, etwas gesehen oder gehört, das sie veranlaßte, an die Polizei zu schreiben. Solche Kontaktnahme jedoch wirkte auch wiederum befremdlich bei einer Frau ihres Typs, einer Person nämlich, die sich als Gelegenheitsdiebin betätigte. Und dennoch hatte sie, oder jemand, der ihr nahestand, den Brief geschrieben. Dabei konnten sowohl Angst als auch Boshaftigkeit die Aktion ausgelöst haben.

«Die Frage ist auch, ob womöglich Erpressung dabei mit im Spiel ist», gab Wexford zu bedenken.

«Da kann ich Ihnen nicht ganz folgen, Sir.»

«Weil wir immer nur gewöhnt sind, unter diesem Begriff die *erfolgreiche* – oder mindestens zeitweise erfolgreiche – Erpressung zu verstehen. Mal angenommen, sie ist nicht erfolgreich? Angenommen, unsere rothaarige Putzfrau versucht, diesen Geoff Smith in die Zange zu nehmen, aber er spielt nicht mit? Was dann? Wenn sie bösartig ist, macht sie doch ihre Drohung wahr.»

«Erpresser sind immer bösartig, Sir», meinte Martin mit salbungsvoller Empörung. «Das Abstoßendste, was es gibt, schlimmer als Mord, Sir.»

Übermäßige Respektbezeugungen verstimmten Wexford regelmäßig, vor allem, wenn sie wie in diesem Falle mit Platitüden einhergingen, die er schon tausendmal gehört hatte.

«Gut. Soweit für heute!» sagte er schroff. «Ach, gehen Sie doch mal ran, ja?»

Martin stürzte zum Telefon, noch ehe das zweite Klingelzeichen verklungen war. «Inspector Burden für Sie, Sir.»

Wexford nahm den Hörer, ohne aufzustehen. Die gedrehte Telefonschnur spannte sich gefährlich nahe an der Glasskulptur vorbei. «Schieben Sie das Ding mal weg!» sagte er unwirsch. Eilfertig hob der Sergeant sie auf und setzte sie auf die schmale Fensterbank. «Na?» fragte Wexford in die Muschel.

Burdens Stimme klang verhalten. «Ich mach mich jetzt auf den Weg und unterhalte mich mal mit Cawthorne. Können wir jemanden freimachen, der herkommt und Miss Margolis' Wagen holt? Drayton vielleicht, wenn er nicht anderweitig beschäftigt ist. Oh, und dann muß das Haus hier durchsucht werden.» Burdens Stimme wurde zu einem Flüstern. «Das ist vielleicht ein Saustall hier! Kein Wunder, daß er eine Putzfrau sucht.»

«Wir suchen auch gerade eine», entgegnete Wexford lapidar. «Auffällig schick gekleidet und mit rotem Haar.» Er erklärte die Sache. Plötzlich ertönte aus dem Telefon ein merkwürdig kratzendes Geräusch. «Was ist denn da los?»

«Der Käse ist in eine Blumenvase gefallen.»

«Du liebe Güte», meinte Wexford, «da wird mir langsam klar, was Sie meinen.»

Mark Drayton ging die Treppe vorm Polizeipräsidium hinunter und überquerte die Straße. Um zum Pump Lane zu kommen, mußte er die ganze High Street hinuntergehen, und als er bei Grover, dem Zeitungshändler, vorüberkam, blieb er einen Moment stehen und blickte ins Schaufenster. Es war ihm unverständlich, wie Martin diesen Laden auch nur eine Sekunde lang als möglichen Lieferanten für handgeschöpftes Bütten in Betracht gezogen haben konnte. Er machte einen so fragwürdigen, beinahe anrüchigen Eindruck wie manche Läden in den Slums großer Städte. Eine hohe Backsteinmauer erdrückte ihn förmlich, und von seinem Nachbarn, einem Blumengeschäft, war er durch eine dunkle, kopfsteingepflasterte Einfahrt getrennt, die in ein dubioses Hinterland mit Mülltonnen, kleinen Schuppen und zwei Garagen führte.

Die Auslagen im Schaufenster sahen aus, als seien sie vor Jahren so arrangiert und seither weder verändert noch beachtet worden. Ostern war noch nicht lange vorüber, was den Ostergrußkarten eine gewisse aktuelle Bedeutung verlieh, aber diese Aktualität mußte man ähnlich empfinden wie eine stehengebliebene Uhr, die auch zweimal am Tage die korrekte Zeit zeigt, denn ebenso gab es da Weihnachtspostkarten, einige aufs Gesicht gefallen und mit einer Staubschicht überzogen.

Blumentöpfe mit vertrockneten Grünpflanzen standen zwischen den Postkarten. Vielleicht waren sie ebenfalls zum Verkauf – vielleicht aber auch lediglich als Dekoration gedacht. Die Erde um ihre Wurzelballen war durch die Trockenheit geschrumpft und ließ zwischen Topf und Erde einen Spalt frei. Die Schachtel eines Leiterspiels war aufgegangen. Die aufgeklappte, bunte Spieltafel hing halb vom Regal herunter, die Spielsteine lagen auf dem Boden zwischen rostigen Nägeln, verstreutem Konfetti und abgefallenen Blättern.

Drayton hatte selten eine als Anreiz gedachte Schaufensterauslage gesehen, die auf vorübergehende Kauflustige derartig entmutigend und abstoßend wirken mußte.

Er wollte sich eben mit einem Kopfschütteln abwenden und weitergehen, da fiel sein Blick durch die schmutzige Glasscheibe, die das Schaufenster vom Innenraum des Geschäftes abgrenzte, auf ein Mädchen hinter dem Ladentisch. Er konnte sie nur undeutlich sehen, lediglich die Umrisse ihrer Gestalt und ihr blaßblondes Haar. Aber als er aus einem vagen Interesse heraus zögerte, trat sie auf das Innenfenster zu, öffnete es und griff nach einem Packen Karten, der links neben dem Leiterspiel lag. Es störte ihn, daß sie keinerlei Anstalten machte, die Spielsteine einzusammeln oder etwa den Staub vom Deckel der Schachtel fortzublasen. Er selbst war äußerst penibel und genau in seiner Arbeit, ordentlich und behutsam im Umgang mit den Dingen sowohl des täglichen Lebens als auch seines Berufes.

Weil er sich ärgerte, und weil er den Wunsch hatte, das Mißfallen wenigstens *eines* potentiellen Kunden auch deutlich zu machen, hob er vorwurfsvoll den Blick und begegnete dem ihren. Und augenblicklich wußte er, wer sie war. Auge in Auge sah er sich dem Gesicht gegenüber, das ihn seit Tagen geradezu verfolgte – seltsam vertraut und doch eigentlich fremd. Er starrte sie an und fühlte, wie ihm das Blut in die Wangen schoß. Sie konnte nicht wissen, daß er sie schon früher gesehen hatte, und falls sie es wußte, so konnte sie doch nichts ahnen von den Gedanken – unterschwellig, sinnlich und drängend –, die ihn seither nicht mehr losließen und ihm beständig ihr Bild vorgaukelten. Nein, sie konnte es nicht wissen, und dennoch glaubte er, sie *müsse* es wissen. Konnten ungestüme Empfindungen überhaupt in dem Hirn verschlossen bleiben, in dem sie wucherten? Mußten sie sich nicht durch einen telepathischen Prozeß auf ihr Objekt übertragen?

Er fand in ihrem Gesicht keine Antwort darauf. Ihre großen, gleichgültigen Augen streiften ihn nur flüchtig, dann kniete sie sich zwischen Staub und Konfetti, um an das Kartenspiel heranzureichen, und verschwand alsbald damit, um einen wartenden Kunden zu bedienen. Ihre Beine waren lang und fast ein wenig zu dünn. Der Staub hatte runde graue Flecken auf ihren Knien hinterlassen. Er sah, wie das Innenfenster langsam hinter ihr zufiel, wie die bläuliche, von Fingerabdrücken verschmierte Scheibe alles verdunkelte, bis auf einen Schimmer des silbergoldenen Haares.

Drayton ging an der schmalen Einfahrt vorbei, wich achtsam den Pfützen aus, auf deren Oberfläche verschüttetes Öl in allen Regenbogenfarben schillerte. Er warf einen Blick auf die Garagentore und fragte sich, warum kein Mensch auf die Idee kam, sie anzustreichen. Schließlich war Farbe doch billig, und es mußte doch Spaß machen, alles frisch und adrett herzurichten. Von den ausgestellten Töpfen und Sträußen vor dem Blumenladen schlug ihm der Duft von Narzissen entgegen. Sie hatten mit dem Mädchen, das er soeben gesehen hatte, nicht nur das Flair makelloser, unberührter Frische gemein, sondern auch die Dürftigkeit der Umgebung, in der sie blühen mußten. Hier ein roh zusammengehauenes, schmutziges Bretterpodest, dort der miese Papierladen, ein wahrhaft schamlos unpassender Hintergrund für soviel atemberaubende Schönheit.

Mußte denn alles und jedes ihn immer nur an sie erinnern? Und hatte er auch schon vor Montag abend so für sie empfunden? Er grübelte über diese Frage nach, während er sich an das Brückengeländer lehnte und den Uferweg entlangblickte. Natürlich war sie ihm schon früher beim Einkaufen in der Stadt aufgefallen. Sie gehörte zu der Sorte Mädchen, die jedem Mann auffielen. Seit Monaten also empfand er für sie eine vage Faszination. Aber dann, am Montag abend, war er genau an dieser Stelle vorübergekommen, und da hatte er sie auf diesem Weg gesehen, wie sie einen Mann küßte. Es hatte ein merkwürdiges Gefühl in ihm ausgelöst, sie so zu beobachten, schutzlos, verletzlich, hingegeben an eine Leidenschaft, sichtbar für jeden, der hier zufällig in der Dunkelheit vorüberging. Da, auf einmal war ihm klargeworden, daß sie aus Fleisch und Blut war, ein Geschöpf voller Sinnlichkeit, daß sie folglich zu haben war, zu haben auch für ihn!

Ihre beiden Gestalten hatten sich im Wasser gespiegelt, die des Mannes, die er nicht weiter beachtet hatte, und ihre – schlank, lang und vor Erregung zitternd. Von jenem Augenblick an hatte ihr Bild ihn verfolgt, es lag wie ein Film über der Oberfläche seines Bewußtseins und versetzte ihn in Unruhe, sobald er allein war.

Sein eigenes Spiegelbild, unscharf und schemenhafter als es das ihre im Dämmerlicht gewesen war, blickte ihn jetzt kühl aus dem Fluße an. Er sah wie im Spiegel das dunkle Gesicht mit dem italienischen Einschlag vor sich, mit den wachsamen Augen und dem geschwungenen Mund, es verriet nichts von seinen Gedanken. Sein Haar war reichlich lang, viel zu lang jedenfalls für einen Polizisten, und er trug einen Dufflecoat über Pullover und schlotteriger Hose. Burden beanstandete zwar den Mantel und das Haar, gegen Draytons präzise Ausdrucksweise und seine zurückhaltende Art dagegen hatte er nichts einzuwenden, auch wenn sie anders in Erscheinung trat als bei ihm selbst.

Das Spiegelbild aus Kopf und Schultern verschwamm und zog sich hinter das Brückengeländer zurück. Drayton griff in die Tasche, um sich zu vergewissern, daß er seine Handschuhe bei sich hatte. Es war mehr eine formale Geste; er vergaß selten etwas. Er blickte noch einmal zurück, sah aber nichts als einkaufende Hausfrauen, Kinderwagen, Fahrräder, eine hohe Backsteinmauer und eine Einfahrt, auf deren Kopfsteinpflaster allerlei feuchte Abfälle verstreut lagen. Dann machte er sich auf den Weg in die Außenbezirke der Stadt und zum Pump Lane.

Diese kleine Nebenstraße, die in Kingsmarkhams ländliche Umgebung führte, war ihm neu, aber genau wie andere solcher Sträßchen war sie nicht viel mehr als ein Tunnel zwischen Wänden aus dichtem Grün, überragt hier und da von hohen Bäumen, ein Fahrweg, kaum breit genug für zwei Wagen, die aneinander vorbei wollten. Eine Kuh, die mit den Füßen zwischen Schlüsselblumen stand, blickte ihn neugierig über Gebüsch hinweg an. Aber Drayton war weder an Naturkunde interessiert noch neigte er zu pastoralen Reflexionen. Sein Blick konzentrierte sich auf das einzige von Menschenhand gefertigte Objekt im Umkreis, einen weißen Sportwagen, der halb auf der Grasböschung, halb auf dem Fahrweg stand. Das Haus selbst war zunächst noch gar nicht zu sehen. Schließlich entdeckte er zwischen wucherndem Weißdorn im ersten Grün und weißblühenden Schlehen eine klapperige Pforte. Als er die langen, feuchten Ranken beiseite schob, durchnäßten sie seine Schultern. Apfelbäume mit grünbemoosten Stämmen drängten sich vor dem Haus, dessen schäbige weiße Tünche durch die flammendroten Blüten eines hohen Busches gemildert wurde, der davor wuchs; die Quitte, dachte Drayton, die dem Haus den Namen verliehen hatte.

Er streifte die Handschuhe über und stieg in den Alpine. Auch wenn er selbst nur sehr wenig besaß, so hatte er doch Respekt vor materiellen Dingen. Diesen Wagen zu besitzen, das mußte ein Vergnügen sein, und ihn zu fahren eine Wonne. Es ärgerte ihn, daß die Besitzerin ihn anscheinend als eine Art mobiler Mülltonne betrachtet hatte, denn überall auf dem Fußboden lagen leere Zigarettenpackungen und abgebrannte Streichhölzer umher. Drayton hütete sich, mehr anzufassen als unbedingt nötig, dennoch mußte er die zerfetzte Zeitung außen von der Windschutzscheibe entfernen, ehe er genug sehen konnte, um loszufahren. Die Weißdornranken, die über das Dach schrammten, schmerzten ihn fast so sehr, als ob sie ihm über die eigene Haut kratzten.

Gar nicht so einfach, der Versuchung zu widerstehen, den längeren Umweg über Forby zu nehmen. Zu dieser Tageszeit herrschte nirgends starker Verkehr, die einzige Entschuldigung wäre also gewesen, daß er sich vergnügen wollte. Aber Drayton hatte sich stoisch und zäh daran gewöhnt, Versuchungen zu widerstehen. Einer allerdings, das ahnte er, würde er bald erliegen. Aber doch nicht solch einer Bagatelle wie dieser hier!

Ein braun und gelb gefleckter Pelzmantel hing achtlos über dem Beifahrersitz. Er verströmte jenen gewissen, zu Kopf steigenden Duft, den Duft einer schönen Frau. In Draytons Bewußtsein weckte er die Erinnerung an vergangene und die Hoffnung auf zukünftige Liebe. Der Wagen glitt leicht dahin. Er war schon mitten in der High Street, da bemerkte er, daß die Nadel auf dem Kühlwasseranzeiger rasch und alarmierend nach oben ausschlug. Sie bewegte sich auf die Gefahrengrenze zu. An diesem Ende der Hauptstraße gab es keine Tankstelle oder Werkstatt, aber er erinnerte sich, daß er in der

York Street eine gesehen hatte, direkt hinter Joy Jewels und dem Arbeitsamt.

Als er dort ankam, sprang er hinaus und öffnete die Motorhaube. Heißer Dampf schlug ihm entgegen, so daß er zurückfuhr.

«Kühler leckt», erklärte er dem Tankwart.

«Ich füll Ihnen Wasser nach, dann wird's schon gehen, wenn Sie ihn langsam fahren. Haben Sie's noch weit?»

«Nein, nicht weit», murmelte Drayton.

Sobald sie das Wasser oben hineingossen, leckte es unten wieder heraus. Drayton war hier fast in Sichtweite des Polizeipräsidiums. Er fuhr an Joy Jewels mit seinen Schaufenstern voller Straßschmuck auf purpurnem Samt und an Grovers Papierhandlung vorüber, aber er blickte nicht hin. Lyrik kam zwar in seinem beträchtlichen und sehr vielfältigen Lesekonsum nicht vor, aber er hätte wohl zugestimmt, daß «des Mannes Liebe ein ander Ding ist als des Mannes Leben». Er würde später dort hingehen, wenn seine Arbeit getan war.

Cawthornes Autoservice, das war eine bei weitem großzügigere Angelegenheit als die bescheidene Werkstatt, in die Drayton Anita Margolis' Wagen gebracht hatte. Das Unternehmen beherrschte weithin die Stowerton-Kreuzung. Vom Dach des Ausstellungsraums bis hinüber zum Glasgehäuse des Kundenempfangs, in dem Cawthorne residierte, war ein Spruchband gespannt: 3% RABATT AB 20 LITER, dessen grelles Rot und Gelb genau zu den Farben der acht Zapfsäulen und der Neonleuchtschrift über der Einfahrt zur Tankstelle paßten. Burden erinnerte sich sehr wohl, daß hier noch vor gar nicht langer Zeit ein Birkengehölz gestanden hatte, und ebenso erinnerte er sich an die Bemühungen der Gesellschaft für Umweltschutz, Cawthornes Projekt zu verhindern. Die letzten Birken drängten sich an der Wand der Ausstellungshalle zusammen wie verängstigte Ureinwohner, die durch einen Eroberer aus der Neuen Welt verdrängt worden sind.

Im Gegensatz zu alledem war das Haus dahinter alt, ein wahrer Triumph der Neugotik. Es trug Zinnen, Türmchen und Giebel sowie weithin sichtbare Abflußröhren zur Schau. Früher hatte es das Birkenhaus geheißen, und zwei unverheiratete alte Schwestern hatten darin gewohnt. Jetzt hatten Cawthorne und seine Frau es mit allen nur denkbaren viktorianischen Monstrositäten angefüllt. Die Kaminsimse waren mit Bordüren und Fransen verziert und mit geriffelten grünen Glasvasen, ausgestopften Vögeln und wächsernen Früchten unter Glasstürzen bestückt. Nach einem argwöhnischen Blick auf Rupert Margolis führte Cawthorne sie ins Wohnzimmer und ging seine Frau holen.

«Wirklich das Hinterletzte», stöhnte Margolis angewidert, «all dieser viktorianische Plunder hier!» Über dem Kamin hing ein Öldruck mit einer Frau in griechischem Gewand, die eine Lilie in der Hand hielt. Er streifte ihn mit gequältem Blick. «Cawthorne muß an die Sechzig sein, und seine Frau ist eine aufgemotzte alte Scharteke. Die beiden sind geradezu verrückt nach jungen Leuten. Na, die jungen Leute werden wohl denken, die beiden hätten dieses ganze Zeug als Hochzeitsgeschenke gekriegt», lachte er hämisch.

Burden dachte bei sich, daß ihm selten ein derartig eiskalter Zyniker vorgekommen sei, aber als Mrs. Cawthorne hereinkam, begriff er, was Margolis meinte. Sie war extrem dünn, und ihr Kleid hatte einen extrem kurzen Rock und extrem kurze Ärmel. Ihr Haar war hellgelb gefärbt und zu einer Staubwedelfrisur aufgebauscht.

«Nanu? Hallo Roo, Sie sind ja ein seltener Gast!» Burden war plötzlich klar, daß sie Margolis womöglich erst einmal zuvor begegnet war, und hier betitelte sie ihn munter mit einem Kosenamen wie eine Gestalt aus WINNIE THE POOH! Typische Prominentenjägerin! Sie warf sich in einen üppigen Sessel mit Knopfpolsterung und ließ eine Menge des sehnigen Beines sehen. Margolis nahm keinerlei Notiz von ihr. «Also was ist los? Was ist mit Ann?»

«Ja, wir hoffen sehr, daß Sie uns helfen können, Mrs. Cawthorne», sagte Burden ernst, wandte dabei jedoch seinen Blick ihrem Gatten zu. Er war ein älterer Mann mit einem weißen Schnurrbart und ausgeprägt militärischer Haltung. Falls die unter den jungen Leuten soeben aufgekommene Mode, Soldatenuniformstücke zu tragen, auf die ältere Generation übergriffe, dann sollte sich Cawthorne nur ranhalten. Ein Husarenrock würde ihm prächtig zu Gesicht stehen. «Sie hatten hier am Dienstag abend eine Party, Mr. Cawthorne. Miss Margolis war auch eingeladen, aber soviel ich weiß, ist sie nicht erschienen.»

«Richtig», erwiderte Cawthorne schneidig. «Dabei kam sie noch am Nachmittag vorbei, um zu sagen, daß sie ganz bestimmt kommen werde. Aber nichts da, sie erschien überhaupt nicht. Ich war mächtig beunruhigt, das kann ich Ihnen sagen. Bin froh, daß man euch Burschen eingeschaltet hat.»

«Ja, und dabei ist Dickie Fairfax doch eigens aus London hier rausgekommen, bloß, um sie wiederzusehen.» Mrs. Cawthorne rückte ein wenig näher an Margolis heran. «Sie waren mal Freunde. Sehr enge Freunde, darf man wohl sagen.» Sie klapperte mit den Fliegenbeinwimpern.

«Fairfax, der Schriftsteller?» Burden hatte bis heute morgen nie was von ihm gehört, aber er wollte sich nicht zum zweitenmal an diesem Tag als Spießbürger abstempeln lassen.

Mrs. Cawthorne nickte. «Der arme Dickie war ganz schön sauer, als sie nicht auftauchte, und verduftete denn auch so gegen elf wieder.»

«Und eins meiner besten Kognakgläser hat er auf einer Dieselzapfsäule abgestellt», knurrte Cawthorne, «dieser dämliche, rücksichtslose Nichtstuer.»

«Aber sonst war er den ganzen Abend hier?» Zwischen acht und elf, überlegte Burden, das war die entscheidende Zeitspanne, wenn man dem anonymen Brief trauen konnte.

«Und ob der hier war! Punkt acht ist er erschienen, und er fing sofort mit den harten Sachen an.»

«Du bist gemein!» sagte Mrs. Cawthorne böse. «Gemein und eifersüchtig. Bloß weil Ann ihn mochte!» Sie lachte scheppernd. «Sie und Russel haben nämlich was miteinander!» Burden warf einen schnellen Blick zu Margolis hinüber, aber der Maler schien in grübelnde Geistesabwesenheit versunken. Mrs. Cawthorne piekte ihrem Mann einen knochigen Finger zwischen die Rippen. «Jedenfalls bildet er sich das ein!» Das Blut schoß Cawthorne in das ohnehin rosige Gesicht. Sein Haar sah aus wie weiße Wolle oder wie das Fell eines West Highland-Terriers.

Plötzlich kam Leben in Margolis. Er wandte sich an Burden, als ob sonst niemand im Raum wäre.

«Ann hat Dickie schon vor Monaten abserviert. Es gibt da jetzt einen anderen. Ich versuche gerade, mich auf seinen Namen zu besinnen.»

«Wohl nicht zufällig Geoff Smith?» Burden beobachtete alle drei Gesichter, sah aber keinerlei Reaktion. Er hatte sich die Beschreibung in jenem Brief gut gemerkt. «Er ist klein und jung und hat einen schwarzen Wagen. Sein Name ist Geoff Smith.» Natürlich war das wohl nicht sein richtiger Name. Das war Smith selten.

«Na schön, das wär's fürs erste. Ich danke Ihnen für Ihre Hilfe.»

«Hilfe kann man das wohl nicht nennen», kicherte Mrs. Cawthorne. Sie versuchte, Margolis' Hand zu nehmen, aber es gelang ihr nicht. «Sie müssen ja total aufgeschmissen sein ohne sie, Roo», meinte sie liebreich. «Also, wenn es irgendwas gibt, das Russel und ich für Sie tun können...»

Burden hätte erwartet, daß Margolis sich weiter in sein Schweigen hüllen oder möglicherweise schroff reagieren würde. Statt dessen wandte er Mrs. Cawthorne seinen trostlosen, verlorenen Blick zu. «Kein anderer hat je etwas für mich tun können», sagte er. Dann schritt er mit gestrafften Schultern aus dem Zimmer. Einen flüchtigen Augenblick lang reichte er an Burdens Vorstellung von der hehren Einsamkeit des Genius heran. Er ging ihm nach, Cawthorne kam hinterher. Der Atem des Autohändlers roch nach Whisky. Er hatte wirklich etwas von einem Soldaten an sich – aufrecht, kernig, ein bißchen dumm. Das Soldatische, fand Burden, erstreckte sich sogar auf seinen Namen. Vor all den vielen Jahren hatte seine Mutter ihn nun Russel getauft, wohl weil es mit Cawthorne zusammen so gut klang, ein Name, der große Dinge verhieß. General Sir Russel Cawthorne, Komtur des Bathordens, Inhaber hoher Verdienstorden... Ach, Burden wußte einiges aus Cawthornes Lebenslauf. Der Mann hatte nie eine Schlacht gewonnen, nicht mal eine Truppe befehligt. Er unterhielt lediglich eine Autowerkstatt.

«Ich suche nach einem Geoff Smith; er könnte ein Freund von Miss Margolis sein.»

Cawthorne brach in schmetterndes Gelächter aus. «Allerdings könnte er das! Bloß, ich hab noch nie was von ihm gehört, sie hat nämlich jede Menge Freunde. Prachtvolles Mädchen, diese Ann, patente Autofahrerin, und ein geschäftstüchtiges Köpfchen! Ich hab ihr ihren Wagen verkauft. So haben wir uns kennengelernt. Gefeilscht hat sie, richtig zähe geschachert, wissen Sie. Ich bewundere das. Da ist es doch nur natürlich, daß sie viele Boyfriends hat.»

«Würden Sie sich selber auch dazurechnen?»

Es war grotesk. Der Mann war reichlich sechzig. Aber heutzutage konnte man schließlich jeden Liebhaber jeglichen Alters als Boyfriend bezeichnen. In diesem Falle wohl ein Euphemismus in zweierlei Sinn.

Zunächst schien es, als wollte Cawthorne überhaupt nichts erwidern, und als er es dennoch tat, war es keine Antwort.

«Sind Sie verheiratet?»

«Ja.»

«Gräßliche Bescherung, was?» Er hielt inne und schaute bekümmert zu, wie einer der Tankwarte zusammen mit dem Wechselgeld grüne Rabattmarken herausgab. «Zusammen alt werden zu müssen... Grauenhaft!» Er straffte die Schultern, als nähme er Habtachtstellung an. «Ich sage Ihnen, man hat die Pflicht, jung zu bleiben, solange man kann. Sich ausleben, in Betrieb bleiben, sich an junge Leute halten, dann ist die Schlacht schon halb gewonnen.» Und wahrscheinlich die einzige, die er je ausfechten würde!

«Haben Sie sich auch an Miss Margolis gehalten, wie Sie das nennen, Mr. Cawthorne?»

Der Garagenbesitzer brachte sein Gesicht und seinen Whiskyatem nahe an Burden heran. «Einmal», sagte er, «nur ein einziges Mal. Ich lud sie nach Pomfret zum Abendessen ein, draußen im *Cheriton Forest Hotel*. Schön blöde natürlich! Der Kellner erkannte mich wieder, er hatte mich dort mit meiner Frau gesehen. Stellen Sie sich vor, ich bestelle, und da sagt der zu mir: ‹Wünscht Ihre Tochter auch den geräucherten Lachs, Sir?›»

Warum denn auch? Warum machte sich einer derartig zum Narren? Burden kannte solche Versuchungen nicht, hatte wenige Wunschträume. Warum es wohl immer die Wehrlosen sind, die sich in die Schußlinie begeben müssen, überlegte er und stieg neben Margolis in den Wagen.

Bilder auf den Treppenstufen, Bilder auf dem Treppenabsatz. Das Tageslicht war im Schwinden, und Sergeant Martin stolperte über einen Haufen Wäsche auf dem Flur vor Anita Margolis' Schlafzimmertür.

«Keine Briefe, keine Tagebücher, Sir», sagte er zu Burden. «Noch nie in meinem Leben habe ich so viele Klamotten gesehen. Das ist ja der reine Textilladen hier.»

«Eine Boutique, meinen Sie wohl», warf Drayton ein.

«Darin kennen *Sie* sich wohl aus, wie?» mokierte sich Burden.

Drayton sah aus wie einer, der ohne mit der Wimper zu zucken schwarze Nylonunterwäsche für seine Freundinnen kaufte. Durch die einen Spaltbreit offene Tür, zwischen die eine goldene Sandale geklemmt war, gewahrte man weitere Kleidungsstücke, hingebreitet über das Bett und dichtgedrängt in zwei Kleiderschränken hängend. «Wenn Ihre Schwester aus eigenem Entschluß fortgereist ist, dann hätte sie doch was zum Anziehen mitgenommen. Fehlt hier irgendwas?»

«Das weiß ich wirklich nicht. Es ist absolut sinnlos, mich danach zu fragen. Ann kauft unentwegt Kleider, sie hat massenhaft davon.»

«Höchstens...» meldete sich Drayton zu Wort. «Die Sache ist die... Wir können keinen Regenmantel entdecken.»

Martin nickte bekräftigend. «Stimmt. Pelze und Ledersachen und alles mögliche Zeug, aber kein Damenregenmantel. Und am Dienstag abend hat es Bindfäden gegossen.»

«Manchmal nimmt sie Sachen mit», meinte Margolis hilflos, «und manchmal nicht. Sie kriegt es fertig, mir nichts, dir nichts abzuhauen, wie sie gerade ist, und sich dann alles neu zu kaufen, was sie braucht.»

Burden ließ die beiden die Durchsuchung zu Ende führen und folgte dem Maler die Treppe hinunter.

«Dann besitzt sie also wohl Geld, wie?» Die Frau auf dem Porträt, die Frau, die diese umfängliche und anscheinend teure Garderobe besaß, würde sich wohl kaum mit Konfektion von der Stange bei MARKS & SPENCERS zufriedengeben. Oder erwartete sie von ihren jeweiligen Liebhabern, daß sie entsprechend etwas ausspuckten? In diesem Dunstkreis hier war schließlich alles möglich. «Wieviel Geld hatte sie denn bei sich?»

«Einer ihrer Schecks ist am Montag gekommen. Sie besitzt all das Geld allein, wissen Sie. Mein Vater hat ihr sein ganzes Vermögen hinterlassen. Er konnte mich nicht leiden, und ich ihn ebensowenig, da hat er alles Ann vererbt. Sie schicken ihr alle drei Monate etwas.»

Burden seufzte. Jeder andere hätte von privaten Einkünften gesprochen, von vierteljährlichen Auszahlungen.

«Wissen Sie, auf welche Summe dieser Scheck sich belief?»

«Natürlich weiß ich das», meinte Margolis aggressiv, «ich bin doch kein Halbidiot. Es ist immer dasselbe – fünfhundert Pfund.»

«Und sie hatte diesen Scheck bei sich?» Hier war doch immerhin etwas, in das er sich festbeißen konnte. Hier zeichnete sich wenigstens vage so etwas wie ein Motiv ab.

«Sie hat ihn sofort eingelöst, nachdem er gekommen war», erläuterte Margolis, «und das Geld hat sie in ihre Handtasche getan.»

«Die ganzen fünfhundert Pfund?» Burden verschlug es die Sprache. «Wollen Sie damit sagen, sie machte sich auf den Weg zu einer Party mit fünfhundert Pfund in der Handtasche?»

«Wird sie wohl gemacht haben. Sie hat es immer mit sich herumgeschleppt», meinte Margolis beiläufig, als sei das die natürlichste Sache der Welt. «Sehen Sie, es kann doch sein, daß sie unterwegs ist und etwas sieht, das sie gern kaufen möchte, und dann hat sie das Geld gleich bei sich, nicht wahr? Sie mag nicht Sachen mit Scheck bezahlen, weil sie dann womöglich das Konto überzieht. In mancher Hinsicht ist Ann nämlich ziemlich bürgerlich. Es stört sie zum Beispiel, wenn sie das Konto überzieht.»

Fünfhundert Pfund – selbst in Fünfpfundnoten wäre das ein ordentliches Bündel in einer Damenhandtasche. Und wenn es ihr dann auch noch gleichgültig war, wo sie die Handtasche aufmachte und wem sie ihren Inhalt offenbarte? Außerdem war diese Frau total unmoralisch. Anständige Frauen hatten saubere und ordentliche Wohnungen; und sie waren entweder verheiratet, oder sie hatten einen Job – oder beides. Und ihr Geld verwahrten sie auf der Bank. Burden sah förmlich vor sich, was Anita Margolis zugestoßen war: Sie war auf dem Weg zur Party in einen Laden gegangen oder in eine Autowerkstatt, hatte ihre Handtasche geöffnet, und dieser Gauner Smith hatte den Inhalt gesehen. Wahrscheinlich auch noch ein geschickter, gutaussehender Gauner, jung, dunkelhaarig und mit einem schwarzen Wagen... Sie waren zusammen auf und davon, und dann hatte er sie wegen des Geldes umgebracht. Der Briefschreiber hatte davon Wind bekommen, hatte es vielleicht mit Erpressung versucht, und die Erpressung hatte nicht funktioniert?

Aber einer solchen Gelegenheitsbekanntschaft nachzuspüren, das war so gut wie unmöglich. Ein ständiger Freund, womöglich einer, der aus dem letzten Loch pfiff, das wäre schon einfacher.

«Ist Ihnen der Name von Fairfax' Nachfolger wieder eingefallen?» fragte er.

«Alan Sowieso. Hat kein Geld und ist sehr provinziell. Ich verstehe nicht, was sie an ihm findet, aber Ann neigt nun mal zum

Schlunzen, wenn Sie wissen, was ich meine. Fitz... sowieso. Fitzwilliam? Es ist nicht genau Fitzwilliam, aber so ähnlich. Ich hab bloß einmal mit ihm gesprochen, und das hat mir gereicht.»

Burden meinte bissig: «Sie scheinen niemanden besonders zu mögen, Sir.»

«Ich mag Ann», sagte Margolis traurig. «Mir fällt übrigens ein, wer es wissen könnte. Mrs. Penistan, unsere verflossene Putzfrau. Da würde ich mal hingehen und fragen. Und, falls sie versessen drauf ist, wiederzukommen und das Haus hier sauberzumachen, dann ermutigen Sie sie bloß nicht!»

Grauer kalter Nieselregen empfing sie, als sie aus der Tür der Kate traten. Margolis begleitete Burden bis zur Gartenpforte.

«Dann haben Sie also noch keine neue Zugehfrau gefunden?»

Eine Spur kindlichen Stolzes schwang in der Stimme des Malers, der hinter ihm ging. «Ich habe in Grovers Schaukasten einen Aushang anbringen lassen», erzählte er. «Ich hab's auf so eine kleine Karte geschrieben. Bloß zwölfeinhalb Pence pro Woche. Ich begreife gar nicht, wieso die Leute all das viele Geld für die Seufzerspalte der TIMES ausgeben, wo es auf diese Weise so einfach und billig geht.»

«Sicher», meinte Burden und kämpfte gegen das heftige Verlangen an, loszuprusten. «Diese Mrs. Penistan, die hat nicht zufällig rotes Haar, wie?»

Margolis stand an der Hecke und pflückte junge Triebe eines Weißdornbusches ab. Er steckte sie in den Mund und begann mit offenkundigem Genuß, darauf herumzukauen. «Sie hat immer einen Hut getragen», meinte er, «ich weiß nicht, welche Farbe ihr Haar hat. Aber ich kann Ihnen sagen, wo sie wohnt.» Er machte eine Pause, als erwarte er eine Gratulation zu diesem unvorhergesehenen Sieg seines Gedächtnisses. Burdens Gesichtsausdruck schien ihn zufriedenzustellen, denn er fuhr fort: «Ich weiß es, weil ich sie einmal nach Hause gefahren habe, als es regnete. Es ist in der Glebe Road, linke Seite, hinter dem fünften Baum, und kurz bevor Sie an den Briefkasten kommen. Rote Vorhänge im Parterre und...»

Wutschnaubend unterbrach Burden ihn. Wenn dies Genialität war, dann reichte es ihm jetzt. «Ich finde das schon!» Er konnte schließlich das Wählerverzeichnis zu Rate ziehen. Penistan war bestimmt ein ebenso seltener Name, wie Smith ein verbreiteter war.

5

Mark Drayton mietete sich unten beim Bahnhof Kingsmarkham ein Zimmer. Seine Wirtin war eine mütterliche Frau, der daran lag, daß ihre Mieter sich wie zu Hause fühlten. Sie hängte Bilder an die Wände, stellte buntgeblümte Steppdecken zur Verfügung und verstreute niedliche Sächelchen wie Samen über das Zimmer. Sobald Drayton eingezogen war, verstaute er all die Vasen und Aschenbecher auf dem Grunde des Kleiderschrankes. Gegen die Steppdecke allerdings war kein Kraut gewachsen. Am liebsten hatte er es, wenn sein Zimmer wie eine Zelle aussah. Irgend jemand – es war ein Mädchen – hatte ihm mal gesagt, er sei eine kalte Natur, und seitdem hatte er seine Persönlichkeit in dieser Richtung noch kultiviert. Er gefiel sich darin, sich als einen nüchternen Menschen ohne Emotionen zu betrachten.

Und er war sehr ehrgeizig. Als er nach Kingsmarkham kam, hatte er anfangs alles darangesetzt, sich bei Wexford beliebt zu machen, und das war ihm auch gelungen. Jeglichen Auftrag Wexfords führte er gewissenhaft aus, wobei er die Lektionen und Moralpredigten, die Abschweifungen und Späßchen des Chief Inspector mit artig geneigtem Kopf aufmerksam anhörte. Der Distrikt war ihm inzwischen ebenso vertraut wie seine Heimatstadt. Er machte emsig Gebrauch von seiner Ausleihkarte für die Bibliothek, meistens für Werke über Psychologie oder forensische Medizin. Gelegentlich las er auch einen Roman, aber nie etwas Leichteres als Mann oder Durrell. Eines Tages, so hoffte er, würde er Commissioner werden. Eines Tages würde er die richtige Frau heiraten, jemanden wie Mrs. Wexford – gutaussehend, gelassen und freundlich. Wexford hatte eine Tochter, ein hübsches Mädchen und sehr gescheit, sagte man. Aber das war ein weites Feld. Er hatte nicht die Absicht, zu heiraten, bevor er eine ansehnliche Stellung erreicht hatte.

Seine Einstellung gegenüber Frauen war etwas, auf das er richtig stolz war. Hochgradig narzißtisch, wie er nun einmal war, hatte er wenig Bewunderung für andere übrig, und sein gesamter Idealismus war für die eigene Karriere reserviert. Seine Frauenaffären waren kühl und pragmatisch gewesen, und das Wort Liebe war in seinem Vokabular ein Tabu, fast die schlimmste aller Obszönitäten. Noch nie hatte er es zwischen «ich» und «du» benutzt. Empfand er jemals etwas Stärkeres als ein körperliches Bedürfnis, so nannte er es Begehren mit Komplikationen.

Und genau das, so schien ihm, empfand er auch für das Grover-sche Mädchen. Darum ging er jetzt in den Laden, um seine Abendzeitung zu kaufen. Vielleicht war sie gar nicht da. Oder vielleicht würde das alles verpuffen, wenn er sie aus der Nähe sah, nicht durch eine Glasscheibe hindurch oder in den Armen eines anderen. Genaugenommen hoffte er, daß es so kommen würde.

Der Laden kauerte sich förmlich zusammen unter der erdrückend hohen braunen Backsteinmauer, beinahe ängstlich, als habe er etwas zu verbergen. Neben der Ladentür ragte eine Straßenlaterne aus schwarzem Gußeisen aus der Wand, aber sie brannte noch nicht. Als Drayton die Tür öffnete, veranstaltete eine kleine Glocke ein dünnes Gebimmel. Das Ladeninnere war schwach beleuchtet, und es roch unangenehm. Hinter dem Gestell mit Taschenbüchern und einer rostigen, mit ausgefransten Icecream-Plakaten beklebten Kühltruhe entdeckte er die Regale einer Buch-Ausleihe. Die Bücher waren von der Sorte, wie man sie auf Basaren erstehen kann, dreibändige Romane aus dem neunzehnten Jahrhundert, Entdecker-Memoiren, Schulgeschichte.

Eine dünne, ausgetrocknete Frau stand hinter dem Ladentisch direkt unter einer nackten Glühbirne. Anscheinend war das ihre Mutter. Sie bediente gerade einen Kunden mit Tabak.

«Wie geht's dem Boss?» fragte der Kunde.

«Unverändert schlecht mit seinem Rücken», antwortete Mrs. Grover ungerührt. «Hat seit Freitag das Bett nicht mehr verlassen. Sagten Sie *Vestas*?» Voller Abscheu bemerkte Drayton die Betthäschen-Magazine, den Stand mit Schnittmustern (Zwei weitschwingende Miniröcke an *einem* Abend zugeschnitten und genäht!), Groschenromane, Geisterwelten, Kreaturen aus dem All... Auf einem Regal stand zwischen Aschenbechern aus imitiertem Wedgwood-Porzellan ein Keramikspaniel mit einem Korb auf dem Rükken, aus dem künstliche Blumen sprossen. Die Blumen waren von Staubflocken überzogen wie von wucherndem Pilzbefall. «Das macht dann fünf dreißig. Vielen Dank auch. Es heißt, das sei ein Bandscheibenvorfall. Er hat sich bloß runtergebeugt, als er an seinem Wagen rumfummelte, und... krax!»

«Schlimm!» meinte der Kunde. «Haben Sie eigentlich vor, Ihr

Zimmer wieder zu vermieten? Ich hab gehört, Ihr junger Mann ist ausgezogen?»

«Gott sei Dank sind wir den los! Nein, mein Lieber, ich könnte jetzt keinen neuen gebrauchen, wo Mr. Grover fest liegt. Linda und ich haben schon so alle Hände voll zu tun.» Das war also ihr Name, Linda. Drayton wandte sich von den Geisterwelten ab. Mrs. Grover blickte ihn gleichgültig an. «Ja, bitte?»

«Den STANDARD bitte.»

Es war nur noch ein Exemplar übrig, und zwar das in dem Gestell draußen vor dem Laden neben dem Aushangkasten. Drayton folgte ihr nach draußen und zahlte seine Zeitung vor der Tür. Nie würde er wieder hier hineingehen in diese miese Bruchbude! Vielleicht hätte er es wirklich nicht getan, und sein Leben wäre weiter seinen geordneten Gang gegangen, unbeirrt dem Ziel entgegen. Nur einen Moment zögerte er. Die Straßenlaterne war angegangen, und sein Blick blieb an einem vertrauten Namen auf einer der Karten hängen. Margolis, Quince Cottage, und darunter das Stellenangebot für eine Putzfrau. Da ging die Tür auf, und Linda Grover kam heraus. So schnell kann es einen erwischen...

Sie war ebenso groß wie er, und ihr kurzes graues Kleid ließ sie noch größer erscheinen. Der feuchte Wind blies den Stoff gegen ihren Körper und zeigte die Umrisse ihrer kleinen Brüste und ihrer langen, schlanken Schenkel. Ihr kleiner Kopf saß auf einem dünnen Hals, und ihr blaßblondes Haar war so straff zurückgekämmt, daß es die Haut spannte und die sanften, taubengrauen Augenbrauen bogenförmig in die Höhe reckte. Noch nie hatte er ein so vollständig angezogenes Mädchen so nackt vor sich gesehen.

Sie öffnete den Schaukasten, nahm eine Karte heraus und ersetzte sie durch eine andere. «Es regnet ja schon wieder», sagte sie beiläufig. «Wo das bloß alles herkommt!» Gräßliche Stimme, halb Sussex, halb Cockney.

«Vom Himmel», erwiderte Drayton trocken. Die einzig mögliche Antwort auf eine so dumme Bemerkung. Er konnte sich nicht recht erklären, weshalb sie sich überhaupt herabließ, mit ihm zu sprechen, außer, sie hatte ihn in jener Nacht auch gesehen und überspielte damit ihre Verlegenheit.

«Sehr komisch!» Ihre Finger waren lang, und ihre Hand hatte bestimmt eine Oktavenspanne. Er bemerkte die abgekauten Nägel.

«Sie werden noch völlig naß, wenn Sie hier stehenbleiben», meinte sie.

Drayton zog sich die Kapuze über. «Wie geht's dem Boyfriend?» fragte er leichthin. Ihre Reaktion tat ihm wohl. Das hatte gesessen!

«Hab ich denn einen?» Ihr häßlicher Akzent peinigte ihn, und das allein, so beschwichtigte er sich selbst, war der Grund dafür, warum er die Hände zu Fäusten ballte, während er dastand und die Karten anstarrte, auf denen Kinderwagen zum Verkauf, Sozialwohnungen zum Tausch angeboten wurden – der Akzent, nicht ihre körperliche Nähe...

«Na, ja, ein gutaussehendes Mädchen wie Sie?» fragte er, drehte sich abrupt zu ihr um und blickte sie an. Dies war nicht Thomas Mann und nicht Durrell, sondern höchst gängiges Wortgeplänkel, schüchterne Präliminarien des Liebesspiels. «Na, hören Sie mal!»

Ihr Lächeln begann ganz langsam und zögernd und entwickelte sich wie gegen einen verborgenen Widerstand. Ihm fiel auf, daß sie lächelte, ohne die Zähne zu zeigen, ohne die Lippen zu öffnen, und das stieß ihn ab. Sie standen in dem nieselnden Dunst und blickten einander an. Es tröpfelte auf die ausgestellten Zeitungen. Drayton riß seinen Blick los und wandte ihn absichtsvoll wieder dem Glaskasten zu.

«Sie scheinen ja sehr interessiert zu sein an diesen Karten, das muß ich schon sagen», sagte sie spitz. «Was fasziniert Sie denn so an all diesem Trödel aus zweiter Hand?»

«Mir macht es nichts aus, wenn etwas aus zweiter Hand ist», sagte er, und als sie errötete, wußte er, daß sie ihn gesehen hatte, neulich, als er Zeuge jenes Kusses gewesen war.

Eine Putzfrau mit brandrotem Haar. Möglich war es. Jedenfalls deutete alles darauf hin. Mrs. Penistan schien alle Voraussetzungen zu erfüllen. Sie hatte bei Anita Margolis saubergemacht, warum sollte sie nicht auch bei Mrs. Harper aus der Waterford Avenue saubermachen? Eine Frau, die in der mehr als armseligen Glebe Road wohnte, konnte sehr wohl dem einen Arbeitgeber Papier stehlen, um darauf anonyme Briefe über einen anderen zu schreiben. In der Glebe Road waren einem Gaunereien nicht fremd, nicht einmal Mord und Totschlag. Erst letztes Jahr war dort eine Frau umgebracht worden. Monkey Matthews hatte mal dort gewohnt, und hinter einer dieser eintönig verputzten Fassaden war es auch gewesen, wo er Zucker und Natrium zusammengerührt hatte, um seine Bombe herzustellen.

Burden pochte forsch an die Tür des kleinen Reihenhauses. Eine Lampe ging an, eine Kette wurde zurückgezogen. Noch ehe die Tür aufging, sah er ein kleines, scharfes Gesicht, das ihn durch die kleine Glasscheibe fixierte.

«Mrs. Penistan?»

Wie ein Sprungdeckel klappte ihr Mund auf, und die Worte sprudelten nur so hervor. «Ach, hier sind Sie ja endlich, mein Lieber! Ich hatte Sie schon aufgegeben. Der Hoover steht schon für Sie bereit!» Sie zog ihn hervor, einen riesigen, altmodischen Staubsauger. «Ich vermute, es hat sich ein bißchen Dreck im Motor festgesetzt. Meine Jungens scheren sich eben den Teufel darum, was sie mir mit ihren Schuhen an Schmutz hereinschleppen. Es wird doch wohl nicht lange dauern, oder?»

«Mrs. Penistan, ich bin nicht gekommen, um Ihren Staubsauger zu reparieren. Ich bin kein...»

Sie sah ihn mißtrauisch an. «Doch wohl kein Zeuge Jehovas, hoffe ich?»

«Nein, Police Officer.» Sie machte den Irrtum wett, indem sie gellend lachte. Selbst hier in ihrem eigenen Haus trug sie einen Hut. Das Haar, das darunter hervorschaute, war nicht rot, sondern grau. Man konnte sie weder als Frau in den mittleren Jahren bezeichnen noch als hypermodern gekleidet. Ergänzend zu ihrer Puddingschüssel von Hut trug sie über einer grünen Strickjacke eine ärmellose Kittelschürze. Burden schätzte sie auf nahezu siebzig.

«Kommen Sie doch einfach mit in die Küche, mein Lieber. Ich mache gerade Tee für meine Jungens.» In der Friteuse schmurgelten Pommes frites. Sie hob den Drahtkorb heraus und füllte ihn mit einer neuen Portion frisch geschnittener Kartoffelstifte. «Wie wär's denn mit einem Täßchen?»

Burden nahm das Angebot an, und als sie den Tee servierte, war er heiß und stark. Er setzte sich auf einen schmuddeligen Stuhl an den schmuddeligen Tisch. Die Schlampigkeit der Wohnung überraschte ihn. Irgendwie hatte er erwartet, das Haus einer Putzfrau müsse sauber sein, etwa so wie das Konto eines Bankdirektors immer nur schwarze Zahlen aufweisen durfte.

«Smith?» sagte sie. «Nein, da klingelt bei mir nichts.»

«Fitzwilliams?»

«Nein, mein Lieber. Es gab da mal einen Mr. Kirkpatrick. Könnte es der sein?»

«Könnte sein.» Wie er Margolis kannte, konnte es sogar sehr wohl sein.

«Der wohnt irgendwo in Pomfret. Komisch, daß Sie gerade nach dem fragen, wo ich doch seinetwegen weggeblieben bin.»

«Und wie kam das, Mrs. Penistan?»

«Ich weiß eigentlich nicht, weshalb ich es Ihnen nicht erzählen sollte. Vermißt, sagten Sie? Tja, das überrascht mich nicht. Es würde mich gar nicht wundern, wenn er sie umgebracht hätte, so wie er es gesagt hat.»

«Das hat er wirklich gesagt?»

«Jawohl, bedroht hat er sie, das hab ich selbst gehört. Wollen Sie's genau wissen?»

«Allerdings will ich das. Aber zuerst möchte ich mal was über Miss Margolis hören, was Sie so von ihr gehalten haben und dergleichen.»

«Sie war ein riesig nettes Mädchen, das kann ich Ihnen sagen. Nichts gegen sie! Als ich den ersten Tag kam, nannte ich sie ‹Miss›, und sie prustete richtig los vor Lachen. ‹Oh, Mrs. P., Liebste›, sagte sie, ‹nennen Sie mich einfach Ann. Alle nennen mich Ann.› Das ist eine von den Leichtblütigen, nimmt alles, wie es gerade kommt. Ich sag Ihnen, die hatten Geld, haufenweise Geld, aber sie sind ja nicht immer so freizügig damit, diese Art Leute. Allein die Kleider, die sie mir geschenkt hat, Sie würden's nicht glauben! Das meiste davon mußte ich ja meiner Enkeltochter geben, bin ja ein bißchen drüber hinaus über diese Hosenanzüge und die Rocksäume dicht unterm Nabel.

Die hatte ihren Kopf an der richtigen Stelle, sag ich Ihnen! Wie die mit Geschäftsleuten umgesprungen ist! Sie kaufte immer das Beste, und sie wollte immer genau wissen, was sie für ihr Geld kriegte. Da mußte man früher aufstehen, wenn man die übers Ohr hauen wollte. Ganz im Gegensatz zu ihm.»

«Zu Mr. Margolis?»

«Ich weiß, es sagt sich so leicht, aber ich glaub, der ist ein bißchen meschugge. Ein ganzes Jahr war ich nun da, und nie ist eine Menschenseele ihn besuchen gekommen. Malen, malen, malen, den lieben langen Tag, aber wenn er dann damit fertig war, dann konnte man gar nicht erkennen, was es sein sollte. ‹Ich wundere mich bloß, daß Ihnen das gar nicht über wird›, hab ich mal zu ihm gesagt. ‹Oh, ich bin sehr fruchtbar, Mrs. Penistan›, hat er geantwortet, was immer das nun heißen sollte. Mir kam das irgendwie schmutzig vor. Nein, der ist bestimmt nicht ganz richtig im Kopf.» Sie häufte die Pommes frites auf zwei Teller und begann Eier aufzuschlagen, wobei sie an jedem argwöhnisch roch, bevor sie es in die Pfanne tat.

Burden hatte eben angefangen, sie über Kirkpatricks Drohungen auszufragen, da ging die Hintertür auf, und zwei große stiernackige Männer in Overalls polterten herein. Waren das die «Jungens», die sich nicht darum kümmerten, was sie mit ihren Füßen hereinschleppten? Beide waren um Jahre älter als Burden. Sie trampelten durch die Küche, nickten ihrer Mutter flüchtig zu und nahmen keinerlei Notiz von ihrem Besucher. Vielleicht nahmen sie auch an, er sei gekommen, um den Staubsauger in Ordnung zu bringen?

«Warten Sie mal einen Moment, mein Lieber», unterbrach sich Mrs. Penistan. Einen Teller in jeder Hand, verschwand sie ins Wohnzimmer. Burden trank seinen letzten Schluck Tee. Eben kam einer der «Jungens» zurück, um die Teekanne zu holen, gefolgt von seiner Mutter, die übers ganze Gesicht strahlte.

«Aus denen kriegen Sie kein Wort heraus, bevor sie nicht eine gehörige Mahlzeit intus haben», sagte sie stolz. Ihr Sohn überhörte das, marschierte davon und knallte die Tür hinter sich zu. «Also, mein Lieber, Sie wollten was über Mr. Kirkpatrick wissen. Warten Sie mal, was haben wir denn heute? Freitag. Das muß Mittwoch letzter Woche gewesen sein. Mr. Margolis war zu einem Malurlaub nach Devon hinuntergefahren. Ein paar Tage vorher komme ich rein und sag zu ihr: ‹Wo ist denn Ihr Bruder?› – ‹Dartmoor›, sagt sie, und *das* konnte ich mir vorstellen, obwohl Broadmoor noch besser für ihn gepaßt hätte.» Sie brach in ein schrilles Gelächter aus, setzte sich Burden gegenüber und stützte die Ellbogen auf den Tisch. «Also, zwei Tage später, an diesem Mittwoch, da klopft es plötzlich nachmittags an die Tür. ‹Ich geh schon!› sagt sie, und als sie die Tür aufmacht, da ist es dieser Kirkpatrick. ‹Guten Tag›, sagt sie so ganz cool, aber doch irgendwie komisch, ich kann das nicht beschreiben. ‹Guten Tag›, sagt er auch, und dann stehen sie da so und gucken sich gegenseitig bloß an. Na ja, aber wie ich schon sagte, nichts gegen sie! Und sie stellte mich dann sehr nett vor. ‹Penistan?› sagt er. ‹Das ist ein ziemlich ortsüblicher Name. Uns gegenüber in Pomfret, da wohnt auch eine Familie Penistan.› Daher weiß ich auch, wo der herkommt. Na ja, ich hab dann weitergemacht mit Silberputzen und bin wieder in die Küche gegangen.

Keine fünf Minuten später hör ich sie nach oben gehen. Die gehen wohl seine Bilder angucken, denke ich Ahnungslose. Bilder gab es ja im ganzen Haus, Mann, sogar im Badezimmer. Ungefähr 'ne halbe Stunde später kommen sie dann wieder runter, und mir ist doch gleich so, als ob da was in der Luft liegt. Und da hör ich auch schon, wie sie anfangen zu streiten.

‹Um Gottes willen, nun verknall dich bloß nicht in mich, Alan›, sagt sie richtig sauer. ‹Liebe›, säuselt sie mit hoher Stimme, ‹ich weiß gar nicht, was das ist. Wenn ich jemanden liebe, dann ist es Rupert.› Rupert, das ist ihr meschugger Bruder. Na, dieser Alan, der dreht völlig durch und fängt an zu brüllen. Alle möglichen säuischen Ausdrücke hat er gesagt, die könnte ich gar nicht wiederholen. Sie hat nicht mal mit der Wimper gezuckt. ‹Ich mach ja gar nicht Schluß, Liebling›, sagt sie bloß, ‹was du eben da oben gehabt hast, das kannst du auch weiter haben.› Ich kann Ihnen sagen, mir ist vielleicht das Blut in den Kopf geschossen! Das ist das letzte Mal, daß du deinen Fuß hier hereinsetzt, Rose Penistan, hab ich zu mir gesagt. Meine Jungens sind da sehr eigen. Die würden nicht wollen, daß ich wohin gehe, wo's unmoralisch ist. Also ich schnurstracks rein zu ihr und diesem Kirkpatrick, um ihr das auf der Stelle klipp und klar zu sagen. Und da hör ich doch, wie er sagt: ‹Du spielst mit deinem Leben, Ann, eines schönen Tages bring ich dich eigenhändig um, wenn du so weitermachst.›

Na ja, und das Stärkste war, damit stürzte er raus. Ich höre noch, wie sie ihm nachruft: ‹Sei doch nicht albern, Alan, und vergiß nicht, daß wir eine Verabredung für Dienstag abend haben.›»

«Dienstag?» fuhr Burden dazwischen. «Das müßte der vorige Dienstag gewesen sein.»

«Muß es wohl. Ganz schön komisch sind diese Leute, mein Lieber, was? Geschäftstüchtig bis dorthinaus, das ist sie, und andererseits auch wieder richtig gut. Sie hat für Oxfam gesammelt und für kranke Tiere, hat immer die Zeitung gelesen von A bis Z und geriet jedesmal in Rage über das, was sie Ungerechtigkeit nannte. Und trotzdem hat sie sich mit diesem Kirkpatrick abgegeben. Ist schon 'ne komische Welt!»

«Sie haben also gekündigt?»

«Noch am selben Tag. Kaum war er weg, da kommt sie in die Küche, als ob nichts geschehen sei. Vollkommen kühl und gelassen war sie, lächelt und redet über das gräßliche Wetter, das ihr armer Rupert unten im Moor nun hätte. Ich weiß auch nicht, was das ist, mein Lieber, aber ich nehme an, es ist das, was die Leute meinen, wenn sie von Charme reden. Ihr gegenüber konnte ich mir einfach keine Luft machen. Ich habe bloß gesagt: ‹Diese Woche mach ich noch zu Ende, und dann muß ich leider aufhören. Dieses Haus hier, das wird mir alles zuviel.› Und ich habe nie ein wahreres Wort gesprochen.»

«Arbeiten Sie noch sonst irgendwo, Mrs. Penistan? Vielleicht in Stowerton?»

«O nein, mein Lieber. Das würde sich nicht lohnen, den ganzen Weg bis dort hinaus. Nicht, daß meine Jungens mich nicht mit dem Lieferwagen abholen würden; sie sorgen ja immer für ihre Mama, die beiden!» Sie begleitete ihn in den Flur hinaus, wo sie auf einen der beiden Söhne stießen, der mit seinem leeren Teller in die Küche zurückging. Dort stellte er ihn wortlos auf den Tisch. Auch wenn er weiterhin keinerlei Notiz von seiner Mutter nahm, abgesehen davon, daß er sie zur Seite schubste, als er durch die Tür trat, so hatte die Mahlzeit, die er «intus hatte», denn wohl doch eine leichte Besserung seiner Stimmung bewirkt, denn er brummte immerhin, zu Burden gewandt: «Scheußlicher Abend.»

Mrs. Penistan lächelte ihn innig an. Sie hievte den Staubsauger aus dem Weg und öffnete die Haustür. Regenböen fegten durch die Straße. Merkwürdig, daß es immer am Abend anfängt zu gießen, dachte Burden. Und während er mit gesenktem Kopf und hochgestelltem Mantelkragen die Glebe Road hinunterging, grübelte er über die vertrackte Frage nach, wie man Kirkpatrick verhören konnte, wo sie noch nicht mal eine Leiche und auch keinen schwerwiegenderen Nachweis eines Mordes hatten als einen anonymen Brief.

6

Zwei Männer namens Geoffrey Smith wohnten in Kingsmarkham, einer in Stowerton und zwei weitere in Sewingbury. Der einzige dunkelhaarige war zwei Meter groß, der einzige unter fünfunddreißig hatte einen blonden Bart, und keiner besaß einen schwarzen Wagen. Sämtliche Nachforschungen waren fruchtlos gewesen, genauso ergebnislos wie die Durchsuchung des Margolisschen Hauses. Eine Notiz der Schwester war nicht zutage gekommen, ebensowenig jedoch irgend etwas, das auf faule Tricks hindeutete.

«Bleiben nur die fünfhundert Pfund», meinte Burden.

«Hübsche Summe, um damit auf Urlaub zu gehen», sagte Wexford forsch, und dann, weniger sicher: «Haben wir Margolis umsonst beunruhigt, Mike?»

«Schwer zu sagen, ob er beunruhigt ist oder nicht. Ich verstehe den Burschen nicht, Sir. Einen Moment denke ich, der macht sich über mich lustig, und im nächsten... Also, der ist wie ein Kind. Wahrscheinlich ist es das, was man unter einem Genie versteht.»

«Manche behaupten ja, Genie und Wahnsinn seien nur um Haaresbreite voneinander entfernt, und wieder andere definieren Genialität als unendlich ausdauernden Schaffensdrang.»

Wenn es etwas gab, das Burden verstand, so war es das Bemühen um Leistung. «Das sieht aus, als klatsche er Farben und Dreck auf seine Leinwand, so wie Sie und ich vielleicht Sauce über Fisch und Pommes frites kleckern», meinte er. «All diese Gemälde übersteigen mein Begriffsvermögen. Fast möchte ich sagen, das ist auch bloß so eine Art und Weise, den Leuten was vorzumachen. Wieviel verlangen sie von einem, wenn man in die Tate Gallery will?»

Wexford lachte schallend. «Nichts, soviel ich weiß. Der Eintritt ist frei.» Er zog den dünnen, speckigen Lappen fest, den er als Krawatte trug. «Sie erinnern mich an einen Ausspruch von Göring», sagte er. «Wenn ich das Wort Kultur höre, greife ich nach meinem Revolver.»

Burden war gekränkt. Er ging in den Korridor hinaus und suchte nach jemandem, an dem er seine Laune auslassen konnte. Bryant und Gates brachen ihre kollegiale Unterhaltung mit dem Sergeanten abrupt ab und taten sehr beschäftigt, sobald sie seiner ansichtig wurden. Nicht so Mark Drayton. Er stand ein wenig abseits von den anderen, blickte tief in Gedanken versunken auf seine Füße hinunter und hatte die Hände in den Taschen seines Dufflecoats vergraben. Der Anblick seiner schwarzen Haarmähne, die unter dem Rand seiner Kapuze hervorquoll, brachte Burden noch mehr in Rage. Er trat entschlossen auf Drayton zu, aber bevor er etwas sagen konnte, fragte der junge Mann:

«Könnte ich Sie einen Moment sprechen, Sir?»

«Der einzige Mensch, mit dem Sie sprechen müßten, ist der Friseur», knurrte Burden, «genaugenommen bloß zwei Worte: ‹Rundherum kurz!›» Draytons Gesicht blieb ungerührt, angespannt und nachdenklich. «Also bitte, was gibt's?»

«Eine Anzeige in Grovers Schaukasten. Ich dachte, das könnte uns interessieren.» Er zog ein flaches, sehr ordentliches Notizbuch aus der Tasche, klappte es auf und las laut vor: «Ruhiges, abgeschlossenes Zimmer für Abendstunden zu vermieten. Geeignet für Studenten und solche, die mal aus allem raus sein wollen. Diskretion zugesichert. Bitte melden Charteris Road 82, Stowerton.»

Burdens Nasenflügel zogen sich zusammen vor Abscheu. Immerhin war Drayton ja nicht verantwortlich für das Inserat, sagte er sich, er hatte es bloß entdeckt, und man mußte es ihm hoch anrechnen, *daß* er es entdeckt hatte. Wieso also dieser Verdacht, daß solche Angelegenheiten, so widerwärtig, so umwittert von schmutzigen Dingen, die in schmutzigen Ecken passierten, nur allzugut zu diesem jungen Burschen paßten?

«Wieder mal Grover, sieh mal an», sagte Wexford, als sie es ihm erzählten. «Dann ist *das* also wohl ihre neueste Masche, was? Letztes Jahr waren es – na ja, komische Bücher. Dieser Laden wird ja von Tag zu Tag mehr zur Zentrale der Subkultur.» Er lachte halblaut in sich hinein, und es hätte Burden nicht gewundert, ein eilfertiges Echo von Drayton zu hören. Dieser Junge war doch ein Speichellecker par excellence. Doch Draytons dunkles Gesicht blieb merkwürdig verschlossen. Fast hätte man meinen können, er schäme sich, bloß gab es schließlich keinen Grund, weshalb er das tun sollte.

«Wissen Sie noch, wie damals alle Schulkinder plötzlich mit Schnappmessern herumliefen, und wir wußten genau, daß sie von Grover stammten, bloß wir konnten es ihnen nicht nachweisen? Und dann diese Magazine, die er verkauft! Hätten Sie es gern, wenn Ihre Tochter so was läse?»

Wexford zuckte die Achseln. «Die sind nicht für Töchter, Mike, die sind für Söhne. Und *lesen* tut man sie ja auch nicht. Aber bevor wir hier das Komitee für Sittenreinheit einschalten, sollten wir uns wohl lieber mal mit diesem Inserat befassen.» Er blickte Drayton vielsagend an. «Sie sind genau der richtige Typ, Mark.» Es gab Burden einen Stich zu hören, wie der Chief Inspector Drayton, was er nur selten tat, mit dem Vornamen anredete. «Das ist eine Rolle, die zu Ihnen paßt.»

«Welche Rolle, Sir?»

«Wir machen aus Ihnen einen Studenten, der ‹mal aus allem raus sein will›, was, Inspector Burden?» Und den Blick noch immer auf Drayton gerichtet, setzte er hinzu: «Sonst wüßte ich hier niemanden unter uns, der sich in so einem Liebesnest glaubhaft einrichten könnte.»

Als sie das erste Mal an der Tür klingelten, rührte sich nichts. Es war ein Eckhaus mit der Front zur Charteris Road, während es seitlich, abgegrenzt von einem kurzen, morschen Bretterzaun, an den Sparta Grove stieß. Burden wartete im Wagen, und Drayton ging am Zaun entlang. Er endete an einem Weg, der zwischen den Rückseiten der Gärten entlangführte. Hier gab es eine Steinmauer, so hoch, daß man nicht hinübersehen konnte, aber Drayton fand eine Tür darin. Die war zwar verschlossen, gewährte jedoch durch ihre Spalten und Risse einen Blick in das Gärtchen des Hauses Nummer zweiundachtzig. Über einer Wäscheleine, die mit einem Ende an der Mauer, mit dem anderen an einem Haken über einem Hinterfenster des Hauses befestigt war, hing ein nasser Teppich, aus dem das Wasser auf einen gepflasterten Weg tröpfelte.

Das Haus war an die siebzig oder achtzig Jahre alt, hob sich jedoch durch seine penible Gepflegtheit gegen die Schäbigkeit der Nachbarhäuser ab. Der Hofplatz war gefegt – ein sauberer Besen stand mit den Borsten nach oben gegen die Hauswand gelehnt –, und die Hintertreppe war frisch geweißt. Alle Fenster waren geschlossen und mit reinlich gestärkten Netzgardinen versehen. Gerade betrachtete Drayton diese Fenster, da wurde an einem, vermutlich dem des nach hinten gelegenen Schlafzimmers, die Gardine leicht bewegt, und ein kleines, verhutzeltes Gesicht schaute heraus. Drayton setzte den Fuß auf einen vorstehenden Stein in der Mauer und zog sich in die Höhe, bis er mit Kopf und Schultern über den grasbewachsenen Rand hinwegsah. Das braune, affenartige Gesicht war noch immer da, und als ihre Blicke sich begegneten, erschien darin ein Ausdruck abgrundtiefen Terrors, der in keinem Verhältnis stand zu einem etwaigen Verstoß oder strafbaren Vergehen, wie man es den Bewohnern des Hauses möglicherweise unterstellen konnte. Das Gesicht verschwand hastig, und Drayton kehrte zum Wagen zurück.

«Da ist jemand drin», sagte er zu Burden.

«Das glaube ich gern. Aber abgesehen von der Tatsache, daß wir uns wegen so einer Sache keinen Eintritt erzwingen können, würden wir ja auch durch so ein Aufsehen den Sinn der Übung zunichte machen, nicht wahr?»

Ihr Wagen war nur einer von zwanzig bis dreißig Autos, die im Sparta Grove parkten, denn an diesem Ende der Straße gab es weder Garagen noch Einstellplätze.

«Jetzt kommt jemand», sagte Drayton plötzlich.

Burden blickte auf. Eine Frau zog eine Einkaufstasche auf Rädern hinter sich her und öffnete die Pforte des Eckhauses. Ihr Kopf war mit einem bunten Schal umwickelt, und sie trug einen Mantel mit einem riesigen, sehr auffallenden Pelzkragen. Als sich die Tür hinter ihr geschlossen hatte, sagte er:

«Die kenne ich. Ihr Name ist Branch, Mrs. Ruby Branch. Früher wohnte sie in Sewingbury.»

«Wohl eine von unserer Stammkundschaft?»

Es mißfiel Burden, diese Floskel – eine von Wexfords speziellen Formulierungen – aus Draytons Mund zu hören. Es schien auch nicht so sehr ein zufälliges Echo zu sein, als vielmehr eine sehr absichtsvolle, höchst opportune Nachahmung der urwüchsigen Redeweise des Chief Inspector. «Wir hatten sie schon dran wegen Ladendiebstahls, Stehlerei als Hausgehilfin und etlicher anderer kleiner Delikte. Dies ist was ganz Neues. So, Sie gehen jetzt wohl besser rein und erfüllen Ihren Auftrag.»

Sie unterzog ihn einer argwöhnischen und sichtlich alarmierten Prüfung durch das Glasfensterchen in der Tür, ehe sie aufmachte. Dann verschwand die Angst aus ihrem Blick, und die Tür öffnete sich einen Spaltbreit. Drayton schob seinen Fuß auf die Matte.

«Ich glaube, Sie haben ein Zimmer zu vermieten?» Er sagte es äußerst gewinnend, und sie schien entwaffnet, denn sie lächelte und zeigte dabei untadelige falsche Zähne voller Lippenstift. Kopftuch und Mantel hatte sie noch nicht abgelegt. Unter der riesigen Pelzboa des Kragens bemerkte er eine rüschenbesetzte Bluse über einem sehr ansehnlichen Busen. Das Gesicht war mittleren Alters – Anfang Fünfzig, schätzte Drayton – und kühn geschminkt, besonders um die Augen. «Ich habe zufällig Ihre Anzeige bei Grover gesehen, Mrs. – äh.»

«Kein Name – keine Scherereien, mein Lieber», entgegnete sie hastig. «Nennen Sie mich einfach Ruby.»

«Okay, Ruby.»

Sie schloß die Tür hinter ihm, und er fand sich in einem winzigen Flur wieder, dessen Fußboden mit billigem rotem Nylonteppich bespannt war. Auf der Schwelle zum Wohnzimmer blieb er verdutzt stehen, und sein Gesicht mußte wohl sein Erstaunen ausdrücken, denn sie sagte schnell:

«Stören Sie sich nicht an den nackten Dielen, Täubchen. Bei mir muß alles blitzblank und pieksauber sein, und den Teppich hab ich gerade ein bißchen zum Lüften draußen.»

«Frühjahrsputz, was?» meinte Drayton. Sämtliche Möbel waren an die Wände zurückgeschoben worden. Da gab es eine dreiteilige, plüschbezogene Sitzgarnitur mit einem Design, das anscheinend – aber das konnte ja wohl nicht stimmen! – blaue Fische darstellte, die zwischen Büscheln roter und rosa Kletterrosen umherschwammen. Auf einem riesigen Fernsehapparat stand eine nackte Dame aus rosa Porzellan, deren für alle Ewigkeit in die Höhe gereckter rechter Arm eine Glühbirne mit einem Plastikschirm trug. Die Relieftapete war goldverziert, und das einzige Bild zeigte den verstorbenen König Georg V. und Königin Mary in vollem Krönungsornat. «O ja, man sieht, wie gepflegt es hier bei Ihnen ist», sagte er treuherzig.

«Ja, so nett wie hier würden Sie's in keinem dieser Hotels kriegen. Was dachten Sie denn, wann wollten Sie kommen? Mir würde jeder Abend passen.» Sie bedachte ihn mit einem langen Blick, teils verlegen, teils abschätzend. «Und Sie werden eine junge Dame mitbringen?»

«Wenn Sie nichts dagegen haben. Ich dachte vielleicht – heute abend? Sagen wir von acht bis elf? Würden Sie...»

«Punkt acht bin ich fix und fertig», sagte sie. «Wenn Sie bitte bloß an die Tür klopfen wollen, dann brauchen Sie die junge Dame nicht hereinzubringen, bis ich gegangen bin. Manche sind da ein bißchen genierlich. – Sagen wir... einen Fünfer?»

Burden hatte ihm zehn Minuten Zeit gegeben. Die Sache hätte kaum glatter laufen können. Er blickte flüchtig aus dem Fenster und sah den Inspector auch schon auf die Haustür zukommen. Daß sie ihn ebenfalls gesehen hatte und daß sie wußte, wer er war, zeigte ihm ihr angstvolles Luftschnappen, der kleine Angstlaut, den sie von sich gab.

«Was ist eigentlich hier los?» fragte sie, und ihre Stimme wurde zu einem Wimmern.

Drayton wandte sich zu ihr um und sagte sehr ernst: «Ich bin Detective Constable, und ich habe Grund zu der Annahme, daß Sie hier ein Bordell unterhalten...»

Ruby Branch sank auf ihr rosablaues Sofa, schlug die Hände vors Gesicht und begann zu weinen.

Drayton hatte angenommen, sie würden sie jetzt glattweg mit nach Kingsmarkham nehmen und unter Anklage stellen. Es war doch alles klipp und klar, und sie hatte weder etwas abgestritten noch sich verteidigt. Sie hatte tatsächlich die Anzeige in Grovers Glaskasten gehängt, um einen kleinen Nebenverdienst herauszuschlagen. Moral hin, Gesetz her, hier deckten sich nun mal Angebot und Nachfrage... Burden hörte sich das alles ruhig an. Seine Augen fixierten das Kopftuch, das Ruby Branch abgebunden hatte und jetzt benutzte, um sich die Augen zu wischen, oder vielleicht auch mehr die feuerroten Locken, die darunter zum Vorschein gekommen waren.

«Letztes Mal, als ich Sie gesehen habe, waren Sie doch blond, Ruby», meinte er.

«Seit wann muß ich denn Ihre Erlaubnis einholen, wenn ich mir die Haare färben lassen will?»

«Arbeiten Sie eigentlich immer noch für Mrs. Harper in der Waterford Avenue?»

Sie nickte unter Tränen, dann sah sie ihn mißtrauisch an. «Was geht *Sie* das denn an, für wen ich arbeite? Wenn Sie nicht gewesen wären, dann hätte ich jetzt noch meinen Job im Supermarkt.»

«Daran hätten Sie *vor* Ihrem kleinen ‹Mißgriff› mit den sechs Dutzend Paketen Seifenpulver denken sollen, Ruby. Sie waren eben schon immer eine Reinlichkeitsfanatikerin, und das ist Ihnen zum Verhängnis geworden. Das ist ein richtiges Laster bei Ihnen, was? Ich sehe, es hat Sie schon wieder gepackt.»

Sein Blick fuhr über die nackten Dielenbretter und dann an Rubys von Krampfadern überzogenen Beinen in den dünnen, schwarzen Nylonstrümpfen hinauf bis zu ihrem plötzlich in panischer Angst erstarrten Gesicht. An Drayton gewandt, meinte er anerkennend: «Es gibt nicht viele berufstätige Frauen, die die Zeit finden, einen großen Teppich zu waschen. Mal mit einem feuchten Tuch drübergehen, das ja, das macht meine Frau immer. Aber richtig waschen... Gehen wir doch mal raus und sehen wir uns an, ob sie ganze Arbeit geleistet hat, was? Es ist ja ein schöner Vormittag, und ich könnte ein bißchen frische Luft gebrauchen.»

Ruby Branch kam mit ihnen. Sie stöckelte in ihren hochhackigen Schuhen, und Drayton hatte den Eindruck, als sei sie halb ohnmächtig vor Angst. Die Küche war makellos ordentlich und die frisch getünchten Stufen zum Hof so pieksauber, daß Burdens nicht besonders schmutziger Schuh einen schwarzen Ausdruck darauf hinterließ. Von dem Mann am Fenster – Ehemann, Untermieter? – war keine Spur zu sehen.

Drayton wunderte sich, daß die Wäscheleine stark genug war, das Gewicht des Teppichs auszuhalten, denn er war triefend naß und sah aus, als ob man ihn ganz und gar in die Wanne gesteckt hätte. Selbst der stürmische Wind versetzte ihn kaum in Schwingungen. Neugierig trat Burden dicht heran.

«Fassen Sie ihn nicht an!» schrie Ruby mit schriller Stimme. «Sonst fällt das ganze Ding noch runter.»

Burden kümmerte sich nicht um sie. Er gab dem Teppich einen Schubs, und genau wie sie es vorhergesagt hatte, riß die Leine. Platschend ging die schwere Ladung zu Boden, halb auf den gepflasterten Weg und halb auf den Rasen, und den triefenden Falten entströmte der strenge, tierische Geruch von nasser Wolle.

«Nun sehen Sie mal, was Sie angerichtet haben! Was schnüffeln Sie überhaupt hier draußen herum! Jetzt muß ich das alles noch mal machen!»

«Nein, das brauchen Sie nicht», versetzte Burden grimmig. «Die einzigen Leute, die das Ding jetzt anfassen werden, sind wissenschaftliche Untersuchungsexperten.»

«Von wegen lüften!» rief Drayton.

«Oh, mein Gott!» Rubys Gesicht war gelblichweiß geworden. Die grellroten, zitternden Lippen wirkten darin wie eine klaffende Schnittwunde. «Ich hatte doch nichts Böses im Sinn, ich hatte einfach nur Angst. Ich dachte, nachher schieben Sie es noch *mir* in die Schuhe, vielleicht, daß Sie mich noch drankriegen als, als...»

«Als Helfershelfer? Gute Idee. Vielleicht tun wir's wirklich.»

«Oh, mein Gott!»

Dann saß sie wieder in ihrer ausgeräumten Wohnstube, wie versteinert, unfähig zu sprechen. Sie rang die Hände, biß sich den letzten Rest Farbe von den Lippen, und schließlich brach es aus ihr hervor:

«Es ist nicht, wie Sie denken! Es war kein Blut. Ich habe Himbeeren eingemacht, und da...»

«Im April? Ich bitte Sie, ja?» bremste Burden sie. «Lassen Sie sich ruhig Zeit, Ruby.» Er sah auf die Uhr. «Meinetwegen können wir bis heute mittag hier sitzen bleiben. Wir können sogar bis morgen hier sitzen bleiben.»

Wieder verstummte sie, und durch das neuerliche Schweigen hörte man schlurfende Schritte draußen auf dem Flur. Sehr vorsichtig wurde die Tür geöffnet, und Drayton sah einen kleinen Mann mit dünnem, grauem Haar. Das Gesicht war das, was er am Fenster gesehen hatte, alles andere als sympathisch mit seinem vorgewölbten Kinn, den unzähligen Furchen in der dunkelbraunen Haut, mit der Knollennase und dem wulstigen Mund. Aber der angstvolle Ausdruck darin hatte eine Veränderung erfahren. Sein Blick war auf Drayton geheftet, genau wie vorhin, aber die panische Furcht darin war einem ungläubigen Grauen gewichen, vergleichbar dem wollüstigen Gruseln eines Menschen, dem man ein fünfbeiniges Schaf oder eine bärtige Frau zeigt.

Burden stand auf und legte, da der Ankömmling geneigt schien, sich blitzartig aus dem Staub zu machen, seine Hand auf den Türgriff.

«Na, wenn das nicht Mr. Matthews ist», sagte er. «Ich muß schon sagen, ich halte nicht besonders viel von der Art und Weise, wie Sie Ihre Entlassung feiern. Das hier scheint ja mal wieder Maßarbeit zu sein!»

Der Mann namens Matthews krächzte mit schwacher Stimme:

«Hallo, Mr. Burden», und dann automatisch, so als sagte er das immer, wie andere Leute wohl sagen: ‹Wie geht's?› oder ‹Schöner Tag heute› – «Ich hab nix getan; nie nichts getan!»

«Als ich noch in der Schule war», meinte Burden, «da hat man uns beigebracht, daß eine doppelte Verneinung eine Bejahung ist. Damit wissen wir also wohl, woran wir sind, ja? Setzen Sie sich, erweitern Sie die Runde. Es sind wohl nicht zufällig noch mehr von euch da, oder?»

Monkey Matthews drückte sich an der Wand entlang und setzte sich schließlich so weit von Drayton entfernt wie möglich. Eine Weile sagte niemand etwas. Matthews blickte von Burden zu Ruby und dann, wie unwiderstehlich angezogen, wieder zu Drayton hinüber.

«Ist das Geoff Smith?» fragte er beklommen.

«Sie sehen ja», sagte Ruby Branch, «er hat sie überhaupt nicht gesehen. Na ja, genaugenommen – *ich* hab das Mädchen ja auch nicht gesehen.»

Wexford verdrehte die Augen und wackelte mit dem Kopf. Anfangs, als Burden es ihm berichtete, hatte er vor Wut geschäumt, inzwischen aber war sein Zorn zu grimmigem Ekel geronnen. Vier Tage waren seit Dienstag verstrichen, vier Tage voller Zweifel und Ungewißheit. Ein halbes Dutzend Männer hatte seine Zeit damit vertan, im dunkeln zu tappen und den falschen Leuten die falschen Fragen zu stellen. Und alles nur, weil ein dämliches Weibsbild sich gescheut hatte, zur Polizei zu gehen, aus Angst, die Polizei könnte ihr ein obskures Geschäft verderben, das lukrativ zu werden versprach. Jetzt saß sie hier in seinem Büro und schniefte in ihr Taschentuch, einem Lumpen aus Stoff und Spitze, vollgeschmiert mit dem Make-up, das ihre Tränen heruntergewaschen hatten.

«Dieser Geoff Smith», fragte Wexford, «wann haben Sie den zum erstenmal gesehen?»

Ruby knüllte ihr Taschentuch zu einer Kugel zusammen und gab einen tiefen, schluchzenden Seufzer von sich. «Letzten Sonnabend, Sonnabend den dritten, am Tag, nachdem ich die Anzeige aufgegeben hatte. Es war am Vormittag, so gegen zwölf. Da klopfte es an der Tür, und da war dann dieser junge Kerl und wollte das Zimmer für Dienstag abend. Er war dunkelhaarig, und er sah so gut aus und sprach auch so nett. Wie konnte ich denn wissen, daß es ein Mörder war?» Sie rutschte unruhig in Wexfords gelbem Stuhl herum und schlug die Beine übereinander. «‹Mein Name ist Geoff Smith›, hat er gesagt und war wohl auch noch stolz darauf, schließlich hab ich ihn ja nicht nach seinem Namen gefragt. Na ja, er sagte von acht bis elf, und da hab ich gesagt, das kostet fünf Pfund. Er hat auch keine Einwände gemacht, also brachte ich ihn bis an die Gartenpforte, und er stieg wieder in seinen schwarzen Wagen.

Am Dienstag kam er dann wieder, Punkt acht, genau wie er gesagt hatte. Aber diesmal hab ich keinen Wagen gesehen, und auch sein Mädchen hab ich nicht gesehen. Er gab mir meine fünf Pfund und sagte, gegen elf würde er wieder weg sein. Und als ich zurückkam, da *war* er auch weg. Sie, ich hatte das Zimmer tipptopp hinterlassen, piekfein wie im Hotel war es...»

«Ich bezweifle, daß das Gericht das als mildernden Umstand gelten lassen wird», warf Wexford kalt ein.

Bei diesem Hinweis auf die Rache, die die Gesellschaft an ihr nehmen würde, schluchzte Ruby erneut laut auf. «Na ja», schluckte sie, «die hatten es ziemlich durcheinandergebracht, die Möbel verschoben und so, und natürlich hab ich gleich angefangen, alles wieder in Ordnung zu bringen...»

«Würde es Ihnen was ausmachen, mich mit diesen Nebensächlichkeiten zu verschonen? Ich bin Chief Inspector, Ruby, kein Fachprüfer für Hauswirtschaft.»

«Ich soll Ihnen doch schließlich *alles* erzählen, oder? Dann muß ich Ihnen doch wohl auch erzählen, was ich getan habe.»

«Erzählen Sie mir, was Sie gefunden haben.»

«Blut», sagte Ruby. «Ich hab das Sofa zurückgeschoben, und da war es, ein riesengroßer Fleck. Ich weiß, ich hätte zu Ihnen kommen müssen, Mr. Wexford, aber ich war völlig durchgedreht, ich war halb tot vor Angst. Bei all den Vorstrafen, die Sie mir schon angehängt haben! Ich dachte, Sie würden mich noch wegen Komplizenschaft drankriegen, oder wie das nun heißt. Und dann war ja auch *er* noch da, dieser Geoff Smith. Ist ja alles ganz schön und gut, wenn Sie sagen, Sie hätten schon auf mich aufgepaßt. Aber Sie und ich, wir wissen doch beide, worauf das hinausgelaufen wäre. Sie hätten mir doch keinen Bodyguard für mein Haus gegeben, rund um die Uhr. Ich war einfach verrückt vor Angst.» Und kläglich wimmernd fügte sie hinzu: «Und das bin ich noch immer, wenn Sie's wissen wollen.»

«Und was hat Matthews mit dieser ganzen Angelegenheit zu tun?»

«Na ja, ich war doch ganz allein. Unentwegt bin ich zum Fenster gegangen, um zu sehen, ob ich irgendwo einen kleinen, dunklen Burschen entdecken konnte, der mein Haus beobachtete. Der hat *ein* Mädchen umgebracht, dachte ich bei mir, da kann man Gift drauf nehmen, daß er sich's nicht zweimal überlegt, mich auch noch um die Ecke zu bringen. George und ich, wir sind doch immer gute Freunde gewesen.» Einen Moment lang überlegte Wexford, wen sie wohl meinte, dann besann er sich auf Monkeys in Vergessenheit geratenen Vornamen. «Ich hatte gehört, daß er wieder raus war, und ich fand ihn dann im *Piebald Pony.*» Sie stützte ihre Ellbogen auf Wexfords Schreibtisch und bedachte ihn mit einem langen, flehenden Blick. «In solchen Zeiten *braucht* eine Frau einfach einen Mann um sich. Wahrscheinlich hatte ich gehofft, daß er mich beschützen würde.»

«Tja, sie wollte jemanden, der sie beschützt», bestätigte Monkey Matthews. «Krieg ich noch 'ne Lulle? Und ich hatte doch nichts und niemanden, wo ich hingehen konnte, weil, was meine Frau ist, die will ich nicht mehr im Haus haben. Aber was glauben Sie denn, Mr. Burden, mir wär doch noch was Besseres eingefallen, als mit Ruby zu gehen, wenn ich gewußt hätte, was mich da erwartet!» Er schlug sich gegen die eingefallene Brust. «Ich bin doch kein Bodyguard. Ham'Se Feuer?» Unverschämt und furchtlos, seit man ihm versichert hatte, daß Ähnlichkeiten zwischen Drayton und Geoff Smith reiner Zufall wären, lümmelte er sich in seinem Stuhl und redete höchst angeregt drauflos.

Burden riß ein Streichholz an, um ihm die vierte Zigarette anzuzünden, die er seit Beginn der Unterredung bekommen hatte, und schob ihm unmißverständlich einen Aschenbecher hin.

«*Allerdings* war da Blut auf dem Teppich!» fuhr Monkey fort. Die Zigarette klebte ihm an der Unterlippe, und er kniff die Augen zusammen vor dem Rauch. «Erst hab ich ihr ja gar nicht geglaubt. Sie wissen ja, wie die Weiber sind.»

«Wieviel Blut?» fragte Burden streng und angewidert, so als litte er allein schon unter der Zumutung, diesen Mann verhören zu müssen.

«Ganz ordentliche Menge. Gräßlich war das. Als ob einer mit dem Messer verrückt gespielt hätte.» Er schüttelte sich, lachte aber gleichzeitig meckernd. Die Zigarette fiel herunter. Als er sie umständlich wieder aufgehoben hatte – nicht, bevor sie einen Fleck auf dem Teppich hinterlassen hatte –, erzählte er weiter.

«Ruby war ganz durchgedreht vor Angst, dieser Smith würde wiederkommen. Die wollte glatt zu Ihnen gehen. ‹Ist doch Käse›, hab ich zu ihr gesagt, ‹nach all der Zeit.› Aber weil ich nun mal jemand bin, der das Gesetz respektiert, wenn es sich um richtiges, knallhartes Verbrechen handelt, hab ich mir gesagt, ich geb Ihnen lieber mal einen kleinen Wink, daß irgendwo 'ne Leiche im Busch ist. Deshalb hab ich Ihnen den Brief geschrieben. Ruby hatte da so Papier rumliegen. Sie hat ja immer so hübsche Sachen.»

Er bedachte Burden mit einem schleimigen Lächeln, wobei er sich schier das Gesicht verrenkte. «Ich weiß doch, *Sie* brauchen bloß einen winzigen Hinweis, und schon haben Sie einen am Kragen. Immer wenn einer über unsere Polizei meckert, dann sag ich, nee, also Mr. Wexford und Mr. Burden, das sind feine Burschen, richtig Spitze. Die müßten eigentlich in London oben bei Scotland Yard sitzen, wenn es gerecht in der Welt zuginge.»

«Wenn es gerecht in der Welt zuginge», versetzte Burden wütend, «dann würde ich Sie hierfür die längste Zeit einbuchten, die Sie je abgesessen haben.»

Monkey glotzte Burdens grünblaue Glasskulptur an, als versuche er, eine Ähnlichkeit mit menschlichen oder tierischen Lebewesen festzustellen. «Nu seien Sie man nicht so», sagte er. «Ich hab nix getan, nie nichts getan. Man kann sogar sagen, ich hab mir regelrecht exponiert, um Ihnen zu helfen. Ich hab diesen Geoff Smith ja nie mit eigenen Augen gesehn, aber wenn der wiedergekommen wäre und rumgeschnüffelt hätte – Mann, ich wär genauso durch den Wind gewesen wie Ruby.» Er gab einen theatralischen Seufzer von sich. «War doch ein regelrechtes Opfer von mir, daß ich Ihnen bei Ihren Nachforschungen geholfen hab, oder? Und was hab ich nu davon?»

Die Frage war zwar rhetorisch gemeint, aber Burden beantwortete sie schroff: «Was Sie davon haben? Zunächst mal ein nettes, gemütliches Zuhause, wo Sie pennen können, mein Guter. Vielleicht haben

Sie ja auch diesen Smith in die Zange genommen und haben erst Ihr sogenanntes ‹Opfer› gebracht, als er nicht mitspielte?»

«Das ist eine schmutzige Lüge!» rief Monkey pathetisch. «Ich sag Ihnen doch, ich hab ihn nie gesehen. Ich dachte, dieser junge Typ da von euch, das wäre *er*! Weiß Gott, ich traue mir zu, einen Bullen auf einen Kilometer Entfernung zu erkennen, aber wenn die sich heutzutage so ausstaffieren... Ruby und ich, wir waren doch ganz weg vor Angst! Und dann taucht der da plötzlich auf und steckt seine lange Nase über die Mauer. Von wegen in die Zange nehmen! Das soll wohl 'n Witz sein? Wie sollte ich ihn denn in die Zange nehmen, wo ich doch vor Mittwoch gar nicht bei Ruby gewesen bin?» Grimmig und affenähnlicher denn je blickte er Burden mit seinen vorquellenden Augen an. «Ich will noch 'ne Lulle!» verlangte er beleidigt.

«Wann haben Sie den Brief geschrieben?»

«Donnerstag vormittag, als Ruby auf Arbeit war.»

«Und da waren Sie ganz allein?»

«Ja, mutterseelenallein. Ich hab nicht mit Mr. Geoff Smith ein Folterverhör angestellt, wenn es das ist, worauf Sie hinauswollen. So was überlaß ich euch hier!» Vor Entrüstung bekam er einen Hustenanfall, und er hielt sich die fleckigen, gelbbraunen Finger vor den Mund.

«Ihrem Raucherhusten nach befinden Sie sich schon im Endstadium», sagte Burden angewidert. «Was machen Sie bloß, wenn Sie hinter Gittern sind? Fangen Sie dann an zu schreien wie ein Abhängiger in der Entziehungskur?»

«Das sind bloß die Nerven», japste Monkey, «ich bin ein einziges Nervenbündel, seit ich das Blut da gesehen hab.»

«Woher wußten Sie denn, was Sie in dem Brief schreiben mußten?»

«Wenn Sie hier versuchen, mir 'ne Falle zu stellen», krächzte Monkey voll untergründiger Wut, «dann müssen Sie's, verdammt noch mal, geschickter anfangen als so! Natürlich, weil Ruby es mir erzählt hat. Mann, seien Sie nicht kindisch. Jung, dunkles Haar und hat 'nen schwarzen Wagen, sagte sie. Name ist Geoff Smith. Wollte um acht kommen und um elf wieder weg sein.»

Er drückte seine Kippe auf dem Sockel der Glasskulptur aus. Monkeys Gesicht ohne die gewohnte Zigarette erinnerte den Inspector an einen kurzsichtigen Mann ohne Brille. Es wirkte irgendwie nackt und unnatürlich.

«Okay», sagte er. «Sie wußten also das alles über ihn, weil Ruby es Ihnen erzählt hat, aber Sie haben ihn nie gesehen, und Sie haben auch das Mädchen nie gesehen.» Bei den letzten Worten flackerten Monkeys unverschämte Augen ein wenig. Burden wußte nicht, kam das nun, weil er doch mehr wußte oder weil er dringend eine weitere Stimulierung brauchte? Er griff nach der Zigarettenschachtel und schob sie in die Schublade. «Woher wußten Sie dann aber, daß sie Ann heißt?» fragte er.

7

«Woher wußten Sie, daß sie Ann heißt?» fragte auch Wexford.

Der Blick, mit dem Ruby darauf reagierte, spiegelte komplette Hilflosigkeit. Nicht nur, daß sie seine Fragen äußerst unwillig beantwortete, sie war auch völlig ins Schwimmen geraten. Mit Geoff Smith und seiner Beschreibung, da hatte sie noch festen Grund unter den Füßen gehabt, jetzt aber hatte er sie in unbekannte und, wie sie womöglich sehr wohl wußte, gefährliche Gewässer bugsiert. Sie wandte ihren Blick ab und betrachtete angelegentlich eins ihrer Krampfaderbeine, als warte sie darauf, daß ihr eine Laufmasche den Strumpf hinaufribbelte.

«Und Sie haben auch den Brief nicht gesehen, Ruby?»

Er wartete. Schweigen war das Allerschlimmste, war das, was jeder Polizist fürchtete. Reden dagegen, einerlei wie clever und subtil formuliert, hatte unweigerlich etwas Verräterisches an sich.

«Geoff Smith hat Ihnen den Namen dieses Mädchens doch gar nicht gesagt. Woher wußten Sie ihn dann? Und woher weiß Matthews ihn?»

«Ich weiß überhaupt nicht, was Sie wollen!» kreischte Ruby. Sie umklammerte ihre Handtasche und rückte möglichst weit von ihm weg. Ihr Mund zitterte. «All die gemeinen Sachen, die Sie mir hier sagen, die gehen bei mir zum einen Ohr rein und zum anderen wieder raus. Ich hab Ihnen alles gesagt, was ich weiß, und ich hab schreckliches Kopfweh.»

Wexford ließ sie allein und suchte Burden auf. «Ich kapiere überhaupt noch nichts», seufzte er. «Warum nennt Geoff Smith ihr seinen Namen? Sie wollte ihn doch gar nicht wissen. ‹Kein Name – keine Scherereien›, hat sie jedenfalls zu Drayton gesagt.»

«Natürlich war's ein falscher Name.»

«Ja, das nehme ich auch an. Ein Angeber, der aus Spaß ein Pseudonym benutzt, selbst wenn keiner daran interessiert ist.»

«Und wenn er nun nicht nur *seinen* Namen unaufgefordert gesagt hat, sondern auch gleich noch den seiner Freundin?»

«Nein, Mike», fuhr Wexford auf, «da macht meine Gutgläubigkeit nicht mit. ‹Mein Name ist Geoff Smith, und ich werde Ann mitbringen …› Können Sie sich das vorstellen? Ich nicht. Außerdem habe ich Ruby in diesem Punkt immer und immer wieder ausgequetscht. Da wette ich ein Jahresgehalt, der hat ihr nie den Namen des Mädchens gesagt, und das erste Mal, daß sie ihn gehört hat, war jetzt eben da drinnen, und zwar von mir.»

«Aber Monkey hat ihn gewußt», gab Burden zu bedenken.

«Und Monkey war noch nicht mal dabei. Nein, ich glaube nicht, daß Ruby lügt. Und gerade jetzt ist sie doch auf Gedeih und Verderb auf uns angewiesen. Mike, würde denn Ann Margolis in so eine Absteige gehen? Sie wissen, was die Zeitungen schreiben: Ex-Mannequin und Chelsea-Playgirl! Warum sollte sie einen Kerl nicht einfach mit nach Hause nehmen?»

«Sie neigt nun mal zum Schlunzen», zitierte Burden. «Margolis hat das so umschrieben bei unserem Gespräch. Also bestellt der sogenannte Smith das Zimmer am Sonnabend. Anita wußte, Margolis würde Dienstag abend fort sein, nahm aber wahrscheinlich an, er werde ziemlich früh wieder nach Hause kommen. Er wußte ja nicht – und also sie auch nicht –, daß der Galeriebesitzer ihn zum Essen einladen würde.»

«Ja, das wäre immerhin plausibel. Haben die Jungens schon angefangen, sich Rubys Haus vorzunehmen?»

«Sie filzen es durch und durch, Sir. Der Teppich ist ins Labor gebracht worden. Martin hat eine Nachbarin ausfindig gemacht, die was gesehen hat. Eine alte Lady namens Collins. Sie wartet auf uns.»

Sie war fast ebenso stattlich wie Wexford selbst, eine dicke alte Frau mit einem kantigen Kinn. Noch ehe er ihr Fragen stellen konnte, legte sie bereits los mit einer beredten Klage, wie sehr sie zu leiden hätte unter der Tatsache, daß sie Ruby Branchs unmittelbare Nachbarin sei. Es verginge kaum ein Abend, an dem sie nicht energisch gegen die Trennwand zwischen den beiden Häusern klopfen müsse. Ruby arbeite den ganzen Tag auswärts und erledigte ihre Hausarbeit nach sechs. Immer liefe der Fernseher auf voller Lautstärke, und oft genug auch noch der Staubsauger. Ja, Monkey, den kannte sie. Der hatte dort gewohnt, seit Ruby vor zwei Jahren eingezogen war, bis er vor sechs Monaten ins Gefängnis wanderte. Es war eine Schande, ein richtiger Skandal! Und gleich, als sie ihn am Mittwoch vormittag mit Ruby kommen sah, hätte sie gewußt, daß es wieder Scherereien geben würde. Dann gab es da ja auch noch eine verheiratete Nichte und ihren Mann aus dem Pomfret Way – *falls* die verheiratet waren! –, die kamen ein-, zweimal die Woche und tranken und grölten jeweils bis in die frühen Morgenstunden.

«Ich dachte ja auch, es wären *die* beiden, die ich am Dienstag abend weggehen sah», berichtete sie. «Die torkelten nur so den Weg entlang und hielten sich umschlungen, klammerten sich richtig aneinander, um überhaupt gehen zu können.»

«Zwei, sagen Sie?» fragte Wexford mit erhobener Stimme. «Sie haben zwei gesehen?»

Mrs. Collins nickte eifrig. «Jawohl, es waren zwei. Ich meine, lange hab ich ja nicht hingeschaut, das kann ich Ihnen flüstern. Ich war viel zu angeekelt.»

«Haben Sie sie vorher auch kommen sehen?»

«Nein, ich war bis nach neun in der Küche. Dann bin ich ins Wohnzimmer und denke noch, na, Gott sei Dank, die ist unterwegs. Bis halb war es nämlich totenstill da drüben. Ich weiß die Zeit genau, weil ich nämlich auf die Uhr geguckt hab. Da war nämlich was im Fernsehen, um einundzwanzig Uhr fünfunddreißig, das wollte ich sehen. Und ich steh eben auf, um einzuschalten, da kommt doch von nebenan dieser Mordskrach. Haste Töne, denk ich, schon wieder dieses Remmidemmi! Und ich dann gegen die Wand gedonnert!»

«Weiter!» drängte Wexford.

«Jetzt reicht's, hab ich zu mir selbst gesagt, jetzt geh ich rüber und stoß ihr mal Bescheid. Aber Sie wissen ja, wie das so ist, man hat eben nicht gern Krach mit seinen Nachbarn. Außerdem, die waren zu dritt, und ich bin schließlich auch nicht mehr die Jüngste. Immerhin, ich hatte schon meinen Mantel an, und ich steh da gerade hinter der Haustür, da sehe ich diese beiden den Weg runterkommen.»

«Wie gut haben Sie sie gesehen?»

«Na ja, nicht so sehr gut», räumte Mrs. Collins ein. «Es war durch das kleine Glasfensterchen in der Tür, wissen Sie. Sie trugen beide Regenmäntel, und sie hatte ein Tuch um den Kopf. Sein Haar war dunkel, das weiß ich genau. Ihre Gesichter hab ich nicht gesehen, aber die beiden waren stockbetrunken. Ich dachte, das Mädchen würde glatt auf die Nase fallen. Und sie kippte auch wirklich um; als er die Wagentür offen hatte, da sackte die glattweg über die Vordersitze.» Sie nickte angewidert, voll säuerlicher Selbstgerechtigkeit. «Ich ließ ihnen fünf Minuten Zeit, um zu verschwinden. Dann bin ich rüber, aber da machte niemand auf, und dann hab ich ja auch selbst gesehen, wie sie um elf nach Hause gekommen ist. – Was wird da eigentlich gespielt? hab ich mir natürlich überlegt. Das war nämlich gar nicht die verheiratete Nichte aus Pomfret. Die besitzt ja auch gar keinen Wagen – konnte nie das Geld zusammenhalten, um sich einen anzuschaffen.»

«Und es war ein *schwarzer* Wagen, in den Sie die beiden einsteigen sahen, Mrs. Collins?»

«Schwarz? Na ja, er stand unter einer Straßenlaterne, und Sie wissen ja, wie so was dann aussieht – könnten alle möglichen Farben gewesen sein.» Sie verstummte und suchte in ihrem Gedächtnis. «Ich würde eher sagen, er war grün», meinte sie dann.

Linda Grover errötete, als Drayton ihr sagte, sie solle das Inserat aus dem Aushangkasten nehmen. Das Blut ergoß sich in ihr Madonnengesicht, und er wußte, es geschah, weil seine Aufforderung reichlich unverblümt ausgefallen war.

«Haben Sie denn nicht kapiert, was das bedeutet?» fragte er barsch. «Ich meine, ein einziger Blick auf diese alte Schlampe hätte Ihnen doch sagen müssen, daß sie keine anständige Zimmervermieterin ist.»

Sie waren allein im Laden. Sie stand hinter dem Ladentisch, und sie blickte ihn merkwürdig unverwandt an, während ihre Finger nervös mit den abgegriffenen Ecken einer Illustrierten spielten. «Ich wußte nicht, daß Sie Polizist sind.» Ihre Stimme war heiser geworden.

«Jetzt wissen Sie es.»

Auf dem Weg von Ruby Branchs Haus hierher war er in der Bücherei vorbeigefahren, diesmal nicht in Sachen Kriminologie, sondern um sich die schweren Bildbände mit Gemälden alter Meister anzusehen. Und dort, zwischen Mantegnas, Botticellis und Fra Angelicos hatte er unter Craquelé und Heiligenscheinen ihr Gesicht entdeckt. In ungläubigem Erstaunen hatte er es angestarrt, bis die Wut in ihm die Oberhand gewann und er das Buch mit lautem Knall zuschlug, so daß die Bibliothekarin mit hochgezogenen Augenbrauen aufblickte.

«Ist das der Grund, weshalb Sie gekommen sind?» Sie hatte den anfänglichen Schreck überwunden, und ihre Stimme wurde aggressiv, als er nickte. «Ach, so viel Theater wegen einer lächerlichen Anzeige?» Mit einem Schulterzucken ging sie an ihm vorbei und zur Tür hinaus, den Körper hoch aufgereckt, als trüge sie ein unsichtbares Gewicht auf dem Kopf. Wie gebannt betrachtete er sie, als sie zurückkam, fasziniert von den klaren, geschwungenen Linien des Kinns, der Arme und Schenkel und von den kleinen, anmutigen Bewegungen ihrer Hände, als sie Rubys Karte in kleine Schnipsel zerriß.

«Seien Sie nächstes Mal vorsichtiger», riet er ihr, «wir werden Sie im Auge behalten.» Er sah, er hatte sie wütend gemacht, denn alle Farbe verschwand aus ihrem Gesicht, ebenso plötzlich, wie ihr vorhin das Blut in den Kopf geschossen war. Um den Hals trug sie eine dünne silberne Kette. Als Schuljunge hatte Drayton heimlich das Hohelied Salomonis gelesen, in der Hoffnung auf etwas Wollüstiges oder Obszönes. Eine Zeile fiel ihm wieder ein. Er hatte damals ihren Sinn nicht erfaßt, aber jetzt plötzlich begriff er, was sie für ihn bedeutete: «Du hast mein Herz gefesselt mit der Kette deines Halses...»

«Mich im Auge behalten?»

«Zweifelhaft genug ist ja der Ruf dieses Ladens mittlerweile.» Der Ruf des Geschäftes kümmerte ihn einen Dreck, er wollte einfach nur hierbleiben, wollte die Sache so lange wie möglich hinauszögern. «Wenn ich Ihr Vater wäre, mit so einem hübschen kleinen Laden, ich würde mich doch nicht mit solchem Schund abgeben!»

Sie folgte seinem Blick über die Magazine hin. «Manche mögen so was eben», sagte sie. Wieder suchten ihre Augen sein Gesicht ab. Anscheinend mußte sie erst einmal die Tatsache verdauen, daß er Polizist war, und suchte nun quasi nach einem Brandzeichen, das er irgendwo tragen müsse. «So, wenn Sie dann mit Ihrer Moralpredigt fertig sind... Ich muß nämlich Vater seinen Tee machen, und dann gehe ich ins Kino. Die letzte Vorstellung beginnt um halb acht.»

«Dann lassen Sie man Ihren Wie-heißt-er-doch nicht warten», meinte Drayton sarkastisch.

Das hatte gesessen, wie er feststellen konnte. «Sein Name ist Ray, wenn Sie's unbedingt wissen müssen, und er hat hier bei uns gewohnt», versetzte sie schnippisch. «Und er ist ausgezogen, auf und davon. Ach, hören Sie doch auf! Sie brauchen mich gar nicht so anzugucken. Ich weiß, Sie haben mich mit ihm gesehen. Na und? Ist ja schließlich kein Verbrechen, oder? Hören Sie eigentlich nie auf, Polizist zu sein?»

«Wer sagt denn was von Verbrechen? Ich hab den Tag über genug mit Verbrechen zu tun, dazu brauch ich nicht auch noch die Abende.» Er ging zur Tür und drehte sich nach ihr um. Ihre grauen Augen waren groß und leuchtend. Wie durch einen Trick wirkten sie immer wie voller ungeweinter Tränen. «Vielleicht wünschte ich auch bloß, ich hätte in seiner Haut gesteckt», setzte er leise hinzu.

Sie machte einen Schritt auf ihn zu. «Das... das ist doch nicht Ihr Ernst.»

«Bei Ihnen ist es den Männern wohl nie ernst, wenn's *darum* geht, was?»

Ihre Finger bewegten sich auf das kleine, verschlagene Lächeln zu, das zögernd auf ihrem Gesicht erschien, und sie schob einen der abgebissenen Nägel zwischen die Lippen.

«Was wollten Sie nun eigentlich damit sagen?»

Jetzt sah sie verängstigt aus. Er überlegte, ob er sich wohl in ihr getäuscht hatte, ob sie vielleicht wirklich so unerfahren und unschuldig war wie eine Tempera-Madonna? Geschickte Verbindlichkeit lag ihm nicht.

«Wenn's mir nicht ernst ist», sagte er, «dann stehe ich nicht um halb acht vorm Kino.» Damit knallte er die Tür zu, und die Ladenglocke bimmelte erschrocken durch das altersschiefe Haus.

«Ob Sie es glauben oder nicht», sagte Wexford, «aber Monkey will nicht nach Hause. Nun hat er bei Ruby sein schönes, komfortables Bett und schon wer weiß wie viele freie Mahlzeiten gehabt, und er will doch partout lieber sein Wochenende hier in unserem Temporärknast verbringen, wie er das nennt. Bei dem bloßen Gedanken, Ruby gegenüberzutreten, macht er sich in die Hosen vor Angst. Aber was hilft's, ich habe nicht die leiseste Idee, weswegen ich ihn verdonnern soll.»

«Ist doch mal was anderes», grinste Burden, «wenn unsere Kunden die Annehmlichkeiten preisen, die wir ihnen bieten. Vielleicht könnten wir in den A. A.-Hotelführer aufgenommen werden? Drei-Sterne-Hotel, besonders geeignet für Gäste mit Vorstrafen. Schon irgendwas vom Labor?»

«Nein, und ich gehe jede Wette ein, da kommt auch nichts raus. Wir haben doch lediglich Monkeys und Rubys Beteuerung, daß es tatsächlich Blut war. Sie haben ja selbst gesehen, was sie mit dem Teppich angestellt hat. Putzen mag ja ein wenig angesehenes Gewerbe sein, aber Ruby ist darin Spitze. Wenn ich Mrs. Harper wäre, ich würde doch ein paar Bögen handgeschöpfter Bütten nicht nachtrauern, wenn ich dafür mein Haus so tipptopp saubergemacht kriegte. Sie muß sich halb umgebracht haben, als sie den Teppich ausgewaschen hat. Das Labor sagt, abgesehen von kaustischem Soda hat sie so ungefähr sämtliche bekannten Reinigungsmittel daran ausprobiert. Klar, die können haargenau die Marke FLEKKOL von FLECKTEUFEL unterscheiden, das Dumme ist bloß, sie können das Blut nicht herausanalysieren, noch nicht mal die Blutgruppe konnten sie bestimmen.»

«Aber sie arbeiten noch daran?»

«Die werden noch tagelang daran arbeiten. Außerdem haben sie eimerweise Rückstände aus Abfluß- und Kanalisationsröhren, aber es sollte mich sehr wundern, wenn sie irgendwas fänden. Ich wette, unser Pärchen ist sonst nirgendwo gewesen als in diesem Zimmer, wo sie bestimmt etliche hundert Fingerabdrücke hinterlassen haben...»

«... die sämtlich von der Königin der Putzfrauen aufs sorgfältigste beseitigt wurden», ergänzte Burden. «Immerhin, das Mädchen *könnte* ja auch noch am Leben sein, Sir.»

«Sie meinen, weil die Tatsache, daß sie zusammen weggegangen sind, daß der Kerl sie überhaupt da rausgeholt hat, darauf schließen läßt, er hätte bereut, was er getan hat? Ich hab alle Krankenhäuser und sämtliche praktischen Ärzte überprüfen lassen, Mike. Niemand hat etwas gehört oder gesehen von einer Verletzten mit Stichwunden. Und es *müssen* Stichwunden gewesen sein. Bei einem Schlag auf den Schädel und einem derartigen Blutverlust wäre das Opfer bestimmt nicht fähig gewesen, wieder aufzustehen, geschweige denn, sich bis zum Auto zu schleppen. Und *wenn* sie noch lebt, wo ist sie dann? Immerhin könnten wir es auch lediglich mit Gewaltanwendung oder fahrlässiger Körperverletzung zu tun haben. Aber egal, was es ist, wir müssen das aufklären.»

Monkey Matthews empfing sie mit einem verschlagenen Blick, als sie zu ihm zurückkehrten.

«Die Zigaretten sind mir ausgegangen», brummte er.

«Ich glaube, D. C. Bryant würde Ihnen welche besorgen, wenn Sie ihn freundlich darum bitten. Welche wollen Sie denn? Weights?»

«Sie machen wohl Witze?» versetzte Monkey und fuhr mit einer schmutzigen Hand in die Jackentasche. «Vierzig Benson & Hedges Special Filter bitte», sagte er gewichtig und zog eine Pfundnote, die anscheinend nicht die einzige war, aus einem knisternden Bündel. «Oder sagen wir lieber sechzig.»

«Na, die Peseten dürften Ihnen ja reichen bis zum Frühstück», meinte Wexford. «Da können Sie sich glatt drin einwickeln, was? Ich werde so recht den Gedanken nicht los, mein Lieber, daß das Geoff Smiths Schweigegeld ist, was Sie da in Rauch aufgehen lassen.» Er legte den Kopf auf die Seite, strich sich übers Kinn und betrachtete nachdenklich das Affengesicht des anderen. «Woher wußten Sie eigentlich, daß ihr Name Ann ist?» fragte er fast beiläufig und voll trügerischer Kameraderie.

«Da sind Sie schief gewickelt, mein Bester», antwortete Monkey bissig. «Aber Sie hören ja auch nie richtig zu, wenn man Ihnen was erzählt.»

Nieselregen fiel, als sie aus dem Kino kamen. Es war kaum mehr als ein tröpfelnder Nebel. Lichter schimmerten durch den Dunst, orange, golden und perlfarben. Die Wagen der Kinobesucher kamen aus der Ausfahrt des Parkplatzes angeschwommen wie Unterwasserlebewesen, die spritzend und gurgelnd an die Oberfläche tauchen. Drayton nahm den Arm des Mädchens, um sie sicher über die Straße zu führen, und als sie den Gehsteig erreicht hatten, ließ er seine Hand, wo sie war. Dieser erste Kontakt, den er mit ihrem Körper hatte, durchfuhr ihn wie ein Schauer und machte seinen Mund trocken. Er konnte die Wärme ihrer Haut dicht unter der Achselhöhle spüren.

«Wie fanden Sie den Film?» fragte er sie.

«Der war ganz in Ordnung. Ich mag Untertitel nicht so besonders, ich hab auch die Hälfte nicht verstanden. All der Quatsch von der Frau, die sich von diesem Polizisten zur Geliebten machen läßt, vorausgesetzt, er erzählt nicht weiter, daß sie die Uhr geklaut hat.»

«Ich bin ziemlich sicher, so was kommt vor. Sie können sich gar nicht vorstellen, was sich da im Ausland so alles abspielt.» Es war ihm nicht unlieb, daß der Film sehr sexy gewesen war und daß sie ausgerechnet über die aufregendste Szene reden wollte. Bei Mädchen war solch eine Unterhaltung manchmal ein Hinweis auf ihre Absichten, sozusagen eine Möglichkeit, zur Sache zu kommen. Ein Glück, daß es nicht mehr Anfang der Woche war, da war dieser Film über ein russisches Kriegsschiff gelaufen.

«Haben Sie vielleicht vor, irgendwelche Uhren zu klauen?» fragte er. Sie errötete heftig im Licht der Laterne. «Dann denken Sie daran, was der Typ im Film gesagt hat, vielmehr, was er laut Untertitel gesagt hat: ‹Du kennst meinen Preis, Dolores.›»

Sie lächelte jenes Lächeln mit fest geschlossenen Lippen, dann sagte sie: «Sie sind schlimm!»

«Ich doch nicht. Ich hab ja das Drehbuch nicht geschrieben.»

Sie trug hohe Absätze und war fast ebenso groß wie er. Das Parfüm, das sie benutzte, war viel zu alt für sie und hatte nicht entfernt mit dem Duft von Blumen zu tun. Drayton überlegte, ob ihre Worte irgend etwas bedeuteten und ob sie das Parfüm wohl extra seinetwegen benutzt hatte. Es war immer schwer zu sagen, wie berechnend Mädchen waren. War das als Einladung an ihn gemeint, oder gehörte der Duft und das silbrig-blasse Zeug auf ihren Augenlidern so quasi zu ihrer Uniform, zum Kampfanzug des großen weiblichen Regiments, welches die Illustrierten las, die sie verkaufte?

«Es ist noch früh», meinte er, «erst Viertel vor elf. Wie wär's mit einem Spaziergang am Fluß?» Dort drüben unter den Bäumen, dort hatte er sie am Montag gesehen. Die Zweige der Bäume neigten sich regennaß bis in das braune Wasser, aber der Kiesweg darunter war fast trocken, und hier und da gab es eine hölzerne Bank, abgeschirmt durch dichtes Gezweig.

«Ich kann nicht. Ich darf nicht zu spät nach Hause kommen.»

«Na, dann an einem anderen Abend.»

«Es ist so kalt», erwiderte sie. «Und immerzu regnet es. Man kann schließlich nicht jeden Abend ins Kino gehen.»

«Wohin sind Sie denn mit *ihm* gegangen?»

Sie beugte sich vor, um ihren Strumpf glattzustreichen. Die Pfützen, in die sie getreten war, hatten dunkelgraue Spritzer auf der Rückseite ihrer Beine hinterlassen. Die Art, wie sie jetzt ihre Finger streckte und sie über die Waden hinauffahren ließ, war provozierender als alle Parfüms der Welt.

«Der hat einen Wagen gemietet.»

«Dann miete ich eben auch einen», sagte Drayton. Sie waren an der Ladentür angekommen. Die Einfahrt zwischen Grovers Papierhandlung und dem benachbarten Blumengeschäft war von den beiden Hausmauern begrenzt und führte zu zwei Garagen. Das Kopfsteinpflaster war braun und schlüpfrig wie der algenbewachsene Boden einer von der Flut überspülten Uferhöhle. Sie blickte an der hohen Mauer ihres Hauses hinauf und sah nach den leblosen, dunklen Fenstern.

«Sehen Sie, Sie müssen noch nicht sofort rein», sagte er. «Kommen Sie hierher, raus aus dem Regen.» Hier war es zwar um kein bißchen geschützter als dort auf der offenen Straße, aber es war dunkler. An ihren Füßen strömte ein Abflußrinnsal vorüber zum nächsten Gully. Er nahm ihre Hand. «Morgen miete ich einen Wagen.»

«Ja, gut.»

«Was ist denn los?» Er fragte es beinahe böse, irritiert, weil er ihr Gesicht in Ruhe betrachten wollte, ohne diese Hektik, mit der ihre Blicke von einem Ende der Einfahrt zum anderen und dann wieder die regennasse Hauswand hinaufflackerten. Er hätte schon ein wenig erotische Spannung erwartet, wenigstens aber doch ein gewisses Entgegenkommen. Sie schien Angst zu haben, daß man sie sah, und er mußte an die dürre, knopfäugige Mutter denken und an den mysteriösen Vater, der hinter dieser Backsteinbastion krank im Bett lag. «Du hast doch wohl keine Angst vor deinen Eltern, oder?»

«Nein, aber vor Ihnen. Vor der Art, wie Sie mich ansehen.»

Er war beinahe beleidigt. Die Art, wie er sie ansah, war genau einstudiert und kalkuliert, es war dieser unverwandte, kalte und intensive Blick, den die meisten Mädchen bisher immer aufregend gefunden hatten. Eine weit heftigere Begierde, als er sie je empfunden hatte, verstärkte diese Intensität noch und ließ den theatralischen Bluff unversehens echt werden. Aber ihre dürftige Reaktion kühlte ihn jäh ab, und er hätte sich abrupt abgewandt, um einsam und allein in der feuchten Nacht zu verschwinden, wenn nicht zwei schmale Hände seinen Mantel berührt und sich bis zu seinen Schultern hinaufgeschoben hätten.

«Du bist es, vor dem ich Angst habe», flüsterte sie. «Aber das ist es ja auch, was du willst, nicht wahr?»

«Du weißt genau, was ich will», sagte er, beugte sich über sie und preßte seinen Mund auf den ihren und zog ihren Körper fort von der feuchtkalten Mauer. Zuerst war sie nur weich und passiv. Dann aber schlang sie in jäher Hemmungslosigkeit die Arme um seinen Nacken, und als sich ihre Lippen unter den seinen öffneten, überschwemmte ihn ein mächtiges Triumphgefühl.

Über ihnen erschien ein Licht als helles orangefarbenes Rechteck auf den dunklen Backsteinen der gegenüberliegenden Mauer. Noch bevor er die Augen öffnete, spürte Drayton es wie einen Schmerz auf den Augenlidern.

Langsam löste sie sich von ihm mit einem seufzenden «Aah!», einem Seufzer tiefsten Genusses, der abbrach, kaum daß er begonnen hatte. Ihr Atem ging leicht und schnell. «Ich muß reingehen!»

«Morgen», sagte er, «bis morgen dann.»

Sie konnte ihren Schlüssel nicht gleich finden, und es erregte ihn, wie sie fiebrig herumsuchte und leise fluchte. Diese Verwirrung, diese plötzliche Desorientierung, das war sein Werk, und es erfüllte sein männliches Ego mit der Freude des Eroberers.

«Ja, morgen dann.» Da war es wieder, das Lächeln, scheu und peinigend. Dann schloß sich die Tür hinter ihr, und die Ladenglocke vollführte ihre kalte, brüchige Melodie.

Er war allein in der Einfahrt, und noch als das Licht oben wieder ausgegangen war, stand er auf dem Platz, wo sie sich geküßt hatten, und fuhr sich mit dem Zeigefinger über die Lippen. Unaufhörlich fiel der Regen. Die Straßenlaterne an der Hausecke glomm mit grünlich schwefligem Schein. Er trat in ihren Lichtkegel und betrachtete seinen Finger mit dem langen, verschmierten Streifen blassen Lippenstiftes. Es war kein Rosa, sondern die Farbe sonnengebräunten Fleisches, und plötzlich mußte er denken, daß sie damit ein wenig von sich selbst auf seinem Mund zurückgelassen hatte, ein Partikelchen Haut oder ein Tröpfchen Schweiß. Vorn an seinem Mantel haftete ein langes blondes Haar. Bedeuteten solche Unterpfande nicht in sich schon eine Art der Besitzergreifung? Wie er so da stand, einsam auf der nassen Straße, fuhr er leicht mit der Zunge über seinen Finger. Und er schauderte.

Eine Katze kam aus der Einfahrt und huschte in eine Türnische. Ihr Fell war von feinen Tropfen überzogen. Der Himmel war nicht zu sehen, nur Dunst, und hinter dem Dunst finstere Schwärze. Drayton schlug seine Kapuze hoch und ging nach Hause in sein möbliertes Zimmer.

8

Im Süden von Kingsmarkham erstreckten sich zwanzig oder dreißig Quadratkilometer Nadelwald, der die östlichen und südlichen Randbezirke von Pomfret beschattete. Dies war der Cheriton Forest, eine Anpflanzung von Menschenhand, die hauptsächlich aus Tannen und Lärchen bestand. Er war von sehr unenglischer, reizvoller Schönheit, die selbst noch der darunterliegenden grünen Ebene das Aussehen von Alpenwiesen verlieh.

Eine neue Siedlung kleiner weißer Häuser war hier zwischen dem Wald und Pomfret aus dem Boden geschossen. Mit ihren farbigen Haustüren und dem Dekor aus Zedernholz waren sie schweizerischen Chalêts nicht unähnlich. Eines von ihnen, ein gelbgetünchtes Häuschen mit einem neu ausgebauten Wagenabstellplatz, suchte Detective Sergeant Martin am Sonntag morgen auf, um einen Mann namens Kirkpatrick ausfindig zu machen.

Sehr schnell wurde die Tür geöffnet von einem vielleicht siebenjährigen Mädchen, einem Kind mit großen Augen und verängstigtem Blick. Martin blieb an der Tür stehen, während sie ging, um ihre Mutter zu holen. Das Haus hatte einen durchgehenden offenen Wohnbereich, so konnte er einen kleinen Jungen sehen, genauso blaß und verschüchtert wie seine Schwester, der auf dem Fußboden saß und apathisch mit Buchstabenklötzen herumspielte. Die Frau, die schließlich erschien, hatte ein streitsüchtiges Gesicht und das typische, atemlos blühende Aussehen eines Menschen, der an zu hohem Blutdruck leidet. Ihr blondes Haar war zu straffen, schimmernden Löckchen aufgedreht, und sie trug eine Brille mit rotem Rand. Martin stellte sich vor und fragte nach ihrem Mann.

«Ist es wegen des Wagens?» fragte Mrs. Kirkpatrick schrill.

«In gewisser Weise ja.»

Die Kinder kamen scheu näher, standen neben der Mutter und glotzten stumm.

«Na gut, Sie sehen ja selbst, daß er nicht hier ist, äh? Wenn er den Wagen kaputtgefahren hat, dann kann ich nicht mal behaupten, daß es mir leid tut. Im Gegenteil, ein Segen, wenn wir ihn los sind. Hoffentlich ein Totalschaden! Als er damit letzten Montag hier angekommen ist, da hab ich ihm gleich gesagt: ‹Glaub bloß nicht, daß du mich soweit kriegst, in dem Ding da spazierenzufahren! Lieber geh ich zu Fuß.› Wenn ich die Absicht hätte, mich in einem rosaweißen Wagen mit purpurnen Streifen zur Schau zu stellen, da könnte ich ja gleich auf dem Jahrmarkt in Brighton Motorscooter fahren, hab ich gesagt.»

Martin zuckte verdutzt mit den Augen. Er hatte keine Ahnung, was sie meinte.

«Dieses andere Ding, das er hatte», fuhr sie fort, «das war schon schlimm genug. Ein riesiger, altmodischer schwarzer Morris, wie ein Leichenwagen. Weiß Gott, wir sind für sämtliche Nachbarn eine ständige Quelle des Gelächters.» Plötzlich wurde sie die großäugig lauschenden Kinder gewahr. «Wie oft hab ich euch schon gesagt, ihr sollt eure Nasen nicht in meine privaten Angelegenheiten stecken!» sagte sie giftig. Der Junge trottete zurück zu seinen Bauklötzen, aber es bedurfte eines derben Klapses, um das kleine Mädchen in Bewegung zu setzen. «Also», wandte sie sich wieder an Martin. «Was hat er gemacht? Was wollen Sie von ihm?»

«Ich will bloß mal mit ihm sprechen.»

Mrs. Kirkpatrick schien weit mehr daran interessiert, dem Klang ihrer eigenen Stimme zu lauschen und ihrem Groll Luft zu machen, als von Martin konkrete Gründe zu erfahren. «Wenn der schon wieder mal zu schnell gefahren ist», lamentierte sie weiter, «dann verliert er seinen Führerschein. Und dann verliert er auch seinen Job.» Sie war weit davon entfernt, besorgt zu sein, in ihrer Stimme schwang geradezu Triumph. «Eine Firma wie LIPDEW behält doch keinen Vertreter, der nicht mal 'nen Wagen fahren kann, oder? Ebensowenig werden sie ihren Leuten wohl große, aufwendige Wagen zur Verfügung stellen, damit sie sie zu Schrott fahren, wenn es ihnen Spaß macht. Ich hab ihm das gesagt, bevor er nach Schottland gefahren ist, noch Dienstag morgen hab ich es ihm gesagt. Deshalb ist er auch Dienstag abend nicht zum Essen heimgekommen. Aber er läßt sich ja nichts sagen. Dickköpfig und vernagelt ist er, und jetzt hat er den Schlamassel!»

Martin trat wortlos den Rückzug an. Lieber ein Maschinengewehr-Sperrfeuer als dieses hier! Als er den Gartenweg hinunterging, hörte er in dem Haus hinter sich eines der Kinder weinen.

Monkey Matthews lag rauchend auf seinem Bett, als Wexford die Zelle betrat. Er richtete sich ein wenig auf und stützte sich auf seinen Ellbogen. «Man hat mir doch gesagt, Sie hätten Ihren freien Tag.»

«Stimmt auch, aber ich dachte, Sie fühlen sich vielleicht einsam.» Wexford schüttelte mißbilligend den Kopf, sah sich in dem kleinen Raum um und zog schnüffelnd die Luft ein. «Wie doch die Reichen so leben!» sagte er. «Möchten Sie vielleicht, daß ich Ihnen noch mehr von Ihrem Dope besorgen lasse? Sie können es sich doch leisten, Monkey.»

«Ich will überhaupt nichts», sagte Monkey und drehte das Gesicht zur Wand, «außer in Ruhe gelassen zu werden. Hier ist ja ein Betrieb wie in der Warenbörse, aber nicht wie im Knast. Ich hab letzte Nacht kein Auge zugetan.»

«Das ist Ihr Gewissen, Monkey, die leise, kleine Stimme, die Sie unentwegt mahnt, mir etwas zu erzählen – zum Beispiel, woher Sie wußten, daß der Name des Mädchens Ann war.»

Monkey stöhnte. «Können Sie nicht endlich damit aufhören? Ich bin mit meinen Nerven am Ende.»

«Ich bin entzückt, das zu hören», meinte Wexford ungerührt. «Das muß das Resultat meiner psychologischen Kriegführung sein.» Er ging in den Korridor hinaus und die Treppe hinauf in Burdens Büro. Der Inspector war gerade gekommen und zog sich eben den Regenmantel aus.

«Es ist doch Ihr freier Tag, Sir?»

«Meine Frau hat gedroht, sie würde mich in die Kirche schleppen. Da ist dies noch das kleinere Übel. Wie steht's denn so bei uns?»

«Martin hat mit Mrs. Kirkpatrick gesprochen.»

«Ah, der Frau von Anita Margolis' derzeitigem Liebhaber.»

Burden setzte sich ans Fenster. Heute morgen schien die Sonne, aber nicht mit dem launisch-trügerischen Sonnenschein des Aprils, sondern mit der Kraft und der Wärme des Frühsommers. Er zog die Jalousie hoch, öffnete das Fenster und ließ zusammen mit dem sanften Licht auch das klare Crescendo der Glocken vom Kingsmarkhamer Kirchturm herein.

«Ich glaube, da könnten wir in der Sache weiterkommen, Sir», erklärte er. «Kirkpatrick ist weg, reist für seine Firma in Schottland herum. Am Dienstag ist er abgefahren, und die Frau hat ihn seither nicht mehr gesehen. Außerdem hat er bisher einen schwarzen Wagen gehabt, bis Montag, da hat ihm seine Firma einen neuen gestellt, ein weißes Ding, anscheinend über und über bepflastert mit knalliger Reklame.» Burden lachte in sich hinein. «Die Frau ist ein alter Besen. Die dachte, er hätte den Wagen zu Schrott gefahren, als sie Martin sah, aber gerührt hat sie's nicht die Bohne.» Sein Gesicht straffte sich ein wenig, bevor er fortfuhr: «Ich bin nicht jemand, der Ehebruch stillschweigend entschuldigt, wie Sie wissen, aber es sieht so aus, als ob es in diesem Fall eine gewisse Rechtfertigung dafür gäbe.»

«Ist er klein und dunkel?» fragte Wexford mit leicht gepeinigtem Blick auf das offene Fenster. Er rückte näher an den Luftschacht der Zentralheizung heran.

«Weiß nicht. Martin wollte nicht zu sehr ins Detail gehen bei der Frau. Ja, viel ist es nicht, an das wir uns halten können.» Wexford nickte in grimmiger Zustimmung. «Ah, Moment mal», meinte Burden und stand auf. «Da kann uns vielleicht Margolis weiterhelfen. Für einen Künstler ist er zwar ein jämmerlicher Beobachter, aber er hat den Mann ja immerhin gesehen.» Er langte nach seinem Mantel. «Wunderbarer Klang, die Glocken, was?»

«Äh?»

«Ich sagte, die Glocken sind wunderbar.»

«Was?» fragte Wexford laut. «Ich kann kein Wort verstehen wegen dieser verdammten Glocken!» Er amüsierte sich königlich über den uralten Witz. «Sie könnten auf Ihrem Weg vielleicht mal kurz bei Monkey hineinschauen. Bloß für den Fall, daß er es satt hat, uns hinzuhalten.»

Nach einer sorgfältigen Überprüfung durch die Polizei und einem Aufenthalt in der Werkstatt, wo man den Kühler repariert hatte, war Anita Margolis' Alpine wieder auf seinem Parkplatz auf dem Grasstreifen vor dem Quince Cottage abgestellt worden. Burden war also nicht überrascht, ihn dort vorzufinden, aber seine Augenbrauen schossen in die Höhe, als er vor sich nicht nur das Heck eines, sondern zweier weißer Autos sah. Er parkte seinen Wagen hinter den beiden anderen und stieg aus. Als er im hellen Sonnenschein darauf zumarschierte, sah er, daß der neu hinzugekommene nur insofern weiß war, als es sich dabei um seine Grundfarbe handelte. An den Seiten entlang hatte man ihm einen gut dreißig Zentimeter breiten hellrosa Streifen aufgemalt, verziert mit purpurroten Blütenzweigen. Das gleiche grelle Purpurrot hatte man für die Schrift darüber verwandt: LIPDEW – DIE FARBPALETTE FÜR IHR SCHÖNERES ICH.

Burden schmunzelte in sich hinein. Nur ein Ausbund an extrovertierter Eitelkeit würde sich wohl gern in solch einem Wagen sehen lassen. Er blickte durch eines der Seitenfenster auf die rosafarbenen Sitze. Sie waren übersät mit Werbeprospekten, und auf der Ablage türmten sich allerlei Proben von dem Zeug, mit dem der Fahrer hausierte, Töpfchen und Fläschchen wahrscheinlich, in hellvioletter Verpackung mit goldener Kordel drumherum.

Schwerlich gab es in ganz Sussex zwei Wagen von dieser Sorte. Also mußte Kirkpatrick hier irgendwo in der Nähe sein. Burden schob den Riegel der Pforte zurück und trat in den Garten. Der Wind hatte die Blüten der Quitten herabgeweht, so daß der Boden unter seinen Füßen violett und schlüpfrig war. Als auf sein Klopfen niemand öffnete, ging er an der Seite des Hauses entlang und sah, daß die Tür der Garage, in der Margolis seinen eigenen Wagen abstellte, offen war. Der Wagen war fort.

Apfelbaumzweige voll praller Knospen streiften sein Gesicht, und ringsum hörte er das leise Zwitschern der Vögel. Die Idylle ländlichen Friedens wurde indessen einigermaßen gestört durch Zeitungsfetzen, Überbleibseln von Margolis' unfachmännischer

Säuberungsaktion, die immer noch zwischen den Sträuchern hingen und teilweise sogar in den Baumkronen flatterten. An der Hintertür stockte Burden. Ein Mann in einem steingrauen, gegürteten Regenmantel stand auf einer Holzkiste und blickte durchs Küchenfenster hinein.

Unbemerkt beobachtete Burden ihn eine Weile. Dann hustete er. Der Mann fuhr zusammen, wandte ihm das Gesicht zu und stieg langsam von seinem Podest herab.

«Da ist niemand drin», sagte er unsicher, und dann: «Ich wollte bloß mal nachsehen.» Der Mann sah unbestreitbar gut aus, blaß, adrett, mit welligem, dunkelbraunem Haar. Das Kinn war schmal, die Nase gradlinig, die Augen feuchtglänzend und von langen Wimpern umgeben wie die eines Mädchens.

«Ich hätte Sie gern einen Moment gesprochen, Mr. Kirkpatrick.»

«Woher wissen Sie meinen Namen? Ich kenne Sie nicht.» Jetzt, da sie einander auf gleicher Höhe gegenüberstanden, stellte Burden fest, daß er knapp einsneunzig groß sein mußte.

«Ich habe Ihren Wagen erkannt.» Diese Erklärung traf Kirkpatrick wie ein elektrischer Schlag. Zwei dunkelrote Flecken erschienen auf seinen blassen Wangen.

«Was, zum Teufel, soll das heißen?» fragte er wütend.

Burden blickte ihn nachsichtig an. «Sie sagten, es sei niemand drin. Nach wem haben Sie denn gesucht?»

«Ach, das ist es also, was?» Kirkpatrick holte tief Luft und ballte die Hände zu Fäusten. «Ich weiß, wer Sie sind.» Er nickte heftig und mit grimmiger Genugtuung. «Sie sind ein Schnüffler oder ein Privatdetektiv. Ich nehme an, meine Frau hat Sie mir auf die Fersen gehetzt.»

«Ich habe Ihre Frau noch nie gesehen», erwiderte Burden, «aber ein Detektiv bin ich allerdings, allgemeinverständlicher gesagt, ein Polizeibeamter.»

«Ich hörte zufällig, wie Sie den Sergeanten gefragt haben, wo Sie einen Leihwagen mieten könnten», sagte Wexford.

«In meiner Mittagspause, Sir», versetzte Drayton schnell.

Wexford schüttelte ungeduldig den Kopf. «Ist ja gut, Mann, ist ja gut. Nun machen Sie mal kein Ungeheuer aus mir. Von mir aus können Sie sich einen Sattelschlepper leihen, und das werden Sie nicht während Ihrer Mittagspause machen, sondern jetzt gleich. Es gibt in diesem Bezirk nur drei Firmen, die Autoverleih betreiben, das sind Missal und Cawthorne in Stowerton und die Firma Red Star hier in York Street, wo Sie Miss Margolis' Wagen hingebracht haben. Was wir wollen, ist herauszufinden, ob irgend jemand am letzten Dienstag einen grünen Wagen gemietet hat.»

Als Drayton gegangen war, setzte er sich hin, um alles noch einmal zu überdenken und dem Rätsel mit den Wagen auf den Grund zu kommen. Der Mann, der sich Geoff Smith nannte, hatte also am Sonnabend einen schwarzen Wagen benutzt, am Dienstag dagegen einen grünen, wenn man Mrs. Collins glauben konnte. Er meinte, man konnte. Gestern abend hatten er und Bryant unter dem diffusen Licht einer Straßenlaterne im Sparta Grove einen schwarzen Wagen eingehend getestet, und er war unverändert schwarz geblieben. Er hatte ihn durch klares Glas und durch fleckiges Glas betrachtet. Keine noch so blühende Phantasie konnte ihn grün erscheinen lassen. Bedeutete das, daß Geoff Smith zwei Wagen besaß oder daß er am Sonntag oder Montag den schwarzen verkauft und einen grünen gekauft hatte? Oder konnte es sein, daß er, weil sein neuer Wagen zu auffällig war, den grünen gemietet hatte für sein dubioses, zwielichtiges Abenteuer?

Auch Drayton stellte sich diese Fragen, als das stürmische Geläut der Kirchenglocken verstummte und er um die Ecke der York Street bog. Im Schaufenster von Joy Jewels glitzerten ihn die Straßketten im grellen Sonnenlicht herausfordernd an. Er mußte an die silberne Kette denken, die Linda um ihren Hals trug, und auch an ihre glatte, warme Haut, die sich so seidig angefühlt hatte unter seiner Berührung.

Er mußte sich ein wenig schütteln, und er straffte sein Gesicht, bevor er in die Red Star Garage ging. Sie zeigten ihm zwei gebrechliche rote Hillmans, und er verabschiedete sich rasch, um den Bus nach Stowerton noch zu bekommen. Dort traf er Russell Cawthorne in seinem Glasbüro an. An der einzigen kompakten Wand, hinter seinem Kopf, hing ein Kalenderblatt mit einem Mädchen, das lediglich drei Puderquasten und hochhackige Schuhe anhatte. Drayton betrachtete es mit Abscheu und einem gewissen Unbehagen. Es erinnerte ihn an die Magazine in Grovers Laden. Cawthorne richtete sich kerzengerade auf, als er hörte, wer Drayton war – wie ein Oberbefehlshaber, der einen vielversprechenden Untergebenen empfängt.

«Morgen. Setzen Sie sich. Na, neue Scherereien?»

Affektierter alter Knacker! dachte Drayton. «Ich wollte Sie wegen eines Leihwagens fragen. Sie vermieten doch Wagen, nicht wahr?»

«Mein lieber Junge, ich dachte, Sie wären in Ihrer beruflichen Eigenschaft hier. Aber wenn Sie bloß...»

«Ich bin. Dies ist eine offizielle Frage. Welche Farbe haben sie, Ihre Leihwagen?»

Cawthorne öffnete eine Luftklappe. Die frische Luft ließ ihn husten. «Welche Farbe die haben? Alle die gleiche. Es sind schwarze Morris Minors.»

«War einer davon am Sonnabend, dem dritten, vermietet?»

«Und wann wäre das gewesen, mein Jungchen?»

«Letzte Woche. Da hinter Ihnen hängt ja ein Kalender.» Cawthornes Gesicht verdunkelte sich zu einem ebenmäßigen Rotbraun. «Moment, das müßte im Buch stehen», brummelte er.

Das Buch wirkte sehr ordentlich geführt. Cawthorne schlug es auf und blätterte mit leichtem Stirnrunzeln ein paar Seiten zurück. «Ich besinne mich auf den Vormittag», sagte er. «Da hab ich meinen besten Mechaniker verloren. Ein impertinenter junger Teufel, der sich hier aufgeführt hat, als ob der Laden ihm gehörte. Ich hab ihn an die Luft gesetzt, mir ist eben der Kragen geplatzt...» Drayton wurde sichtlich nervös. «Was die Leihwagen betrifft», sagte Cawthorne verdrießlich, «nein, die waren alle hier.»

«Und wie steht es mit Verkäufen? Sie haben nicht zufällig jemandem um diese Zeit einen grünen Wagen verkauft?»

Eine der stark geäderten, ein wenig zittrigen Hände begann, am Schnurrbart herumzuzupfen. «Meine Geschäfte waren nicht so besonders rosig in letzter Zeit.» Er zögerte und sah Drayton voller Bedenken an. «Ich sage Ihnen ganz offen, ich habe keinen einzigen Verkauf getätigt, seit ich Mr. Grover im Februar seinen Mini ausgeliefert habe.»

Drayton bekam ein heißes Gesicht. Der Name allein reichte dazu aus. «Ich möchte übrigens selbst einen Wagen mieten», sagte er rasch, «und zwar für heute abend.»

Schnaubend, herausfordernd selbstbewußt, wie es nur die Schwachen sein können, stand Alan Kirkpatrick in Wexfords Büro. Er hatte es abgelehnt, sich zu setzen, und mit einem ständig wiederholten «Unsinn!» oder «Das glaub ich nicht!» tat er Wexfords Hinweise auf Anita Margolis' wahrscheinlichen Tod ab.

«In diesem Falle wird es Ihnen ja sicher nichts ausmachen, uns zu erzählen, was Sie am letzten Dienstag gemacht haben», meinte Wexford, «an dem Abend, als Sie mit ihr verabredet waren.»

«Verabredet?» Kirkpatrick stieß ein kurzes, verächtliches Lachen aus. «Sie machen mir vielleicht Spaß! Ich habe diese Frau einzig und allein kennengelernt, weil ich an Kunst interessiert bin. Die einzige Möglichkeit, in dieses Haus da hineinzukommen und Margolis' Bilder zu sehen, war durch sie.»

Burden erhob sich aus seiner Ecke, in der er schweigend gesessen hatte, und meinte: «Ah, Sie sind an seinem Werk interessiert, ja? Ich auch. Ich habe mir gerade den Kopf zerbrochen, wie doch dieses Bild von ihm heißt, das in der Tate Gallery hängt. Vielleicht können Sie meinem Gedächtnis auf die Sprünge helfen?»

Daß dies so offensichtlich eine Falle war, änderte nichts an der Bedeutung der Frage, einer Frage, die beantwortet werden mußte, wenn Kirkpatrick seine Rolle als beflissener Kunstkenner aufrechterhalten wollte. Sein weicher, beweglicher Mund zuckte.

«Ja, ich weiß auch nicht, wie er es nennt», murmelte er.

«Merkwürdig», versetzte Burden, «jeder Bewunderer von Margolis würde doch wohl sein NICHTS kennen.» Einen Moment lang war selbst Wexford verblüfft. Dann erinnerte er sich an den WEEKEND TELEGRAPH, der dicht neben seiner Hand in der Schreibtischschublade lag. Als er aber Burdens nun folgenden, weitausholenden und einfühlsamen Ausführungen über die moderne Kunst lauschte, war er dennoch sprachlos vor Bewunderung. Statt nach seinem Revolver hatte Burden anscheinend nach einem einschlägigen Buch gegriffen. Kirkpatrick , wahrscheinlich ebenfalls überwältigt, setzte sich abrupt hin. Sein Gesicht wirkte ebenso verstört wie aggressiv.

«Ich habe es ja nicht nötig, Ihre Fragen zu beantworten», sagte er giftig.

«Ganz recht», bestätigte Wexford freundlich. «Wie Sie ja sehr richtig sagten, können wir auch gar nicht beweisen, daß Miss Margolis tot ist.» Er nickte weise, als ob Kirkpatricks Vernunft ihn aus wilden Spekulationen in die Wirklichkeit zurückbefördert hätte. «Nein, wir werden lediglich zu Protokoll nehmen, daß Sie wahrscheinlich die letzte Person waren, die sie lebend gesehen hat.»

«Wissen Sie», begann Kirkpatrick. Er hockte auf der Kante seines Stuhles und machte keinerlei Anstalten aufzustehen. «Meine Frau... Die ist sehr eifersüchtig.»

«Das scheint in Ihrer Familie ansteckend zu sein. Ich hab ja gleich gesagt, daß Eifersucht dahintersteckte, als Sie Miss Margolis vor ein paar Wochen bedroht haben.» Wexford zitierte Mrs. Penistan:

«Eines schönen Tages bring ich dich eigenhändig um... Eines schönen Tages – war das vielleicht der letzte Dienstag, Mr. Kirkpatrick? Merkwürdige Art, mit einer Frau zu sprechen, an der Sie doch nur interessiert waren wegen der Gemälde ihres Bruders, oder?»

«Die Verabredung, wie Sie das nennen, die hat sie nicht eingehalten. Ich bin nicht mit ihr ausgegangen.»

Ruby würde ihn wiedererkennen. Wexford fluchte innerlich über die Dürftigkeit ihrer Indizien. Es würde nicht gerade einfach sein, diesen Mann zu einer Gegenüberstellung zu bewegen. Kirkpatricks Überheblichkeit war zwar ein wenig angeschlagen durch Burdens Fragen, aber so, wie er jetzt dasaß, schien er seine dümmliche Selbstsicherheit wenigstens teilweise wiedererlangt zu haben. Mit einem Gesichtsausdruck, halb Ungeduld, halb Resignation, brachte er einen Taschenkamm zum Vorschein und fing an, sein lockiges Haar damit zu bearbeiten.

«Wir sind ja nicht daran interessiert, daß Ihre Frau womöglich die Scheidung einreicht», sagte Wexford. «Wenn Sie uns gegenüber offen und aufrichtig sind, so besteht kein Grund, daß es irgend jemand erfährt, schon gar nicht Ihre Frau.»

«Aber es *gibt* überhaupt nichts, worin ich offen und aufrichtig sein könnte», beteuerte Kirkpatrick in etwas weniger kriegerischem Ton. «Ich bin am Dienstag für meine Firma nach Norden gereist. Es stimmt, ich hatte mich mit Miss Margolis noch vor meiner Abreise verabredet. Sie wollte mir ein paar von Margolis' – äh, frühen Werken zeigen. Er hätte es nicht zugelassen, wenn er dagewesen wäre, aber er mußte aus dem Haus.» Wexford hob die Augen und begegnete Burdens ruhigem, diszipliniertem Blick. Für wie einfältig und unbedarft hielt dieser Kosmetikhausierer sie eigentlich? Diese armselige Ausrede, auf die der Erzähler auch noch stolz zu sein schien, ähnelte so sehr dem, was Wexford «Trick siebzehn» nannte, daß er mit Mühe ein Spottgelächter unterdrücken konnte. Frühe Werke... na gewiß doch!

«Eigentlich wollte ich erst zum Essen nach Hause, aber ich war spät dran, und es war schon sieben, als ich nach Kingsmarkham kam. Bei Grover wurde gerade geschlossen, und ich weiß noch, das Mädchen machte so 'ne kleine Szene, weil ich noch meine Abendzeitung haben wollte. Dann blieb mir keine Zeit mehr, nach Hause zu gehen, und ich fuhr gleich in den Pump Lane raus. Ann – ich meine, Miss Margolis – hatte völlig vergessen, daß ich kommen wollte. Sie sagte, sie ginge auf eine Party. Und das ist alles.»

Während des letzten Teils dieser Erklärung war Kirkpatricks Gesicht zunehmend röter geworden, und er fuhr nervös in seinem Stuhl herum.

«Aber es kann doch nicht später als halb acht gewesen sein, allerhöchstens sogar», warf Wexford ein. Er wunderte sich, weshalb Burden ans Fenster getreten war und mit amüsiertem Gesichtsausdruck auf die Straße hinunterblickte. «Es wäre also doch noch Zeit genug geblieben für Ihre Kunstbeflissenheit, ganz besonders nachdem Sie auf Ihr Abendessen verzichtet hatten?»

Die Röte auf Kirkpatricks Gesicht vertiefte sich. «Ich hab sie ja auch gefragt, ob ich ein bißchen reinkommen dürfe, und dann habe ich angeboten, sie zum Essen auszuführen, noch vor der Party. Sie hatte schon ihren Ozelotmantel an, war fix und fertig zum Ausgehen, aber sie wollte mich nicht reinlassen. Ich kann nur annehmen, daß sie sich's plötzlich anders überlegt hat.»

Burden wandte sich vom Fenster ab, und als er sprach, begriff Wexford, was ihn beschäftigt hatte. «Wie lange haben Sie eigentlich diesen Wagen schon?»

«Seit letzten Montag. Meinen eigenen habe ich verkauft, und diesen hier habe ich von der Firma.»

«Dann hatte Miss Margolis ihn also noch nie zuvor gesehen?»

«Ich weiß gar nicht, worauf Sie hinauswollen.»

«Ich glaube, Sie wissen das sehr gut, Mr. Kirkpatrick. Ich glaube, Miss Margolis wollte nicht mit Ihnen ausgehen, weil sie keine Lust hatte, in solch einem auffälligen Wagen gesehen zu werden.» Das hatte gesessen! Wiederum bewunderte Wexford Burdens Scharfsinn. Kirkpatrick, der schon beim geringfügigsten Anlaß errötete, war jetzt kalkweiß vor Wut – auf Burden oder vielleicht auch wegen der erlittenen Blamage.

«Sie war doch wohl eine Frau von Geschmack», bohrte Burden weiter, «und es würde mich nicht wundern zu hören, daß sie in Gelächter ausgebrochen ist, als sie all diese rosa und purpurnen Verzierungen gesehen hat.»

Ganz offensichtlich war dies der wunde Punkt des Vertreters. Ob er nun ein Kenner moderner Malerei war oder ein Schürzenjäger, weder in diesem noch in jenem Image war Platz für dieses lächerliche Vehikel. Dies hier war die Narbe des Brandeisens, die gelbe Armbinde, der peinvolle Identitätsnachweis.

«Was ist denn daran so komisch?» brauste er auf. «Was fällt ihr eigentlich ein, einfach über mich zu lachen?» Gekränkte Empörung beraubte ihn aller Vorsicht. «Es ändert doch wohl nichts an meiner Persönlichkeit, es macht doch schließlich keinen anderen Mann aus mir, bloß weil ich gezwungen werde, einen Wagen mit einem Slogan drauf zu fahren! Vorher, da war ich gut genug für sie, da war mein Geld gut genug, um für sie ausgegeben zu werden...» Er hatte zuviel gesagt, und mitten in seinen Wutausbrüchen blitzte plötzlich das Bewußtsein, wo er sich befand und mit wem er sprach. «Ich meine... ich hatte ihr mal so ein paar Proben geschenkt, ich...»

«Für erwiesene Gefälligkeiten zweifellos?»

«Verdammt noch mal, was soll das heißen?»

«Sie haben doch gesagt, sie hätte Ihnen die Gemälde ihres Bruders gezeigt – ohne dessen Wissen. Das *ist* doch eine Gefälligkeit, Mr. Kirkpatrick, und sicherlich ein Fläschchen Nagellack oder ein Stück Seife wert, würde ich denken.» Wexford lächelte ihn an. «Und was haben Sie gemacht? Einen weniger auffälligen Wagen geliehen?»

«Ich habe Ihnen ja gesagt, wir sind überhaupt nicht ausgegangen. Wenn wir das gewollt hätten, dann hätten wir ja in ihrem Wagen fahren können.»

«O nein», widersprach Wexford sanft, «ihren hätten Sie gar nicht gebrauchen können. Der Kühler hatte nämlich ein Leck. Ich glaube vielmehr, Sie haben sich einen grünen Wagen beschafft und Miss Margolis damit nach Stowerton gefahren.»

Noch immer gepeinigt von dem Spott, den sein Wagen ausgelöst hatte, murmelte Kirkpatrick: «Also hat mich jemand in Stowerton gesehen, was? Cawthorne, oder? Na los, Sie können mir ruhig sagen, wer es war.»

«Warum denn wohl Cawthorne?»

Kirkpatricks Gesicht bekam rote Flecken. «Weil er in Stowerton *wohnt.*» Er stolperte ein wenig über die Dental- und Zischlaute. «Er gab ja schließlich diese Party.»

«Sie waren doch auf dem Weg nach Schottland», meinte Wexford nachdenklich. «Da müssen Sie aber einen mächtigen Umweg gemacht haben über Stowerton.» Er stand schwerfällig auf und trat vor die an die Wand gepinnte Karte. «Sehen Sie mal, hier ist die London Road, dort hätten Sie fahren müssen, oder aber ostwärts nach Kent hinein, wenn Sie London umgehen wollten. Egal wie – Stowerton jedenfalls war kilometerweit von Ihrer Route entfernt.»

«Na und? Was spielt das für eine Rolle?» fuhr Kirkpatrick auf. «Ich mußte schließlich den ganzen Abend totschlagen, sonst hatte ich doch nichts zu tun. Immerhin wollte ich ja nicht nachts um zwei in Schottland ankommen. Ich denke, die Hauptsache ist doch wohl, daß Ann nicht mit mir zusammen war. Mein Gott, sie ist doch nicht mal in Stowerton gewesen, sie ist gar nicht zu dieser Party gegangen!»

«Ich weiß», beschwichtigte Wexford ihn und ging zu seinem Stuhl zurück: «Ihr Bruder und Mr. Cawthorne wissen es auch, aber wieso wissen *Sie* es eigentlich? Sie sind doch erst heute vormittag nach Sussex zurückgekommen. Nun hören Sie mal gut zu, Mr. Kirkpatrick. Eine Gegenüberstellung würde doch die ganze Angelegenheit aufklären. Haben Sie was dagegen?»

Plötzlich sah Kirkpatrick müde aus. Möglich, daß es nur physische Erschöpfung war, möglich aber auch, daß die Anstrengung des Lügens, der vergeblichen Lügen noch dazu, ihm zugesetzt hatte.

Sein blendendes Aussehen schien durch Angst ganz besonders gefährdet zu sein, es war unabdingbar gekoppelt an eine pfiffig-nonchalante Kopfhaltung, an ein Lachen der vollen Lippen. Jetzt hatte er Schweißperlen auf der Oberlippe, und die braunen Augen, das Verführerischste in seinem Gesicht, sahen aus wie die eines Hundes, dem man auf den Schwanz getreten hat.

«Ich möchte wissen, wozu das gut sein soll», sagte er mürrisch. «Ich würde viel lieber wissen, wer mich wo gesehen hat und was ich getan haben soll.»

«Das werde ich Ihnen sagen, Mr. Kirkpatrick», sagte Wexford und zog seinen Stuhl näher.

«Wann krieg ich denn nun endlich meinen Teppich wieder?» fragte Ruby Branch.

«Wir sind keine Reinigung, wissen Sie. Wir haben keinen Express-Service.»

Vermutlich trauerte sie den Zeiten nach, in denen es für Frauen eine Selbstverständlichkeit war, einen Schleier zu tragen, wann immer sie auf die offene Straße gingen, dachte Burden. Er konnte sich noch an so ein Ding erinnern, das seine Großmutter an einem Barett getragen hatte, einen dicken, durchschimmernden Vorhang, der seiner Trägerin ein perfektes Versteck bot.

«Ein Jammer, daß wir nicht in Marokko sind», sagte er, «da könnten Sie jetzt einen Jaschmak tragen.»

Ruby sah ihn böse an. Sie zog den Rand ihres Hutes herunter, bis er fast ihre Augen verbarg, und verhüllte ihr Kinn mit einem Chifonschal. «Nachher bin ich eine gebrandmarkte Frau», seufzte sie. «Ich hoffe, das ist Ihnen klar. Mal angenommen, ich erkenne ihn, und er haut ab? Die Gefängnisse können diese Burschen doch heutzutage nicht mehr halten. Da brauchen Sie doch bloß in die Zeitungen zu gucken.»

«Tja, das Risiko müssen Sie eben auf sich nehmen», sagte Burden.

«Mr. Burden?» begann sie schüchtern, als sie im Wagen saßen. «Sie haben mir noch gar nicht gesagt, ob Sie was unternehmen werden wegen dieser anderen Sache, ich meine, weil ich ein... na ja, Sie wissen schon, unterhalten haben soll.»

«Das kommt darauf an. Da müssen wir mal sehen.»

«Ich tu doch alles, um Ihnen zu helfen.»

Sie fuhren schweigend weiter, bis sie die Randbezirke von Kingsmarkham erreichten. Da sagte Burden: «Seien Sie doch mal ehrlich, Ruby. Was hat Matthews eigentlich je für *Sie* getan, außer daß er Ihr Geld genommen und Ihre Ehe kaputtgemacht hat?»

Der bemalte Mund zitterte. Schwielen und jene langen, grauen Risse, die von Hausarbeit herrührten, verunstalteten die Finger, die den Schal vor die Lippen preßten. «Wir haben einander so viel bedeutet, Mr. Burden.»

«Aber das ist doch lange her», sagte er freundschaftlich. «Sie müssen doch auch mal an sich denken.» Es war grausam, was er ihr jetzt sagen mußte. Vielleicht war Gerechtigkeit das immer, und seine Aufgabe war es, wenn schon nicht, sie auszuüben, so doch, ihr die Menschen zuzuführen. Und jetzt mußte er, um herauszubekommen, was er herausbekommen wollte, Ruby sogar davon wegführen, und dabei würde er Grausamkeit als Mittel zum Zweck anwenden müssen. «Sehen Sie mal, Sie haben noch zehn Jahre bis zu Ihrer Rente. Was glauben Sie wohl, wie viele von den Damen, für die Sie arbeiten, würden Sie weiterbeschäftigen, wenn sie wüßten, worin Sie verwikkelt sind? Und Sie *werden* es erfahren, Ruby. Die lesen ja Zeitung.»

«Ich will bloß nicht, daß George in die Scherereien mit hineingezogen wird.»

Er brauchte, genau wie Wexford, einen Moment der Überlegung, ehe ihm einfiel, daß George der richtige Vorname von Monkey war. «Ich... ich war damals verrückt nach ihm. Sehen Sie, ich hatte doch nie Kinder, und ich hatte auch nicht das, was man einen richtigen Ehemann nennen konnte. Mr. Branch war doch alt genug, um mein Vater sein zu können.» Sie hielt inne und tupfte mit einem winzigen Spitzentaschentuch in der tränenverschmierten Lücke zwischen Schal und Hutrand herum. «George war doch im Gefängnis gewesen. Und als ich ihn danach wiederfand, da – na ja, da schien er so... irgendwie so glücklich, mit mir zusammenzusein.» Ganz gegen seinen Willen war Burden gerührt. Er konnte sich noch an den alten Branch erinnern, ein mürrischer Tappergreis in fortgeschrittenem Alter. «Vier Pfund hat George von mir gekriegt», fuhr sie unsicher fort, «und dann all die guten Flaschen, die ich immer im Hause hatte, und Gott weiß wie viele gute Mahlzeiten, aber er wollte nicht mit mir schlafen. Das ist nicht nett, Mr. Burden, wenn man so seine Erinnerungen hat, und wenn man nicht dagegen an kann...»

«Er ist Ihre Zuneigung doch gar nicht wert, Ruby. Kommen Sie, nun fassen Sie mal Mut! Sonst denkt Mr. Wexford noch, ich hätte ein Folterverhör mit Ihnen angestellt. Sie haben doch in Wirklichkeit nie gehört, daß dieser Geoff Smith das Mädchen Ann genannt hat, oder? Das war alles erfunden, um Monkey zu schonen?»

«Ich glaub, ja.»

«Na sehen Sie! Weiter: Haben Sie denn nicht das ganze Zimmer abgesucht, nachdem Sie den Blutfleck gefunden hatten?»

«Dazu hatte ich viel zuviel Angst. Wissen Sie, Mr. Burden, genau darüber hab ich immer und immer wieder nachgegrübelt. George war doch an diesem Donnerstag stundenlang allein und hat den Brief geschrieben, während ich auf der Arbeit war. Ich meine fast, *er* müßte was gefunden haben, das die beiden zurückgelassen haben.»

«Ich hab genauso gegrübelt, Ruby, und mir scheint, große Geister denken eben das gleiche.»

Als sie das Polizeipräsidium erreichten, standen im Hof ein Dutzend Männer aufgereiht. Alle waren unter einsneunzig groß, und alle hatten eine Haarfarbe zwischen Mittelbraun und Kohlschwarz. Kirkpatrick stand links als viertletzter. Ruby kam zögernd über den Betonboden näher, eine absurde Erscheinung mit ihren hohen Absätzen und dem fast verdeckten Gesicht. Wexford, der ihre Geschichte nicht gehört hatte, konnte sich mit Mühe ein Lächeln verkneifen, Burden dagegen beobachtete sie eher mitleidig. Ihr Blick flackerte über die ersten drei Männer am linken Ende hinweg und blieb einen kurzen Augenblick an Kirkpatrick hängen. Sie trat näher und ging dann langsam die Reihe entlang, wobei sie sich gelegentlich umwandte, um über die Schulter zurückzublicken. Dann ging sie noch einmal zurück. Kirkpatrick sah verängstigt aus, sein Gesicht wirkte verstört. Ruby blieb vor ihm stehen. Ein Funke des Erkennens schien zwischen ihnen aufzublitzen, ebenso sichtbar auf ihrer Seite wie auf seiner. Sie bewegte sich weiter und zögerte am längsten vor dem letzten Mann auf der rechten Seite.

«Nun?» fragte Wexford, kaum daß sie drinnen waren.

«Einen Moment lang dachte ich ja, es wäre der am Ende gewesen.» Wexford seufzte leise. Der Mann am Ende war Polizeiwachtmeister Peach. «Aber dann hab ich gemerkt, daß ich mich geirrt hatte. Es muß der mit dem roten Schlips sein.»

Kirkpatrick.

«Muß sein? Wieso muß er es sein?»

Ruby sagte einfältig: «Ich kenne sein Gesicht. Von den anderen kenne ich keinen, aber *sein* Gesicht kommt mir irgendwie bekannt vor.»

«Gut, gut. Ich wage zu behaupten, *mein* Gesicht kommt Ihnen mittlerweile auch bekannt vor, und *ich* hatte Ihr Bumskabinett nicht für letzten Dienstag gemietet!» Selbst unter ihrem Schleier sah Ruby pikiert aus. «Also – was ich wissen will, ist: Ist er Geoff Smith?»

«Weiß ich nicht. Ich glaub, ich würde ihn gar nicht erkennen, wenn ich ihn jetzt sehen würde. Seit neulich werde ich jedesmal verrückt vor Angst, wenn ich auf der Straße einen dunkelhaarigen Mann sehe. Alles was ich weiß, ist, daß ich den Kerl mit dem roten Schlips letzte Woche irgendwo gesehen hab. Vielleicht war's am Dienstag, das weiß ich nicht. Und er kannte mich auch, haben Sie das gesehen?» Sie gab einen kleinen, schnüffelnden Schluchzer von sich. Plötzlich war sie ein kleines Mädchen mit einem alten Gesicht. «Ich will nach Hause», jammerte sie und schoß einen giftigen Blick auf Burden ab. Der lächelte sie mit philosophischer Überlegenheit an. Sie war nicht die erste, die eine Beichte vor ihm abgelegt und es dann bereut hatte.

Kirkpatrick trat in Wexfords Büro, aber er setzte sich nicht. Rubys Fehlschlag bei der Identifizierung hatte sein Selbstbewußtsein wiederhergestellt, und einen Augenblick lang fürchtete Wexford schon, er werde nun dem Image des Kunstmäzens oder Kunstkenners, das er sich zu geben versucht hatte, weitere Details hinzufügen. Er hob nämlich die blaue Glasskulptur auf und fingerte mit Kennermiene daran herum. Dann blickte er Wexford trotzig an.

«Ich hoffe, Sie sind jetzt zufrieden», sagte er. «Ich finde, ich bin sehr geduldig gewesen. Sie haben ja gesehen, die Frau kannte mich nicht.»

Aber *du* kanntest *sie*, dachte Wexford. Du warst in Stowerton, und obgleich du nicht auf der Party warst und auch keinen Kontakt zu ihrem Bruder hattest, wußtest du, daß Anita Margolis dort nie erschienen ist.

Kirkpatrick war jetzt völlig gelöst und atmete leicht. «Ich bin sehr müde, und wie ich schon sagte, ich bin wirklich äußerst geduldig und zuvorkommend gewesen. Nicht viele Leute, die gerade mehr als vierhundert Kilometer gefahren sind, wären wohl so gefällig gewesen, wie ich es war.» Er setzte das gut dreißig Zentimeter hohe gläserne Objekt sorgfältig wieder auf den Schreibtisch und nickte, als habe er es soeben einer fachmännischen Expertise unterzogen. Alberner Poseur, dachte Wexford. «Was ich jetzt möchte, ist ein ordentlicher Schlaf und vor allem, künftig in Ruhe gelassen zu werden. Falls Sie also noch was von mir wollen, sagen Sie's lieber gleich.»

«Um Sie dann ein für allemal in Ruhe zu lassen? Nein, mein Lieber, so geht das bei uns nicht.»

Aber Kirkpatrick schien kaum zuzuhören.

«In Ruhe, sage ich Ihnen! Ich will nicht, daß meine Familie in Angst und Schrecken versetzt wird. Diese Frau sollte die Sache jetzt auf sich beruhen lassen, nachdem sie mich nicht identifiziert hat. Alles, was ich...»

Du redest zuviel, mein Lieber, dachte Wexford.

Mir ist, als schläng' der Weinstock
seine Triebe
um jede Faser meines Seins.
Ja, spottet nur, ihr Sufi all!
Der Schlüssel nämlich zu dem
lichten Tor der Liebe,
davor ihr heulend steht,
er wird gefeilt aus *meiner*
schlichten Seele
bescheidenem Metall.

Omar Chajjam

9

Wie frisch gewaschen wirkte die Stadt nach dem Regen. Die Abendsonne ließ das Straßenpflaster wie Blattgold glänzen, und ein feiner Dunst stieg davon auf. Es war mild, sogar warm, und die Luft war schwer von Feuchtigkeit. Die Erregung saß wie ein harter Knoten in Draytons Brust, als er die High Street hinunterfuhr und in der Einfahrt parkte. Er wollte seine Lungen mit frischer Luft füllen, nicht mit diesem Dampf, der einem den Atem verschlug.

Es war wie ein Schock, sie wiederzusehen. Immerfort hatte er sie in der Zwischenzeit in Gedanken vor sich gesehen, und er hatte gedacht, die Realität werde ihn enttäuschen. Sie war doch weiter nichts als ein Mädchen, das ihm gefiel und das er besitzen würde, wenn er konnte; das war ihm schließlich schon dutzendmal passiert. Wie kam es denn aber, daß, obgleich der Laden voller Kunden war, und darunter sehr hübsche Mädchen, sie alle gleichsam gesichtslos waren, nichts als lebende Leichname? Die Sinnlichkeit, die gestern abend da draußen vor dem Laden in ihm aufgelodert und seither in geradezu klinisch nüchterne Vorsätzlichkeit umgemünzt worden war, flammte schlagartig wieder auf und hüllte ihn ein. Er konnte sie nur anstarren, während die Ladenglocke in seinen Ohren sang.

Ihre Augen begegneten sich, und sie setzte jenes entfernte, geheime Lächeln auf, das nicht mehr war als ein leichtes Anheben der Mundwinkel. Er wandte sich ab und schlug die Zeit tot, indem er mit dem drehbaren Taschenbuchständer herumspielte. Der Laden hatte einen unangenehmen Geruch, Essensdunst, dazu das aufdringliche Aroma unverpackter Süßigkeiten, all der Schmutz in den Ecken und Winkeln, in die nie jemand zu reichen versuchte. Auf dem Bord über seinem Kopf trug noch immer der Porzellanspaniel seinen Topf voller staubiger Blumen. Niemand würde ihn je kaufen, ebenso wie niemand den Aschenbecher kaufen würde und den Krug daneben. Welcher Kenner von Wedgwood-Porzellan – genaugenommen, welcher Kenner von was auch immer – würde überhaupt jemals diesen Laden betreten?

Immer neue Kunden kamen herein. Das unentwegte Anschlagen der Türglocke machte Drayton rasend. Er ließ den Buchständer wild kreiseln, so daß die bunten Umschläge zu einem grellen, sinnlosen Kaleidoskop verschwammen; ein Revolver, ein Schädel unter einem Stetson, ein Mädchen, das zwischen Blut und Rosen lag. Ein Blick auf die Uhr zeigte ihm, daß er erst seit zwei Minuten im Laden war.

Nur noch ein einziger Kunde. Da kam eine Frau herein und wollte ein Schnittmuster für ein Kleid haben. Er hörte Linda leise, aber ärgerlich sagen: «Tut mir leid, wir haben schon geschlossen.» Die Frau begann zu argumentieren, sie müsse es unbedingt noch heute abend haben, ein Notfall sozusagen. Drayton spürte förmlich Lindas Achselzucken, hörte ihre kühle, abschlägige Antwort. War das die Art, wie sie gemeinhin auf Bitten reagierte, diese kühle, geduldige Hartnäckigkeit? Die Frau ging leise schimpfend hinaus. Die Jalousie ratterte vor dem Fenster herunter, und er sah, wie sie das Schild umdrehte.

Und dann wandte sie sich von der Tür weg und kam ganz langsam auf ihn zu. Ihr Gesicht hatte das Lächeln verloren, und ihre

Arme hingen steif an den Seiten herab. Er glaubte, sie wolle mit ihm sprechen, sich vielleicht entschuldigen oder aber Bedingungen stellen. Statt dessen hob sie ihm ohne ein Wort und ohne eine Bewegung der Hände den Mund entgegen und öffnete die Lippen mit einer Art wollüstigem Seufzer. Er stellte sich auf dieses Vorspiel ein, und einen Augenblick lang vereinigte sie nichts als ein Kuß. Dann aber nahm er sie in die Arme und schloß die Augen vor den feixenden Parodien auf den Buchumschlägen, den Orgien sich windender Liebender, die umschlungen aufeinander, untereinander und nebeneinander lagen, ein Massenritus der Fruchtbarkeit in modischer Nacktheit.

Er ließ sie los und murmelte: «Komm, laß uns gehen.» Sie fing an, leise zu kichern, und er stimmte zögernd mit einem tiefen Lachen ein. Er wußte, sie lachten über ihre eigene Schwäche, ihre Wehrlosigkeit gegenüber dem Zugriff ihrer Emotionen.

«Ja, laß uns gehen.» Sie atmete schwer. Das kichernde Stakkato, das sie von sich gab, hatte nichts mit Heiterkeit zu tun. «Mark», sagte sie, ein wenig fragend fast, und noch einmal: «Mark» – als ob sich mit der Wiederholung seines Namens für sie irgend etwas abklärte. Ihm klang es wie ein Versprechen.

«Wir fahren nach Pomfret», sagte er. «Ich hab den Wagen.»

«Zum Cheriton Forest?»

Er nickte, spürte aber einen Stich der Enttäuschung. «Du bist schon mal dagewesen?»

Der Unterton der Frage entging ihr nicht. «Mit Mutti und Vati – zum Picknick», sagte sie schnell. Das konnte nun viel oder wenig bedeuten. Es konnte bedeuten, daß sie nie zuvor mit einem Freund dagewesen war, mit einem Mann, um sich zu lieben oder auch nur, um Hand in Hand spazierenzugehen. Wörter waren ein trügerisches Versteck, sowohl für Gedanken als auch für Absichten. Sie stieg neben ihm ins Auto und absolvierte ein kleines Ritual, indem sie ihren Rock sorgfältig arrangierte, die Handschuhe abstreifte und die Handtasche unter dem Armaturenbrett verstaute. Dieser Drang der Frauen zu Vornehmtuerei, diese Aufmerksamkeit, die sie ihrer persönlichen Ausstattung angedeihen ließen! Wie selten sie sich doch selbst vergessen konnten! Das Gesicht, das sie aufgesetzt hatte, war nicht mehr das, das er gesehen hatte, als sie sich aus ihrer Umarmung lösten, sondern eine wohlkalkulierte, vornehm-stolze Maske, passend zum Rahmen des Wagenfensters, damit alle Welt es auch sah: Ihre Durchlaucht in einem Auto – mit einem Mann!

«Wo würdest du gerne essen?» fragte er. «Ich dachte an das *Cheriton Hotel*, gleich dort, wo der Wald beginnt.»

Sie schüttelte den Kopf. «Ich bin nicht hungrig. Aber wir können ja einen Drink nehmen.»

Ein Mädchen wie sie – ob sie überhaupt schon jemals in einem solchen Restaurant gewesen war? Konnte sie es sich entgehen lassen, dort gesehen zu werden? Von ganzem Herzen verabscheute er sie wegen ihrer Herkunft, wegen ihrer Ungewandtheit, sich zu unterhalten, wegen der jämmerlichen Kleinheit ihrer Welt. Und doch regte ihn ihre körperliche Gegenwart schier unerträglich auf. Wie sollte er es bloß eine ganze Stunde mit ihr in einer Hotellounge aushalten, worüber sollten sie sich unterhalten, wie sollte er sich bezwingen, sie nicht anzufassen? Er hatte ihr nichts zu sagen. Aber es gab nun mal feste Regeln bei diesem Spiel, eine vorgeschriebene amouröse Schäkerei, ähnlich dem Werbeverhalten in der Vogelwelt, eine Art Liebestanz mit gespreiztem Gefieder. Noch am frühen Abend, bevor er in den Laden gegangen war, hatte Drayton dieses Vorspiel gewissermaßen gedanklich durchgeprobt, aber jetzt kam es ihm vor, als seien sie darüber längst hinaus. Der Kuß hatte sie bereits bis an die Schwelle gebracht. Er sehnte sich nach einem Hauch von Hochstimmung ihrerseits, nach einem Funken von Freude, der seine körperliche Wollust in etwas Zivilisierteres hätte verwandeln können.

«Ich weiß nicht», versuchte er beklommen eine Unterhaltung zu beginnen, «heute, wo ich nun den Wagen habe, ist der erste Abend seit Wochen, an dem es *nicht* regnet.»

«Aber ohne ihn hätten wir ja hier nicht rauskommen können.»

Vor ihnen schimmerten die Lichter von Pomfret in der Dämmerung zwischen grünenden Bäumen. «Es wird schon dunkel», sagte sie.

Auf der verzweifelten Suche nach irgend etwas, das er sagen konnte, brach er eine Vorschrift. «Heute haben wir einen Burschen namens Kirkpatrick verhört», sagte er. Es war unüblich, vielleicht sogar falsch, über Polizeiangelegenheiten zu reden. «Er ist ein Kunde von euch. Kennst du ihn?»

«Die sagen uns doch nicht ihre Namen», entgegnete sie.

«Er wohnt hier irgendwo.» Sogar genau hier, dachte er. Hier mußte es sein. Vor ihnen erhob sich die hohe schwarze Mauer des Waldes, und direkt davor lagen wie verstreute Kästen auf einer grünen Wiese ein Dutzend weißer und blauer Häuschen im rustikalen Stil.

«Oh, sieh mal», rief sie, «der Wagen da!» Ja, da stand er in einer der Einfahrten, sein Rosa und Lila wie geronnen im Licht einer Laterne über dem Eingang. «Das ist der Mann, den du meinst, ja? Stell dir mal vor, in so einem Ding rumfahren zu müssen! Ich hab mich fast totgelacht!» Ihre plötzliche Heiterkeit aus so kindischem Anlaß ließ ihn frösteln. Er spürte, wie seine Lippen schmal wurden. «Was hat er denn getan?» wollte sie wissen.

«Das darfst du mich nicht fragen.»

«Na, du bist ja sehr vorsichtig», meinte sie, und er spürte ihren Blick auf seinem Gesicht. «Deine Chefs, die halten wohl 'ne Menge von dir?»

«Ich hoffe es.»

Er glaubte, jetzt lächelte sie ihn an, aber er wagte nicht, sie anzublicken. Plötzlich kam ihm in den Sinn, ob ihr Schweigen und ihre Unbeholfenheit womöglich dieselbe Ursache hatten wie seine eigene, und der Gedanke schnürte ihm schier die Luft ab. Die Straße war dunkel hier, zu dunkel jedenfalls, um auch nur einen Moment lang den Blick davon abzuwenden. In der Ferne zwischen den aufragenden Tannen sah er bereits die Lichter des Hotels. Sie legte ihre Hand auf sein Knie.

«Mark», sagte sie, «Mark, ich will gar keinen Drink.»

Es war schon fast neun Uhr, als Burden vom Polizeipräsidium zu Hause angerufen wurde.

«Ruby Branch ist schon wieder hier, Sir.» Es war Martins Stimme. «Sie hat Knobby Clark mitgebracht, und sie will Sie sprechen. Ich krieg kein Wort aus ihr raus.»

Es klang entschuldigend, als ob er einen Anpfiff erwartete. Aber Burden sagte bloß: «Ich komme gleich mal runter.»

In der Kehle spürte er jenen merkwürdigen kleinen Klumpen, die kleine, nervöse Enge, die ihm immer anzeigte, daß endlich etwas passieren würde. Seine Müdigkeit war wie weggeblasen.

Ruby wartete in der Halle des Polizeipräsidiums. Ihre Haltung war unterwürfig, fast märtyrerhaft, und auf ihrem Gesicht lag ein Ausdruck tiefster Schicksalsergebenheit. Neben ihr saß auf einem der schalenförmigen roten Stühle, die völlig unzureichend waren für seinen mächtigen runden Körper, der Hehler aus Sewingbury. Als Burden ihn sah, besann er sich auf ihre letzte Begegnung. Jetzt wirkte Knobby nervös, hatte die Miene eines Bittstellers; bei jenem vorigen Mal dagegen hatte er seine Überlegenheit in höhnische Verachtung umgemünzt, hatte gefeilscht und schließlich achselzuckend abgelehnt. Vor seinem inneren Auge sah Burden wieder die schüchterne, damenhafte Frau vor sich, die zu Knobby gekommen war, um Schmuckstücke zu verkaufen, die sie als Geschenke von ihrem Mann bekommen hatte. Sein Herz verhärtete sich, und eine plötzliche Wut stieg in ihm hoch.

«Nun?» fragte er. «Was wollen Sie?»

Mit tiefem, kummervollem Seufzer ließ Ruby ihren Blick über die farbenfrohe Ausstattung der Halle schweifen, und an diese stummen Zeugen gewandt, meinte sie dann: «Nette Art und Weise, mit mir zu reden, wo ich mir nun die Mühe mache, den ganzen weiten Weg hierherzukommen. Eigentlich ein richtiges Opfer, das ich Ihnen da bringe.»

Knobby Clark sagte nichts. Seine Hände waren in den Taschen vergraben, und er schien voll und ganz darauf konzentriert, die Balance zu wahren auf seinem Sitz, der für schmalere Hinterteile konstruiert war als seine. Die kleinen Augen blickten reglos und verschlagen aus ihren Fettpolstern.

«Und was macht *er* hier?» wollte Burden wissen.

Ruby, die sich anscheinend zu ihrer beider Sprecherin aufgeworfen hatte, sagte: «Ich hab angenommen, George würde sich an ihn wenden, wo die beiden doch alte Kumpel sind. Nachdem ich hier war, bin ich also mit dem Bus extra nach Sewingbury gefahren.» Sie machte eine Pause. «Ich meine, nachdem ich Ihnen geholfen hab», meinte sie bedeutungsvoll. «Aber wenn es Sie nicht interessiert, okay, dann soll's mir auch recht sein.» Sie klemmte ihre Handtasche unter den Arm und stand auf. Ihr flusiger Pelzkragen wogte über dem großen, vor Empörung zitternden Busen.

«Sie kommen wohl besser mit in mein Büro.»

Immer noch stumm hievte sich Knobby Clark vorsichtig aus seiner Sitzschale. Burden konnte von oben auf seine Schädeldecke hinabblicken. Alles was er noch an Haaren besaß, war ein schütteres Faserbüschel, das wiederum an den Strunk einer riesigen, mißgestalteten Steckrübe erinnerte.

Darauf bedacht, nicht noch mehr Zeit zu verlieren, drängte er: «Also bitte, schießen Sie los. Was gibt's denn?» Aber er bekam keine Antwort, abgesehen davon, daß Knobbys mächtige Schultern leicht zitterten.

«Würde es Ihnen was ausmachen, die Tür zu schließen?» verlangte Ruby. Hier war das Licht heller, und ihr Gesicht wirkte verwüsteter denn je. «Zeigen Sie es ihm, Mr. Clark.»

Der kleine dicke Juwelier zögerte, dann machte er zum erstenmal den Mund auf. «Also, Mr. Burden, schauen Sie... Sie und ich, wir haben doch sehr lange Zeit keinen Ärger miteinander gehabt, oder? Es müssen jetzt sieben oder acht Jahre sein.»

«Sechs», verbesserte Burden ihn ungerührt. «Nächsten Monat sind es genau sechs Jahre her, seit Sie Ihre kleinen Unannehmlichkeiten hatten wegen des Empfangs gewisser Uhren.»

«Nein, da war ich aber schon wieder draußen», widersprach Knobby empört.

«Ich weiß wirklich nicht, was das soll!» Ruby setzte sich und versuchte, selbstsicher zu wirken. «Ich weiß wirklich nicht, warum Sie versuchen, ihn schlechtzumachen. Ich komme aus freien Stükken her, und...»

«Halten Sie die Klappe!» fauchte Burden sie an. «Glauben Sie, ich weiß nicht, was hier gespielt wird? Sie sind sauer auf Ihren Freund Monkey, und darum versuchen Sie, ihm was anzuhängen. *Deshalb* sind Sie nach Sewingbury gefahren in den Laden dieser kleinen miesen Ratte, um ihn zu fragen, was Matthews ihm am letzten Donnerstag zugeschustert hat. Von wegen ihn schlechtmachen! Das ist ein reiner Witz, noch schlechter geht's doch wohl kaum!» Er schluckte hart. «Nein, Ruby, das war kein edler Gemeinsinn, das war Boshaftigkeit. Natürlich kam Clark gleich mit ihnen gelaufen, als Sie ihm erzählten, daß wir Monkey hier haben. So, und jetzt spucken Sie mal den Rest aus, aber ersparen Sie sich Ihre Seufzer.»

«Knobby möchte sich aber vergewissern, daß er dadurch keinen Ärger kriegt.» Rubys Stimme war nur noch ein klägliches Jammern. «Er konnte es doch nicht wissen? Ich hatte George am Donnerstag ein paar Stunden allein gelassen, während ich gearbeitet hab, während *ich* Geld verdient hab, damit er im Luxus leben konnte...» Vielleicht fiel ihr Burdens Warnung, die Sentimentalität betreffend, wieder ein, jedenfalls fuhr sie ruhiger fort: «Er muß es neben einem meiner Sessel gefunden haben.»

«Was gefunden?»

Knobbys fette Hand fuhr wiederum in die ausgebeulte Tasche und ließ etwas Hartes und Glänzendes auf Burdens Schreibtisch fallen. «Hier haben Sie ein prachtvolles Stückchen Handwerksarbeit, Mr. Burden. Achtzehn Karat Gold, und von Meisterhand gemacht.»

Es war ein Feuerzeug aus schimmerndem Rotgold, in Länge und Breite wie eine Streichholzschachtel, jedoch flacher, die Seiten fein graviert mit einem Muster aus Trauben und Weinblättern. Burden drehte es um und schob die Unterlippe vor. Auf der Unterseite war eine Inschrift: «Für Ann, die mein Leben erhellt.»

Ein breiter Schlitz öffnete sich in Knobbys Gesicht, der klaffende Spalt in einer Runkelrübe, wenn die überreife Frucht ihre Rinde sprengt. Er lächelte. «Am Donnerstag vormittag ist es gewesen, Mr. Burden.» Die schwammigen Hände spreizten sich zitternd. «‹Ist echt koscher›, sagt Monkey doch zu mir, aber ich frag: ‹Wo hastes her?›, denn ich kenne ja seinen Ruf. ‹Alles, was glänzt, ist nicht Gold›, sag ich...»

«Aber wenn es kein Gold gewesen wäre, dann hätte es ja auch bis zum Jüngsten Tag glänzen können, was Sie betrifft», versetzte Burden ungerührt.

Knobby beugte sich zu ihm hinüber. «‹Meine alte Tante hat es mir vererbt›, hat er gesagt, ‹meine Tante Ann.› – ‹Muß ja 'ne lebenslustige alte Biene gewesen sein, deine Tante›, sag ich, ‹hat sie dir auch ihr Zigarettenetui und ihren Flachmann vererbt?› Aber das war bloß so'n Spaß von mir, Mr. Burden. Ich hab ja nicht im Traum dran gedacht, daß das heiße Ware sein könnte. Stand nämlich nicht auf der Liste.» Sein Gesicht spaltete sich erneut, sehr tugendsam diesmal. «Ich hab ihm zwanzig dafür gegeben.»

«Seien Sie nicht albern. Ich bin kein seniler Greis und Sie kein Philanthrop.» Wieder mußte Burden an die Frau mit dem Schmuck denken. «Zehn haben Sie ihm gegeben», sagte er verächtlich.

Knobby Clark widersprach nicht. «Mein Risiko, mein Verlust,

Mr. Burden. Egal, ob zehn oder zwanzig, das Geld wächst bei mir nicht auf den Bäumen. Sie werden doch nichts daraus machen, nein? Keine Unannehmlichkeiten, äh?»

«Oh, hauen Sie ab, Mann», sagte Burden angewidert. Und Knobby ging. Er war kleiner denn je, dabei sah er aus, als ginge er auf Zehenspitzen. Als er fort war, verbarg Ruby ihr Gesicht in den Händen.

«Jetzt ist es passiert», stöhnte sie. «Mein Gott, ich hätte nie gedacht, daß ich George mal verpfeifen würde.»

«Na, hören Sie den Hahn in der Ferne krähen, Ruby?»

«Sie sind ein harter Mann, Mr. Burden. Sie werden Ihrem Boss von Tag zu Tag ähnlicher.»

Burden hörte das gar nicht ungern. «Sie können auch gehen», sagte er, «und über die andere Sache reden wir nicht mehr. Sie haben auch schon genug öffentliche Gelder und öffentliche Zeit gekostet. In Zukunft würde ich mich aufs Reinemachen beschränken, Ruby.» Er grinste, und bereits wieder wohlgelaunt, fügte er hinzu: « Sie sind ein Genie, wenn's darum geht, anderen Leuten ihren Dreck aufzuräumen.»

«Erlauben Sie mir, George kurz zu sehen?»

«Nein, das tue ich nicht. Nun treten Sie mal nicht Ihr Glück mit Füßen.»

«Hab's auch nicht anders erwartet.» Sie seufzte. «Ich wollte ihm nur sagen, daß es mir leid tut.» Ihr Gesicht war häßlich und alt und bemalt. «Ich liebe ihn», sagte sie leise, und ihre Stimme klang müde. «Ich liebe ihn seit zwanzig Jahren. Aber das verstehen Sie wohl nicht. Sie und die anderen – für euch ist das bloß ein dreckiger Witz, was?»

«Gute Nacht, Ruby», sagte er, «ich hab noch zu arbeiten.» Wexford hätte die Situation besser gemeistert, er hätte irgend etwas Ironisches gesagt, frech, und doch auch zart. Es war genau, wie sie gesagt hatte – er, Burden, konnte es nicht verstehen, würde es nie können, würde es auch nie wollen oder auch nur versuchen. Für ihn war diese Art von Liebe ein Buch mit sieben Siegeln, Pornographie für Grovers Ausleihe. Jetzt ging er erst einmal hinunter, um Monkey Matthews zu besuchen. «Sie sollten sich mal ein Feuerzeug anschaffen, Monkey», sagte er und blinzelte durch den dichten Qualm auf den Wust abgebrannter Streichhölzer.

«Mit so was kann ich nicht umgehen, Mr. Burden.»

«Nicht mal mit einem hübschen goldenen? Oder war Ihnen der Zaster lieber?»

Er wog es in der Hand, dann hob er es in den grellen Schein der nackten Glühbirne. «Gestohlene Fundsachen», meinte er, «Monkey, was für ein Abstieg!»

«Ich nehme an, es hat keinen Zweck, Sie zu fragen, wie Sie drauf gekommen sind?»

«Gar keinen Zweck.»

«Ruby würde mir das nicht antun.»

Burden zauderte eine Sekunde. Sie hatte gesagt, er würde immer mehr wie Wexford, und er hatte das als Kompliment aufgefaßt. Vielleicht war es nicht bloß Wexfords Unerbittlichkeit, der er nacheifern sollte. Er riß empört und gekränkt die Augen auf. «Ruby? Da muß ich mich aber sehr über Sie wundern, Monkey.»

«Nein, ich hab auch nicht geglaubt, daß sie es war. Vergessen Sie, daß ich's gesagt habe. Was anderes ist es wohl mit Knobby Clark, diesem verdammten alten Gauner. Der würde seine eigene Großmutter als Katzenfutter verkaufen.» Resigniert und langsam zündete Monkey sich eine neue Zigarette an. «Wie lange werd ich denn kriegen?» fragte er.

Die Scheinwerfer waren aus. Er hielt in einer Lichtung, die von dichten Bäumen umstanden war, riesige schwarze Fichten und Tannen, als Schiffsmasten oder Fahnenstangen gezüchtet. Ihre Stämme sahen grau aus, aber selbst diese glatten, geraden Umrisse waren nicht mehr auszumachen, sobald man ein paar Meter in den Wald hineingegangen war. Hier war weder Tag noch Nacht, nichts als ein dunkles Labyrinth. Er hielt sie in seinen Armen und konnte ihr Herz schlagen fühlen. Er dachte, es müsse dunkel sein, wenn er seine Augen öffnete – ihr Kuß war lang und blind gewesen –, und er erschrak vor dem bleichen Dämmerlicht.

«Gehen wir ein bißchen spazieren», sagte er und nahm ihre Hände. Jetzt war alles gut. Er wußte selbst nicht warum, aber statt eines Triumphgefühls bemächtigte sich seiner eine bisher unbekannte, leise Furcht. Nicht Furcht im Sinne körperlichen Versagens oder auch psychischen Ungenügens, mehr die Angst vor einer heillosen Verstrickung. Bislang waren seine sexuellen Abenteuer immer flüchtig gewesen, manchmal reichlich ausschweifend, niemals jedoch Anlaß zu innerer Einkehr und Selbstprüfung. Aber er hatte nie das Gefühl gehabt, daß sie nur Vorübungen, gewissermaßen Generalproben gewesen wären, denn die Gefühle, die dabei im Spiel gewesen waren, hatten keinerlei Ähnlichkeit mit den Empfindungen, die ihn diesmal gepackt hatten, weder in ihrer Art noch in ihrer Intensität. Er war vollständig überwältigt von etwas durchaus Neuem und Erschreckendem. Als ob es für ihn das erste Mal wäre.

«Es ist wie ein fremdes Land», sagte sie.

Sie hatte recht. Ein unerforschtes Land, fremdartig, mit einer unübersetzbaren Sprache. Es verschlug ihm den Atem, daß sie genauso empfand wie er, gleichsam durch telepathische Übertragung. Dann sah er sie an, folgte ihrem verträumten Blick hinauf in die Baumkronen und begriff mit leichter Enttäuschung, daß sie lediglich den Wald selbst meinte, nicht ihre Gemütsverfassung.

«Bist du je in einem fremden Land gewesen?» fragte er.

«Nein», antwortete sie, «aber so muß es da sein. Und es ist auch so wie gestern abend. Allein mit dir zwischen hohen Mauern. Hattest du das im Sinn, als du mich hergefahren hast?» Sie stiegen einen Waldweg hinan, der so schnurgerade und gleichmäßig den Abhang hinauflief, daß er an einen Schnitt in dickes, schwarzes Fleisch erinnerte, oder an eine klaffende Wunde. «War es das?»

«Vielleicht.»

«Das war schlau von dir.» Sie atmete leicht, obwohl es steil bergauf ging. Ein wenig vor ihnen zur Linken wand sich ein kleiner Fußpfad zwischen den Bäumen hindurch.

«Aber hier gibt es keine Fenster, nicht wahr?» Mehr als alles in der Welt, mehr sogar noch als sein augenblickliches Verlangen, sie voll und ganz zu besitzen, sehnte er sich nach ihrem leisen Lächeln, diesem verhaltenen Anheben der Lippen, ohne sie zu öffnen. Sie hatte kein einziges Mal mehr gelächelt, seit sie in den Wald gekommen waren, und gerade dieser Ausdruck war die Essenz, der Kern der Anziehung, die sie auf ihn ausübte. Ohne dieses Lächeln konnte er sie zwar küssen, konnte gewiß auch zu jenem Höhepunkt gelangen, um dessentwillen dieser Ausflug arrangiert worden war, aber er würde den Zauber einbüßen, den Duft, kurz, die Hälfte des Genusses. Oder er würde vielleicht gerettet sein, denn er war bereits zum Sklaven eines Fetischs geworden.

«Keine Fenster», wiederholte sie leise, «niemand, der uns beobachtet... oder uns hindern könnte», fügte sie hastig atmend hinzu. Sie blickte ihn an, ihre Gesichter und ihre Körper waren dicht beieinander. «Ich habe es so satt, beobachtet zu werden, Mark.»

Ein orangefarbenes Rechteck in der Wand, eine Glocke, die ewig bimmelte, eine blecherne Stimme, die immer rief...

«Du bist bei mir», sagte er, «und mich beobachtet keiner.» Normalerweise war er sensibel, aber ihre Nähe überrumpelte alle Selbstkontrolle und setzte das Imponiergehabe des männlichen Tieres frei. Und ohne daß er es verhindern konnte, jagte er auch wieder seinem Fetisch nach. «Lächle für mich», flüsterte er mit heiserer Stimme. Ihre Finger griffen in seine Schultern, nicht fest oder leidenschaftlich, sondern mit leichten, beinahe vorsätzlich verführerischem Druck. Der Ausdruck ihrer Augen war völlig nichtssagend, einladend allein waren die schweren, zitternden, halbgeschlossenen Lider. «Oh, lächle doch...»

Und dann plötzlich wurde er belohnt. Heiße Begierde überfiel ihn, aber er nahm sie sehr langsam in seine Arme und betrachtete dieses Lächeln, das der Brennpunkt all seines Wünschens war, dann erst senkte er seinen Mund darauf hinab.

«Nicht hier», flüsterte sie. «Im Dunkeln. Bring mich ins Dunkle.» Sie reagierte ebenso heftig wie anschmiegsam, und ihre Worte, gegen seine Lippen gesprochen, flossen wie Wein in seinen Körper und erfüllten ihn mit Hitze.

Das schmale Band des Fußpfades lag einladend vor ihm. Er preßte sie an sich und trug sie beinahe in die dunklen Schatten des Waldsaumes. Über ihnen wisperten die Zweige der Nadelbäume, es war ein Geräusch wie entferntes Taubengurren. Er zog seinen Mantel aus und breitete ihn auf den sandigen Boden. Er hörte, wie sie ihm Worte zuflüsterte, Worte, die er nicht erfaßte, aber sie zeigten ihm, daß sie nicht länger passiv zögerte. Sie streckte die Hände nach ihm aus und zog ihn hinunter an ihre Seite.

Die Dunkelheit war nahezu komplett, und es war wohl diese anonyme Finsternis, deren sie ebenso dringend bedurfte, wie er ihres Lächelns bedurfte. Ihre Koketterie und ihr schüchternes Schweigen waren einem fiebrigen Hunger gewichen. Daß er weder vorgetäuscht noch künstlich übertrieben war, merkte er, als sie sein Gesicht in ihre langen Hände nahm, die stark und leidenschaftlich zupackten. Er küßte ihren Hals und ihre Brüste, und sie seufzte tief und genußvoll. Die Dunkelheit war wie ein warmer Fluß, der über ihnen zusammenschlug. Sie nennen es den kleinen Tod, dachte er, und dann schmolz die Fähigkeit zu denken in ihm dahin.

10

Er hatte kaum geklopft, da wurde die Haustür auch schon geöffnet. Ein breiter Streifen Sonnenlicht fiel auf eine schwarz und lila getupfte Kittelschürze und ein scharfes, rotes Gesicht.

«Falsche Pfennige tauchen immer wieder auf», meinte Mrs. Penistan. Burden runzelte die Stirn. Er wußte nicht, bezog sich ihre Bemerkung auf sein Erscheinen oder auf ihre eigene unverhoffte Gegenwart. Sie klärte die Lage mit einem ihrer schrillen Lacher: «Ich hab Mr. Margolis' Inserat gesehen, und da tat er mir leid, und ich hab gesagt, ich komme zurück, bis sie wieder auftaucht.» Den aufgerichteten Besen wie einen Speer in der Hand, beugte sie sich zu ihm und flüsterte: «*Wenn* sie wieder auftaucht.» Dann trat sie beiseite, um ihn hereinzulassen. «Achtung, der Eimer!» rief sie. «Hier drinnen steht alles auf dem Kopf. Ein Glück, daß meine Jungens nicht sehen können, womit ich mich hier abrackern muß. Wenn die das zu Gesicht kriegen würden, die würden ihre Mami hier rausholen, ehe einer piep sagen kann.» Im Angedenken an die stiernackigen Penistan-Burschen, denen man wohl kaum kindliches Mitleid unterstellen konnte, brachte Burden nur ein vages Lächeln zustande. Die Mutter selbst dagegen bedachte er mit einem geradezu bewundernden Blick; und mit einem Lachen, diesmal so fröhlich, daß es fast zu einem Jauchzer geriet, meinte sie: «Tät mich nicht wundern, wenn hier Wanzen in den Wänden säßen!» Ihr schrilles Kichern verfolgte ihn bis ins Atelier.

Ihre Anstrengungen schienen bislang wenig ausgerichtet zu haben in dem allgemeinen Schmutz und Chaos. Vielleicht war sie ja auch eben erst gekommen. Nichts war bisher aufgeräumt oder saubergemacht worden. In den gewohnten unangenehmen Geruch hatte sich jetzt noch ein säuerlicher Gestank gemischt, der vielleicht von den abgestandenen Resten herrührte, die in einem guten Dutzend Tassen auf den Tischen und dem Fußboden herumstanden.

Nirgends wäre Rubys Scharfblick und Unverdrossenheit so sehr am Platze gewesen wie hier.

Margolis malte. Außer den Tuben mit Ölfarbe, die ihn umgaben, standen verschiedene kleine Töpfe mit undefinierbarem Inhalt um ihn herum. Einer davon schien Sand zu enthalten, ein anderer Eisenspäne. Er blickte auf, als Burden eintrat.

«Ich habe mich entschlossen, nicht daran zu denken», sagte er mit einem Anflug bemühter Festigkeit. «Ich mache einfach mit meiner Arbeit weiter. Ann wird schon zurückkommen», setzte er hinzu, als sei damit die Sache erledigt. «Mrs. Penistan findet das auch.»

Das war kaum der Eindruck, den Burden auf den ersten Blick gewonnen hatte. Ohne weiteren Kommentar – sollte der Mann doch glücklich sein, solange er konnte! – hielt er ihm das Feuerzeug hin. «Haben Sie das schon mal gesehen?»

«Das ist ein Feuerzeug», erklärte Margolis weise, etwa wie ein berühmter Archäologe einen sonderbaren Fund in einem prähistorischen Grabhügel identifiziert.

«Die Sache ist bloß – gehört es Ihrer Schwester?»

«Ich weiß nicht. Ich hab es noch nie gesehen. Die Leute schenken ihr immerfort Sachen.» Er drehte es um. «Sehen Sie mal, da steht ihr Name drauf.»

«Es steht ‹Ann› drauf», korrigierte Burden ihn.

Ein in der Schwebe gehaltener Besen kündigte Mrs. Penistans Eintreten ins Atelier an. Ihr Amüsement schien nicht so sehr den Bemerkungen ihres Arbeitgebers zu gelten, als seiner vielmehr bloßen Existenz, denn als sie hinter ihm stehenblieb, während er das Feuerzeug betrachtete, zwinkerte sie Burden verständnisinnig zu.

«Na, lassen Sie mal sehen», sagte sie. Ein einziger Blick genügte ihr. Diesmal schien ihr Gelächter Burdens Einfältigkeit zu gelten, seiner Annahme, Margolis sei fähig, auch nur irgend etwas wiederzuerkennen. Burden beneidete sie um ihre Ignoranz. Die Frage, wie man mit einem Genie umgeht, das war nicht ihr Dilemma. Für sie war das hier ein Mann, völlig unfähig in praktischen Dingen und unverständlich in seinen Äußerungen; also war er ein Verrückter, der des Frohsinns und einer Art rauhen Mitleids bedurfte. «Sie hat so was nie gehabt», sagte sie entschieden. «Sie und ich, wir beide haben immer am Vormittag zusammen eine Kaffeepause gemacht. Und immer hat sie dabei eine Zigarette geraucht, wirklich immer.

‹Sie müßten mal ein Feuerzeug haben›, hab ich zu ihr gesagt, als ich sah, was für Massen von Streichholzschachteln sie verbrauchte. ‹Bringen Sie doch mal einen jungen Mann dazu, daß er Ihnen eins schenkt!› Das muß so in der Zeit um Weihnachten herum gewesen sein, und ihr Geburtstag war im Januar.»

«Dann hat sie es vielleicht zum Geburtstag bekommen?»

«Wenn, dann hat sie es mir nie gezeigt. Sie hatte auch nie ein Gasfeuerzeug. ‹Mein Sohn könnte Ihnen eins zum Selbstkostenpreis besorgen, der ist ja in der Branche›, hab ich gesagt, aber sie...»

Burden unterbrach sie. Seine Ohren schmerzten schon jetzt in Erwartung des kreischenden Heiterkeitsausbruches, mit dem die Story, wie humorlos sie auch sein mochte, enden würde.

«Danke, ich finde schon selber hinaus», sagte er.

«Achtung, der Eimer!» rief Mrs. Penistan ihm fröhlich nach. Er trat hinaus zwischen die blühenden Narzissen. Alles war golden heute morgen, der Sonnenschein, die blaßgelben Frühlingsblumen und das kleine Objekt in seiner Tasche.

Kirkpatricks Wagen stand in der Einfahrt seines Hauses. Burden schob sich daran vorbei. Sein Mantel streifte den Slogan und die lila Blumen.

«Er sagt, er ist krank», erklärte Mrs. Kirkpatrick mit höhnischer, schneidender Stimme.

Burden zeigte ihr seine Karte. Sie nahm sie nicht eingehender zur Kenntnis, als wenn es eine Werbebroschüre gewesen wäre.

«Eine Erkältung hat er, sagt er!» Unendliche Verachtung klang aus diesen Worten, so als sei eine Erkältung von allen Leiden nun das unglaubwürdigste und groteskeste. Sie ließ Burden hinein, und bevor sie ihn mit den beiden großäugigen, schweigsamen Kindern allein ließ, meinte sie: «Sie können sich ja setzen. Ich sag ihm Bescheid, daß Sie da sind.»

Zwei oder drei Minuten später kam Kirkpatrick herunter. Er trug einen seidenen Hausmantel, unter dem er jedoch vollständig angezogen schien. Burden mußte an ähnlich ausstaffierte Gestalten denken, bloß heiterer und liebenswürdiger, wie sie in den Schlafzimmerkomödien der dreißiger Jahre vorkamen, die immer noch unverdrossen von den lokalen Theatervereinen gespielt wurden, zu deren Darbietungen er gelegentlich von seiner Frau geschleppt wurde. Die Garnitur chintzbezogener Sessel und das imitierte Holzpaneel an den Wänden verstärkten diesen Eindruck noch. Bloß Kirkpatrick machte ein tief mißmutiges Gesicht. Wäre dies eine richtige Bühne gewesen, so hätte das Publikum denken müssen, er habe seinen Auftrittstext vergessen. Sein Gesicht war unrasiert. Er brachte kaum ein Lächeln für die Kinder zuwege und fuhr im Vorübergehen dem kleinen Mädchen über das lange blonde Haar.

«Ich mach jetzt die Betten», verkündete Mrs. Kirkpatrick. Eigentlich keine Feststellung, dachte Burden, die als Drohung ausgelegt werden konnte, sie aber schaffte es, eine geradezu finstere Drohung hineinzulegen. Ihr Gatte nickte ihr ermunternd zu und lächelte wie einer, der sich bemüht, das Interesse seiner Frau auf eine ungewöhnlich intellektuelle Leistung hinzulenken.

«Es tut mir leid zu hören, daß Sie sich nicht wohl fühlen.»

«Ich nehme an, das ist mehr psychisch», sagte Kirkpatrick. «Der gestrige Nachmittag hat mich doch reichlich mitgenommen.»

Eine psychische Erkältung also, dachte Burden. Das war etwas Neues. Laut sagte er: «Tut mir leid, denn ich fürchte, wir müssen Sie noch einmal durch die Mühle nehmen. Glauben Sie nicht, es wäre besser, wenn Sie aufhören würden mit dieser Farce, daß Sie an Miss Margolis lediglich wegen der Bilder ihres Bruders interessiert sind?» Kirkpatricks Blick wanderte gegen die Zimmerdecke. Von oben waren laute, dumpfe Geräusche zu hören, als ob seine Frau dort nicht die Betten machte, sondern das Mobiliar zerschlüge. «Wir wissen genau, daß Sie ihr Liebhaber waren», sagte Burden mitleidlos. «Sie haben gedroht, sie zu töten. Nach Ihrem eigenen Eingeständnis waren Sie am Dienstag abend in Stowerton.»

«Nicht so laut!» flehte Kirkpatrick mit gequälter Stimme. «Also gut. Das stimmt ja alles. Ich habe mir schon überlegt – und deshalb fühle ich mich ja auch so verdammt dreckig –, ich hab mir ja schon selbst überlegt, daß ich es Ihnen sagen müßte. Es ist nicht wegen *ihr*», er wies zur Zimmerdecke, dann blickte er den Jungen und das Mädchen an, «es ist wegen meiner Kleinen. Ich will meine Kinder nicht verlieren.» Und leise fügte er hinzu: «Sie nehmen doch immer die Mutter in Schutz, ganz egal, was für eine Mutter das ist.»

Burden zuckte ungeduldig die Achseln. «Haben Sie dies hier schon mal gesehen?»

Die Farbe, die Kirkpatricks Gesicht überflutete, war nur das äußere Zeichen einer Erregung, die Burden sich nicht erklären konnte. Schuldgefühle? Angst? Er wartete.

«Es gehört Ann.»

«Sind Sie ganz sicher?»

«Ich hab es bei ihr gesehen.» Und als ließe er eine Maske fallen, setzte er hinzu: «Sie hat vor meinen eigenen Augen damit angegeben.»

Obgleich es warm war im Büro, behielt Kirkpatrick seinen Regenmantel an. Er sei aus freien Stücken mitgekommen, erklärte Burden Wexford, des Vorzugs – fast konnte man schon sagen, des Komforts wegen –, nicht in Gegenwart seiner Frau reden zu müssen.

«Haben Sie Miss Margolis dieses Feuerzeug geschenkt?» fragte Wexford.

«Ich? Wie hätte ich mir wohl so was leisten können?»

«Dann erklären Sie mir, wieso Sie wissen, daß es ihres ist.»

Kirkpatrick faltete seine Hände und neigte den Kopf.

«Es ist ungefähr einen Monat her.» Seine Stimme war kaum mehr als ein Flüstern. «Ich wollte sie besuchen, aber sie war nicht zu Hause. Margolis hatte anscheinend keine Neigung, mich näher kennenzulernen, so blieb ich draußen im Wagen sitzen und wartete, daß sie zurückkommen würde. Nicht in *diesem* Wagen», warf er mit einem kleinen, schmerzlichen Stirnrunzeln ein, «mit dem anderen, den ich damals hatte, dem schwarzen.»

Er seufzte und sprach weiter, immer noch mit leiser Stimme. «Etwa eine halbe Stunde später kam sie mit ihrem eigenen Wagen zurück, sie war bei der Tankstelle gewesen. Ich stieg aus und ging zu ihr. Das Feuerzeug, das Sie da jetzt haben, das lag auf der Ablage in ihrem Alpine, und ich sah es mir mal an. Ich wußte, sie hatte es vorhin nicht gehabt, und als ich die Inschrift sah – ‹Für Ann, die mein Leben erhellt› – da... na ja, ich kannte sie doch, da wußte ich auch, in welcher Beziehung sie zu dem stand, der es ihr geschenkt hatte.» Ein Unterton von Hysterie schwang in seiner Stimme. «Ich sah einfach rot! Ich... ich hätte sie umbringen können! Großer Gott, nein, das hab ich nicht so gemeint!» Er fuhr sich mit der Hand über den Mund, als könne er die verräterischen Worte wegwischen. «Ich hab es nicht so gemeint. Sie wissen, daß ich es nicht so gemeint habe, nicht wahr?»

Wexford sagte sehr kühl: «Ich weiß sehr wenig von Ihnen, Mr. Kirkpatrick. Sie sind anscheinend eine gespaltene Persönlichkeit. An einem Tag erzählen Sie mir, Miss Margolis sei für Sie nur der Schlüssel zur Gemäldegalerie ihres Bruders gewesen, und am nächsten, daß sie leidenschaftlich eifersüchtig auf sie gewesen wären. Welche von den beiden Persönlichkeiten ist denn nun, sagen wir, die dominante?»

«Ich habe sie geliebt», sagte er todernst. «Ich war eifersüchtig.»

«Aber sicher waren Sie das», sagte Wexford ärgerlich, «denn Sie können ja einen Bonnard nicht von einem Pferdefuß unterscheiden.»

Anstatt weiter zu berichten, sagte der Mann kläglich: «Aber meine Frau darf es nicht wissen. O Gott, ich war verrückt, vollkommen verrückt, diesem Mädchen zu nahe zu kommen!» Vielleicht begriff er, daß Wexford ihm keinerlei Zusagen hinsichtlich seiner Diskretion gemacht hatte, begriff die möglichen Folgen, denn plötzlich brach es aus ihm heraus: «Ich habe sie nicht getötet, ich weiß darüber nichts!»

«Für einen verliebten Mann zeigen Sie nicht gerade viel Trauer, Mr. Kirkpatrick. Aber zurück zu dem Feuerzeug, ja?»

Kirkpatrick schlotterte in dem warmen Raum. «Ich war höllisch eifersüchtig», erzählte er weiter. «Sie nahm mir das Feuerzeug aus der Hand und sah es so... so sonderbar an.»

«Was meinen Sie damit – so sonderbar?»

«Als ob es dabei etwas zum Lachen gäbe», sagte er verzweifelt, «als ob das alles ein einziger großer Jux wäre.» Er fuhr mit der Hand über die Stirn. «Ich sehe sie förmlich vor mir in ihrem gefleckten Pelzmantel, schön, unabhängig... Ich bin nie im Leben so unabhängig gewesen. Sie hielt das kleine goldene Ding in der Hand. Und sie las diese Worte auf der Unterseite, las sie laut vor, und dann fing sie an zu lachen. – ‹Wer hat es dir geschenkt?› hab ich gefragt. Und sie: ‹Der versteht sich drauf, schöne Worte zu machen, mein generöser Freund, was? *Du* würdest auf so was nicht kommen, Alan. Alles was du kannst, ist doch zwei und zwei zusammenzählen, bis es sechzehn sind.› Ich weiß nicht, was sie damit gemeint hat.» Seine Finger hinterließen weiße Flecke dort, wo sie sich in die Haut gegraben hatten. «Sie reden von Trauer», fuhr er fort. «Ja, ich habe sie geliebt, oder ich glaubte, sie zu lieben. Und wenn man jemanden liebt, dann müßte man eigentlich traurig sein, wenn er tot ist, nicht wahr? Aber, o mein Gott, wenn ich sie schon nicht haben konnte, ich, ganz allein für mich, dann wollte ich schon lieber, daß sie tot wäre!»

«Was haben Sie am Dienstag abend in Stowerton gemacht?» fragte Wexford scharf.

«Das brauche ich Ihnen nicht zu sagen», entgegnete er lahm, nicht herausfordernd. Dann knöpfte er seinen Mantel auf, als ob ihm plötzlich warm geworden wäre.

«Ich würde das nicht tun», meinte Burden, «jedenfalls nicht, falls Sie gehen wollen. Wie Sie schon gestern selber sagten, wir können Sie nicht hierbehalten.»

Kirkpatrick stand auf. Er sah müde aus und wie am Rande der Verzweiflung. «Ich kann gehen?» Er fummelte mit zitternden Fingern an seinem Mantelgürtel herum. «Ich kann Ihnen ja auch sowieso weiter nichts erzählen.»

«Vielleicht fällt Ihnen ja noch was ein?» versetzte Wexford. «Ich will Ihnen was sagen – wir kommen später am Tag noch mal bei Ihnen vorbei.»

«Wenn die Kinder im Bett sind», setzte Burden hinzu. «Vielleicht weiß Ihre Frau, was Sie in Stowerton zu tun hatten.»

«Wenn Sie das tun!» fuhr Kirkpatrick auf, «wenn Sie das tun, dann bringen Sie mich um meine Kinder!» Schweratmend drehte er das Gesicht zur Wand.

«Der kann da drinnen in Draytons Gesellschaft erst mal abkühlen», meinte Wexford bei einer Tasse Kaffee im *Café Carousel*. Es lag gegenüber dem Polizeipräsidium, und er zog es der Kantine vor. Sein Erscheinen hatte jedesmal zur Folge, daß weniger erwünschte Elemente von der Bildfläche verschwanden, und auch jetzt waren sie allein mit der Espressomaschine, den Gummibäumen und der Musicbox, die Mantovani spielte.

«Merkwürdig, wie Ruby ihn erkannt hat», sagte Burden, «und doch nicht sicher war, ob sie ihn als Geoff Smith erkannte.»

«Ich weiß nicht, Mike. Gemessen an Ihrem Moralkodex, und vielleicht auch an meinem, war sein Verhalten sicherlich ethisch nicht gerade einwandfrei, aber doch auch nicht verdächtig. Sie wird gar nicht besonders Notiz von ihm genommen haben.»

«Immerhin genug, um zu wissen, daß er klein, jung und dunkel war. Kirkpatrick ist gar nicht klein, der muß an die einsneunzig sein. Es ist der Deckname, der mich stutzig macht. Smith, das leuchtet ein, aber warum Geoff? Warum nicht John, um Himmels willen, oder William?»

«Vielleicht ist Kirkpatricks zweiter Vorname Geoffrey. Das müssen wir ihn fragen.» Wexford rückte seinen Stuhl aus dem Weg. Ein schlankes, blondes Mädchen in Rock und Pullover hatte das Café betreten und strebte zu einem Tisch hinter dem Raumteiler. «Die kleine Miss Grover», flüsterte er, «ausnahmsweise mal von der Leine gelassen. Wenn ihr Vater auf dem Posten wäre, dann hätte sie keine Chance, auch nur fünf Minuten zu entwischen.»

«Ja, ich hab gehört, er ist so was wie ein Tyrann», sagte Burden und blickte dem Mädchen nach. Ihr Gesichtsausdruck war träumerisch, völlig entrückt. «Möcht mal wissen, was der angestellt hat, um sich einen Bandscheibenvorfall einzuhandeln. Nicht, daß er körperlich arbeiten würde!»

«Sparen Sie sich mal lieber Ihren Spürsinn für das auf, wofür Sie bezahlt werden, mein Lieber», grinste Wexford.

Linda Grover hatte sich einen Erdbeermilchshake bestellt. Burden beobachtete, wie sie durch den Strohhalm trank und sich leicht verwirrt umblickte, als der Strohhalm am Ende ein gurgelndes Geräusch machte. Ein Flöckchen rosa Schaums klebte an ihrer Oberlippe. Ihr Haar, fein und seidig wie das eines Kindes, war ein weiterer goldener Blickfang an diesem goldenen Tag. «Ist Stammkunde bei Grover, der Kirkpatrick», sagte er, «kauft dort immer seine Abendzeitung. Ich frage mich, ob er dort wohl auch ein Messer gekauft hat?»

«Gehen wir und sehen wir weiter», sagte Wexford. Die Sonne und die Wärme machten den Gang über die Straße bedauerlich kurz.

«Wie umgewandelt die ganze Gegend, was?» meinte er, als sie die Stufen hinaufgingen und die kalten Mauern des Polizeipräsidiums sie wieder umgaben.

Drayton saß an einem Ende des Büros, Kirkpatrick am anderen. Sie wirkten wie Fremde, gleichgültig, ein wenig ablehnend, die gemeinsam auf einen Zug warten. Kirkpatrick blickte auf, sein Mund zuckte.

«Ich dachte schon, Sie kämen überhaupt nicht mehr wieder», sagte er verzweifelt zu Wexford. «Wenn ich Ihnen erzähle, was ich in Stowerton gemacht hab, dann denken Sie, ich bin verrückt.»

Besser ein Verrückter als ein Mörder, dachte Wexford. Er zog sich einen Stuhl heran. «Schießen Sie los!»

«Sie wollte nicht mit mir ausgehen», stammelte Kirkpatrick, «wegen dieses verdammten Wagens. Ich hab ihr nicht geglaubt, daß sie zu dieser Party ginge, und deshalb», sagte er trotzig, «deshalb fuhr ich nach Stowerton, um das nachzuprüfen. Ich war um acht Uhr dort, und ich habe da stundenlang gewartet, aber sie ist nicht gekommen. O Gott, ich hab da bloß gesessen und gewartet, und als sie nicht kam, da wußte ich, sie hatte mich belogen. Ich wußte, sie hatte jemanden gefunden, der reicher, jünger und härter war. Oh, zum Teufel!» Er hustete bellend und schmerzhaft. «Das ist alles, was ich getan hab», sagte er, «gewartet!» Er hob seinen Blick und richtete ihn auf Burden. «Als Sie mich gestern morgen dort am Quince Cottage angetroffen haben, da wollte ich ihr mal meine Meinung sagen, wollte sie fragen, was sie glaubte, wer sie sei, mich so zu hintergehen.»

Drayton stand schwarz gegen das Sonnenlicht, tiefste Verachtung im Blick. Was der Junge wohl dachte, überlegte Wexford. Daß *er* mit all seiner dunkelglühenden Männlichkeit, einer Glut, die heute schon beinahe aufdringlich wirkte, nie und nimmer so tief sinken würde?

«Es wurde dunkel», fuhr Kirkpatrick fort, «ich parkte meinen Wagen an der Seite von Cawthornes Grundstück unter einem Baum. Da drinnen machten sie einen höllischen Radau, johlten und spielten Musik. Aber sie kam nicht. Die einzige Person, die rauskam, war ein Betrunkener, der Omar Chajjam deklamierte. Drei Stunden lang hab ich da gesessen, nein, länger...»

Wexford rückte näher an seinen Schreibtisch heran, faltete die Hände und ließ die Handgelenke auf dem Rosenholz ruhen. «Mr. Kirkpatrick», begann er ernst, «diese Geschichte, die Sie da erzählen, mag zwar wahr sein, aber Sie müssen einsehen, daß sie mir ein bißchen dünn vorkommt. Können Sie irgend jemanden benennen, der helfen könnte, das zu erhärten?»

Kirkpatrick murmelte bitter: «Das ist jetzt *mein* Bier, was? Sie haben Ihre Aufgabe erledigt. Ich hab noch nie gehört, daß die Polizei nach Zeugen gesucht hätte, die ihre eigenen Ermittlungen entkräftet.»

«Dann müssen Sie noch eine Menge lernen. Wir sind nicht dazu da, einen ‹Fall› zu konstruieren, sondern dafür, zu sorgen, daß Recht geschieht...» Wexford hielt inne. Drei Stunden, überlegte er. Das war genau die Zeitspanne, in der sie in Rubys Haus angekommen waren, in der die Nachbarin den Krach gehört hatte und in der die beiden aus dem Haus getaumelt waren.

«Sie müssen doch die Partygäste ankommen gesehen haben. Hat man denn Sie nicht auch gesehen?»

«Ich hatte den Wagen direkt um die Ecke abgestellt, bis es dunkel wurde, seitlich von der Münzwäscherei.» Er blickte verstockt drein. «Das Mädchen hat mich gesehen», sagte er dann.

«Welches Mädchen?»

«Das Mädchen aus dem Groverschen Laden.»

«Die haben Sie doch um sieben gesehen, als Sie Ihre Abendzeitung kauften, denke ich.» Wexford hatte Mühe, nicht die Geduld zu verlieren. «Was Sie um sieben gemacht haben, ist nicht relevant.»

Dumpfe Fieberröte hatte sich auf Kirkpatricks Gesicht ausgebreitet. «Ich hab sie später noch mal gesehen», knurrte er, «in Stowerton.»

«Das haben Sie aber bisher nicht gesagt.» Jetzt hatte die Ungeduld doch die Oberhand gewonnen, und jedes Wort bekam einen gereizten Unterton.

«Ich hab es satt, mich dauernd zum Hanswurst machen zu lassen», sagte Kirkpatrick wütend und gekränkt. «Mir reicht es jetzt. Wenn ich hier heil rauskomme, dann hänge ich meinen Job an den Nagel. Wenn es einer nötig hat, mit Seife und Puder und Lippenstift hausieren zu gehen, bitte schön, ich nicht! Lieber bin ich arbeitslos!» Er ballte die Fäuste. «*Wenn* ich hier rauskomme», setzte er hinzu.

«Also – das Mädchen», hakte Wexford nach, «wo haben Sie das Mädchen gesehen?»

«Ich stand ein Stückchen weit in der Seitenstraße, neben der Münzwäscherei, nur wenig von der Kreuzung entfernt. Sie kam in einem Wagen an, und der hielt an der Ampel an. Ich stand neben meinem Wagen. Fragen Sie mich nicht, um welche Zeit das war, ich wüßte es nicht.» Er zog pfeifend den Atem ein. «Sie sah mich an, und dann kicherte sie. Aber sie wird sich nicht daran erinnern. Ich bin ja bloß ein Witz für sie, ein Kunde, der sie bei Ladenschluß aufhält, und als sie mich bei meinem Vehikel stehen sah, da reichte es eben gerade für ein Lachen. LIPDEW! Kann ja sein, daß sie jedesmal an mich denkt und jedesmal über mich lacht, wenn sie sich sonstwo wäscht, vielleicht am...»

Draytons Gesicht war weiß geworden, seine Finger ballten sich zu Fäusten, und er trat einen Schritt vor. Aber Burden hatte rechtzeitig eingegriffen und das letzte Wort abgeschnitten, das Wort, das vielleicht harmlos, vielleicht aber auch obszön gewesen wäre.

«In diesem Fall», sagte er schnell, «wird sie sich ja erinnern, nicht wahr?»

11

Sonnenschein ist ein wundervolles Heilmittel, besonders wenn es der erste milde Sonnenschein des Frühlings ist. Paradoxerweise kühlte er auch Draytons Wut ab. Als er die Straße überquerte, hatte er sich bereits wieder gefangen und konnte besonnen, ja sogar spöttisch über Kirkpatrick nachdenken. Der Mann war ein Laffe, ein armes Würstchen mit einem Tuntenjob, unmännlich, ein Gespött der Frauen. Fuhr einen rosa und lilafarbenen Wagen und hausierte mit Kosmetika! Eines schönen Tages würde ein Parfümplutokrat ihn in ein Harlekinskostüm steigen lassen, mit einer Puderquaste auf dem Kopf, würde ihn von Tür zu Tür gehen und Seife verteilen lassen an jegliche Hausfrau, die einen Coupon vorweisen und einen Slogan hersagen konnte. Er war eine lächerliche Marionette, ein Sklave.

Der Laden war leer. Mittagszeit, das mußte eine Stunde der Flaute sein. Die Glocke klingelte besonders laut, denn er ließ sich Zeit beim Schließen der Tür. Der Sonnenschein ließ den Laden noch verkommener erscheinen als sonst. Schwaden von Staub hingen tanzend in den hereinfallenden Strahlen. Er blieb stehen und horchte auf das Höllenspektakel, das sein Läuten im Obergeschoß ausgelöst hatte. Eilige Schritte, etwas, das sich wie das Scheppern eines heruntergefallenen Topfdeckels anhörte, dann eine barsche Baßstimme: «Nun mach schon, daß du in den Laden runterkommst!»

Und sie kam herunter, ein Küchenhandtuch in der Hand. Als sie ihn erblickte, erlosch der Ausdruck der Diensteifrigkeit auf ihrem Gesicht und sie blickte vorwurfsvoll drein. «Du kommst viel zu früh», sagte sie, «um Stunden zu früh.» Aber dann lächelte sie, und in ihren Augen lag etwas, von dem er nicht recht wußte, ob es ihm gefiel – ein Funke von Selbstgefälligkeit, das Kalkül des Eroberers. Wahrscheinlich glaubte sie, er könne es nicht abwarten, mit ihr zusammenzusein. Sie waren für den Abend verabredet, und nun war er schon um halb zwei gekommen. Das war es ja, was sie immer alle wollten, einen schwach machen, wachsweich in ihren langen, fragilen Händen. Und dann ließen sie einen fallen wie ein Stück Dreck. Siehe Kirkpatrick. «Ich kann jetzt nicht mit dir kommen», sagte sie, «ich muß auf den Laden aufpassen.»

«Du kannst sehr wohl mitkommen, und zwar dorthin, wo ich dich hinbringen werde!» fuhr Drayton sie unsanft an. Vergessen war seine Wut über Kirkpatricks Worte, vergessen auch die Leidenschaft von gestern abend, die beginnende echte Zuneigung. Wer war sie denn schließlich? Ein Ladenmädchen – und was für ein Laden! – eine Verkäuferin, die Angst hatte vor ihrem Vater, ein Dienstmädchen mit Küchenhandtuch! «Zum Polizeipräsidium», sagte er knapp.

Ihre Augen weiteten sich. «Spinnst du? Soll das 'n Witz sein?»

Er hatte die Geschichten über Grover gehört, von den Sachen, die sie über und unter dem Ladentisch verkauften. «Es hat nichts mit deinem Vater zu tun», sagte er rasch.

«Was wollen sie denn von *mir*? Ist es – wegen der Anzeige?»

«Gewissermaßen ja», beschwichtigte er sie. «Also, es ist nichts – bloß Routine.»

«Mark», sagte sie warnend, «Mark, du willst mir Angst einjagen.»

Die Sonnenstrahlen flossen an ihrem Körper hinunter wie ein Rinnsal aus Gold. Rein körperliche Angelegenheit, dachte er bei sich, nichts als ein physischer Appetit, bloß schlimmer als gewöhnlich. Wiederholen wir den vergangenen Abend oft genug, und es wird sich geben! Sie trat auf ihn zu, lächelnd, ein wenig nervös. «Ich weiß, du wolltest es nicht, aber du mußt mir keine Angst einjagen, hörst du?» Das Lächeln setzte ihm zu. Er stand ganz still, und der Sonnenschein lag wie ein Schwert zwischen ihnen. Er war verrückt nach ihr, und er brauchte all seine Kraft und all seine Selbstbeherrschung, um sich abzuwenden und zu sagen: «Gehen wir. Sag deinen Eltern, es dauert nicht lange.» Sie blieb nur zwei Minuten fort, aber sie ließ einen Hauch von Frische und Süße zurück, der den abgestandenen Mief nahezu aufwog. Er ging im Laden umher und versuchte, irgend etwas ausfindig zu machen, das nicht billig oder mittelmäßig oder schäbig war. Sie kam zurück, und er sah, daß sie sich weder umgezogen noch Make-up aufgelegt hatte. Das gefiel ihm, und zugleich wurmte es ihn, denn es deutete auf eine gewisse Arroganz hin, auf eine Gleichgültigkeit gegenüber der Meinung anderer Leute, die seiner eigenen gleichkam. Es paßte ihm nicht, daß sie Dinge gemeinsam hatten. Genug, daß sie einander körperlich begehrten und gegenseitige Befriedigung fanden auf einer Ebene, wo er sich auskannte.

«Wie geht es deinem Vater?» fragte er, und sofort wurde ihm klar, daß das eine alberne Phrase war. Sie lachte denn auch.

«Meinst du das ernst, oder machst du dich lustig?»

«Ich meine es ernst.» Zum Teufel mit ihrer verdammten Gedankenleserei!

«Ihm geht's ganz gut», sagte sie, «oder vielmehr, nein, ihm geht es nicht gut. Er behauptet, er leidet Todesqualen. Man weiß es eben nicht bei dem, was er hat. Äußerlich ist halt nichts zu sehen.»

«Mir scheint, er ist ein ziemlicher Sklaventreiber», sagte er.

«Alle sind sie doch Sklaventreiber. Und besser der eigene Vater als sonst ein Mann.» An der Tür badete sie sich förmlich im Sonnenschein, räkelte ihren Körper wie ein langes, goldenes Tier. «Wenn die mit mir reden», meinte sie, «dann bist du doch dabei, ja?»

«Sicher, ich werde dabeisein.» Er schloß die Tür hinter ihnen. «Tu das nicht», raunte er ihr zu, «sonst tue ich, was ich gestern abend getan habe.» Da kocht man nun vor Begierde, dachte er, und konnte trotzdem lachen. Bei diesem Mädchen konnte man das. O Gott, dachte er, o Gott!

Da war doch irgend etwas zwischen diesen beiden, spürte Wexford. Sicherlich hatte Drayton sie vollgequatscht auf dem Weg hierher, das war die einzige Erklärung für den Blick, den sie ihm zugeworfen hatte, bevor sie sich setzte, ein Blick, der geradezu um Erlaubnis bat. Nun ja, er hatte Drayton in dieser Hinsicht immer für anfällig gehalten, und hübsch genug war das Mädchen ja. Er hatte sie schon flüchtig gekannt, seit sie ein Kind war, aber jetzt kam es ihm vor, als fiele ihm erstmals die ungewöhnlich schöne Form ihres Kopfes auf und die gewisse jungfräuliche Grazie, mit der sie sich bewegte.

«Nun, Miss Grover», begann er, «ich möchte Sie lediglich bitten, mir ein paar Routinefragen zu beantworten.» Sie lächelte ihn leicht an. Es müßte ihnen verboten werden, so auszusehen, dachte er grimmig, so spröde, so makellos und so unberührbar. «Ich nehme an, Sie kennen einen Mr. Kirkpatrick? Er ist Kunde bei Ihnen.»

«Ist er das?» Drayton stand hinter ihrem Stuhl, und sie wandte sich nach ihm um, wie um sich zu vergewissern. Wexford war leicht irritiert. Was bildete sich Drayton ein, wer er war? Ihr Anwalt?

«Wenn Sie seinen Namen nicht kennen, dann erinnern Sie sich vielleicht an seinen Wagen. Wahrscheinlich haben Sie ihn eben draußen stehen sehen.»

«Ein komisches rosa Ding mit Blumen drauf?» Wexford nickte. «O ja, den kenne ich.»

«Sehr schön. Jetzt möchte ich Sie bitten, Ihr Gedächtnis auf den vergangenen Dienstag abend zu konzentrieren. Waren Sie an diesem Abend in Stowerton?»

«Ja», sagte sie schnell. «Da bin ich immer am Dienstag abend. Da bringe ich unsere Wäsche in die Münzwäscherei, mit dem Wagen meines Vaters.» Sie hielt inne, und ihr junges, frisches Gesicht überschattete sich. «Mein Vater ist nämlich krank, und meine Mutter geht abends meistens zum Whistturnier.»

Warum dieses Heischen nach Mitleid, dachte Wexford im stillen. Auf Drayton jedenfalls schien diese Andeutung des Unterdrücktseins mächtig Wirkung auszuüben. Sein dunkles Gesicht drückte Empörung aus, und seine Lippen waren schmal geworden. «Übrigens, Drayton», sagte er nicht unfreundlich, «ich brauche Sie jetzt nicht mehr.»

Als sie allein waren, sagte sie, bevor er noch Zeit hatte zu fragen: «Hat Mr. Sowieso mich gesehen? Ich habe *ihn* jedenfalls gesehen.»

«Sind Sie ganz sicher?»

«O ja. Ich kenne ihn doch. Ich hatte ihm wenig vorher noch seine Abendzeitung verkauft.»

«Und es war nicht nur der Wagen, den Sie erkannten, Miss Grover? Nicht lediglich ein leerer Wagen?»

Sie hob eine Hand, um den kleinen, schimmernden Haarknoten zu glätten. «Ich kannte seinen Wagen gar nicht. Er hatte früher einen anderen.» Sie kicherte nervös. «Als ich ihn *damit* sah und begriff, daß es seiner war, da mußte ich lachen. Der hält doch so viel von sich, wissen Sie, und dann *dieser* Wagen...»

Wexford beobachtete sie scharf. Sie war alles andere als gelöst und ruhig. Von seiner nächsten Frage, der entscheidenden, hing so viel ab. Kirkpatricks Schicksal hing davon ab. Wenn er gelogen hatte...

«Wieviel Uhr war es?» fragte er.

«Spät», sagte sie prompt. Ihre Lippen waren wie Mandelblüten, die Zähne perfekt. Es war ein Jammer, daß sie sie so selten zeigte. «Ich war in der Wäscherei gewesen und wollte nach Hause. Es kann nur wenig später gewesen sein als Viertel nach neun.» Innerlich seufzte er. Wer immer bei Ruby gewesen war, um Viertel nach neun war er allemal doch dort gewesen. «An der Ampel habe ich gehalten», erklärte sie tugendhaft. Mein Gott, dachte er, sie ist wie ein Kind, sie macht keinen Unterschied zwischen mir und einem Verkehrspolizisten. Erwartete sie womöglich, daß er ihr gratulierte?

«Er hatte seinen Wagen um die Ecke von der Autowerkstatt geparkt...»

«Cawthornes?»

Sie nickte eifrig. «Ich hab ihn gesehen. Ich weiß, daß er es war.»

«Und ganz sicher, es war um diese Zeit?»

Er hatte bemerkt, daß sie an ihrem schmalen Handgelenk keine Uhr trug.

«Ich war gerade aus der Münzwäscherei gekommen, und ich hab die Kirchturmuhr gesehen.»

Mehr konnte er nicht tun. Vielleicht war das alles wahr. Es gab keine Leiche, und jetzt gab es auch kein greifbares Indiz mehr, das gegen Kirkpatrick sprach. Unter einem väterlichen Impuls lächelte er ihr zu und sagte: «Sie können jetzt gehen, Miss Grover. Mr. Kirkpatrick kann Ihnen sehr dankbar sein.»

Einen Moment glaubte er, bei ihr einen heiklen Punkt berührt zu haben, aber dann war er unsicher. Der Ausdruck ihrer großen, grauen Augen war schwer zu interpretieren. Es konnte so etwas sein wie übermäßige Erleichterung, zweifellos, weil er das Verhör beendet hatte. Als sie fort war, schien das Büro an Helligkeit eingebüßt zu haben, obgleich die Sonne noch immer strahlte. Nur ihr Duft war noch da, ein Parfüm übrigens, viel zu alt für ihre Unschuld.

«Das Mädchen war doch programmiert», meinte Burden zornig.

«Da könnten Sie recht haben.»

«Wir hätten Kirkpatrick hier gestern nachmittag nicht weglassen dürfen.»

Wexford seufzte. «Was hatten wir denn in der Hand, um ihn festzuhalten, Mike? Oh, ich gebe ja zu, wahrscheinlich hat er sich zwischen gestern nachmittag und heute morgen dieses Alibi ausgedacht. Ich wette sogar, er ist schnurstracks zu Grover gegangen, nachdem er hier rausgekommen ist. Dieses Mädchen stand jedenfalls irgendwie unter Druck.»

«Zeigen Sie mir einen Grover, der nicht für Geld alles tut», sagte Burden, «wie der Vater, so die Tochter.»

«Armes Kind. Auch kein schönes Leben für sie, was? Den ganzen Tag über eingesperrt in dem dreckigen kleinen Loch, und abends karrt sie die Wäsche umher, weil ihre Mutter Whist spielt.»

Burden sah ihn leicht befremdet an. Der Gesichtsausdruck seines Chefs war mehr als tolerant, nahezu zärtlich, und das verwirrte ihn. Wenn er nicht gewußt hätte, daß Wexford ein fast ebenso untadeliger Ehemann war wie er selbst, dann hätte man denken können... Aber nein, hier gab es schließlich Grenzen!

«*Wenn* er dort draußen vor Cawthornes Laden war», sagte er, «und *wenn* er um halb zehn Uhr dort war, dann ist er aus dem Schneider, und wir vergeuden bloß unsere Zeit. Aber wenn das Mädchen lügt und er es gewesen ist, dann hätte er Anitas Leiche praktisch überall zwischen hier und der schottischen Grenze beiseite schaffen können. Sie könnte in jedem beliebigen Graben in einem halben Dutzend beliebiger Grafschaften liegen.»

«Und wo die Leiche ist, da ist auch die Tatwaffe.»

«Er hätte aber auch nach Hause fahren können, wo er sich auskennt, und sie im dicksten Unterholz irgendwo im Cheriton Forest verscharrt haben.»

«Aber bevor wir nicht mehr wissen, Mike, ist es undurchführbar und reine Zeitvergeudung, nach der Leiche zu suchen.»

«Ich hätte aber nichts dagegen, mir Kirkpatrick diesbezüglich noch mal vorzuknöpfen», sagte Burden mit einer plötzlichen Heftigkeit, «und zwar, ihn mir in Gegenwart seiner Frau vorzuknöpfen.»

«Nein. Wir werden ihn mal eine Weile in Ruhe lassen. Die Preisfrage ist doch: Hat er das Mädchen bestochen oder nicht?» Wexford lächelte weise in sich hinein. «Ich hab so meine Hoffnung, sie könnte sich bemüßigt fühlen, sich Drayton anzuvertrauen.»

«Drayton?»

«Ziemlich attraktiv für das andere Geschlecht, meinen Sie nicht? Dieser verschlossen brütende Ausdruck, darauf fliegen sie doch alle.» Wexfords kleine, glitzernde Augen wurden plötzlich unfreundlich. «Aber vielleicht würden *Sie* sich auch lieber selbst in dieser Rolle sehen? Verzeihung, ich vergaß – Ihrer Frau wäre das nicht recht! Und Martin und ich sind wohl auch nicht gerade dazu gebaut, vor einer anmutigen Nymphe das Gefieder zu spreizen...»

«Dann werde ich mich wohl lieber erst mal ein bißchen mit ihm unterhalten.»

«Nicht nötig. Wenn ich mich nicht sehr irre, ist dies etwas, das wir getrost der Natur überlassen können.»

12

Das Feuerzeug hatte auf dem Schreibtisch in der Sonne gelegen, und als Wexford es aufnahm, fühlte es sich warm an in seiner Hand. Die Ranken und Blätter des Weinlaubmusters schimmerten sanft. «Griswold hat sich eingemischt», sagte er. Burden bekam ein verkniffenes Gesicht, als er den Namen des Polizeipräsidenten hörte. «Hat mir erklärt, wir könnten diese Sache nicht zu einer Mordfalluntersuchung aufbauschen. Unschlüssige Indizien und so weiter. Er gibt uns noch zwei Tage zum Herumschnüffeln, dann ist Sense.»

Burden meinte bitter: «Da hätten wir also die ganze Gegend auf den Kopf gestellt, bloß um Monkey Matthews für ein paar weitere Monate einzubuchten.»

«Tja, und der Fleck auf Rubys Teppich wäre dann die Frucht Ihrer blühenden Phantasie, Anita Margolis ist auf Urlaub, das Pärchen, das den Weg entlanggetaumelt ist, war besoffen und Kirkpatrick hat einfach nur Angst vor seiner Frau.» Wexford schnaubte leise und spielte nachdenklich mit dem Feuerzeug herum, warf es in die Höhe und fing es wieder auf. «Darauf wird es denn wohl hinauslaufen», knurrte er.

«Martin beobachtet Kirkpatricks Haus», sagte Burden. «Der ist heute nicht zur Arbeit gegangen. Und Drayton hängt wahrscheinlich noch bei dem Mädchen rum. Soll ich sie abrufen, Sir?»

«Was gäbe es denn anderes für sie zu tun? Hier ist doch im Moment weiß Gott nicht viel los. Was die anderen Fragen betrifft, die ich gern beantwortet hätte, so war Griswold nicht im mindesten daran interessiert, und ich wüßte auch nicht, wie wir die Antworten darauf innerhalb von zwei Tagen finden sollten.»

Schweigend streckte Burden die Hand nach dem Feuerzeug aus und betrachtete es eingehend, die schmalen Lippen vorgeschoben. Dann meinte er: «Es würde mich interessieren, ob das wohl die gleichen Fragen sind, die mir im Kopf herumspuken? Wer hat ihr das Feuerzeug geschenkt, und ist es irgendwo hier gekauft worden? Wer war der Betrunkene bei Cawthorne vor der Tür, der Mann, der Kirkpatrick angeredet hat?»

Wexford zog seine Schreibtischschublade auf und nahm seinen WEEKEND TELEGRAPH heraus. «Erinnern Sie sich an die Bemerkung über die gelöste Verlobung mit Richard Fairfax? Ich wette, das war *er*. Mrs. Cawthorne hat gesagt, er habe die Party gegen elf verlassen, und Cawthorne schimpfte, weil er ein Brandyglas auf einer der Dieselzapfsäulen abgestellt hat.»

«Klingt allerdings sehr nach einem Poeten», sagte Burden düster.

«Na ja, denken Sie dran, was ich über Göring gesagt habe.»

Wexford grinste, weil es ihm gelungen war, Burden aus der Fassung zu bringen. «Laut Kirkpatrick hat er Omar Chajjam vor sich hin deklamiert. Ich habe selbst mal für den alten Chajjam geschwärmt. Möchte mal wissen, *was* er wohl zitiert hat.

‹Winzer, einfältger Wicht,
was gibt dir den Mut?
Du kaufst für ein Geld
was halb so kostbar nicht,
wie das köstliche Gut,
das du verkaufst aller Welt›
– oder vielleicht:
‹Wie, wenn er blindlings metzelte
mit seinem zauberischen Schwert?›»

Burden hatte das letzte ernst genommen. «Er kann das nicht getan haben», entgegnete er, «er ist um acht bei Cawthorne aufgetaucht und nicht vor elf gegangen.»

«Weiß ich ja. Ich hab nur Spaß gemacht. Einerlei. Griswold sagt, keinerlei Ermittlungen gegen neue Verdächtige ohne zwingenden Anlaß. Das ist meine Direktive, und daran muß ich mich denn wohl halten.»

«Trotzdem denke ich, es gäbe doch keine Einwände dagegen, wenn wir mal bei ein paar Juwelieren nachforschten, oder? Genaugenommen hätten wir dafür doch einen zwingenden Anlaß, zumal wenn einer von ihnen sich erinnerte, das Ding an Kirkpatrick oder auch an Anita Margolis selbst verkauft zu haben.» Burden steckte das Feuerzeug in die Tasche. Wexfords Gesicht hatte einen versonnenen Ausdruck, geistesabwesend, aber nicht entmutigend, deshalb sagte Burden forsch: «Heute ist mittags Ladenschluß. Ich mache mich mal besser auf die Socken, solange die Geschäfte noch offen sind!»

Sich selbst überlassen, durchforschte der Chief Inspector sein Gedächtnis nach einem bestimmten, besonders beziehungsreichen Vers von Omar Chajjam, und als er ihn fand, schmunzelte er:

«Welch Lampe hält das Schicksal hier bereit
für seine Kinder, strauchelnd in der Dunkelheit?»

Darauf mußte es bei dem Dichter doch eine Antwort geben! Schließlich fiel sie ihm ein, ohne daß sie ihn jedoch sonderlich inspirierte:

«Ein blind' Verstehen,
sprach der Himmel darauf...»

Er zitierte es laut, zu der Glasskulptur gewandt. Ja, genau so etwas war es, was sie jetzt gebrauchen konnten, dachte er.

Kirkpatrick stand gegen die Motorhaube seines Wagens gelehnt, den er auf dem Vorplatz des *Olive and Dove* geparkt hatte, und beobachtete den Eingang von Grovers Laden. Ununterbrochen seit dem Frühstück hatte Detective Sergeant Martin sein Haus und seinen lächerlichen Traumwagen observiert. Mrs. Kirkpatrick war mit den Kindern einkaufen gegangen, und gerade als Martin auf seinem Beobachtungsposten unter den ersten Bäumen des Cheriton Forest drauf und dran war, die Hoffnung aufzugeben, da war der Vertreter herausgekommen und mit seinem Wagen in Richtung Kingsmarkham davongefahren. Ihm zu folgen war ein leichtes gewesen, denn der Wagen war eine weithin sichtbare Beute. Selbst ein dazwischenkommender Bus oder feindselige Ampeln, die im falschen Moment auf Rot umsprangen, konnten sie nicht lange schützen.

Es war ein warmer Vormittag. In der weichen, leicht würzigen Luft lag eine Vorahnung des Sommers, und die Sonne vergoldete den Dunstschleier, der über Kingsmarkham lag. Jemand trat aus dem Blumenladen und stellte einen Kasten voller steifer lila Tulpen auf den offenen Verkaufsstand.

Kirkpatrick war damit beschäftigt, die Gläser seiner Sonnenbrille am Rockaufschlag blankzureiben. Dann schlenderte er zum Straßenrand. Martin ging noch vor ihm über die Straße und mischte sich unter die Leute. Statt direkt auf den Papierladen zuzusteuern, blieb Kirkpatrick zuerst zögernd vor dem Blumengeschäft stehen, betrachtete wählerisch die frischen, samtenen Veilchen, Hyazinthen in Töpfen und Narzissen, die jetzt billig waren, weil es sie im Überfluß gab. Sein Blick wanderte über die Hauswand neben der Einfahrt, in die nie ein Sonnenstrahl fiel, dann aber wandte er sich plötzlich um und bog eilends in die York Street ein. Martin brauchte keine fünfzehn Sekunden, um sich zu entscheiden. Er war nur ein paar Schritte von Grover entfernt. Die Glocke schepperte, als er die Tür öffnete.

«Ja, bitte?» Linda Grover trat aus der Tür im Hintergrund.

Martin blinzelte, um seine Augen an das Dämmerlicht des Ladens zu gewöhnen, und sagte leichthin: «Ich guck mich mal ein bißchen um.» Er kannte sie vom Hörensagen, aber er war sicher, sie kannte ihn nicht. «Ich brauch 'ne Geburtstagskarte», fügte er hinzu. Sie zuckte gleichmütig die Schultern und griff nach einer Illustrierten. Martin schlenderte in den hintersten Teil des Ladens. Jedesmal wenn die Glocke anschlug, blickte er von dem Postkartenständer auf. Ein Mann kam herein und kaufte Zigarren, dann eine Frau mit einem Pekinesen, der zwischen den Kartons auf dem Boden herumschnüffelte. Seine Herrin ging an dem Postkartenständer vorüber, um zwischen den abgegriffenen Bänden der Groverschen Buchausleihe herumzustöbern. Martin war dankbar für ihr Kommen. *Eine* Person, die sich in den Schatten drückte, das war verdächtig, zwei dagegen fielen nicht mehr auf. Er hoffte, sie werde sich viel Zeit lassen beim Auswählen ihrer Lektüre. Der Hund schob seinen Kopf in sein Hosenbein und berührte mit feuchter Nase sein nacktes Fleisch.

Sie waren die einzigen Kunden, als fünf Minuten später Alan Kirkpatrick den Laden betrat, ein rot und golden eingewickeltes Päckchen unter dem Arm.

Rot und Gold waren die Geschäftsfarben von Joy Jewels. Scharlachroter Teppich bedeckte den Fußboden, goldene Pappmachétorsos standen auf roten Säulen herum, jede Figur so vielarmig wie eine orientalische Gottheit. Abgespreizte, spitz zulaufende Finger waren mit Glitzerketten behängt, Straß, Quarz und manch anderes Juwel, das vielleicht auch nichts anderes war als geschickt geschliffenes Glas, fingen das Sonnenlicht ein und reflektierten es vielfarbig gleißend. Auf dem Ladentisch lag eine Rolle Einwickelpapier, hellrot, mit goldenen Blättern verziert. Der Verkäufer legte seine Schere hin, als Burden eintrat und ihm das Feuerzeug hinhielt.

«Wir führen keine Feuerzeuge. Außerdem glaube ich nicht, daß irgend jemand hier sich so ein Ding auf Lager legen würde.»

Burden nickte. Dieselbe Antwort hatte er schon bei vier anderen Juwelieren bekommen.

«Das ist ein Kunstwerk», sagte der Mann, und er lächelte, wie die Leute eben lächeln, wenn ihnen etwas Schönes und Seltenes gezeigt wird. «Vor acht oder neun Jahren, da hätte man so was hier in diesem Geschäft noch kaufen können.»

Vor acht oder neun Jahren war Anita Margolis kaum mehr als ein Kind gewesen. «Wie kommt das?» fragte Burden ohne sonderliches Interesse.

«Bevor wir das Geschäft von Scatcherd übernommen haben. Er galt als der beste Juwelier zwischen London und Brighton. Der alte Mr. Scatcherd wohnt noch immer hier oben im ersten Stock. Wenn Sie vielleicht mit ihm sprechen wollen...»

«Das ist wohl zu lange her, fürchte ich», unterbrach Burden schnell. «Damit würde ich nur meine und seine Zeit vergeuden.» Ja, viel zu lange her. Es war April, und Weihnachten hatte Anita Margolis ihre Zigaretten noch mit Streichhölzern angezündet.

Er ging unter den Platanen der York Street entlang. Das verschleierte Sonnenlicht fiel auf ihre rissige, graugelb gefleckte Rinde, und die winzigen neuen Blätter warfen ein ganz ähnliches Schattenmuster auf das Pflaster. Das erste, was ihm auffiel, als er in die High Street einbog, war Kirkpatricks Wagen vor dem *Olive and Dove*. Wenn Martin ihn aus den Augen verloren hatte! Aber nein, dort stand der Ford des Sergeant, hart am Rande des durch einen gelben Streifen angezeigten Parkverbotes. Burden blieb auf der Kingsbrookbrücke stehen und vertrieb sich die Zeit damit, ein einträchtiges Schwanenpaar zu beobachten, einander ebenso unverbrüchlich verbunden wie dem Fluß. Das braune Wasser floß dahin und kräuselte sich leicht an den runden, gesprenkelten Steinen. Burden wartete.

Das Gesicht des Mädchens verfinsterte sich, als sie Kirkpatrick sah. Sie blickte an ihm hinauf und hinunter, klappte ihre Illustrierte zu, wobei sie aber wie ein Kind einen Finger zwischen die Seiten klemmte.

«Ja, bitte?»

«Ich komme hier eben vorbei», begann Kirkpatrick verlegen, «und da dachte ich, ich könnte mal kurz reinkommen, um mich bei Ihnen zu bedanken.»

Martin griff nach einer Geburtstagskarte und setzte eine einfältige, leicht sentimentale Miene auf, damit die Frau mit dem Pekinesen denken konnte, er erfreue sich an dem Vers, der darauf stand.

«Dies hier ist für Sie, ein Zeichen meiner Dankbarkeit.» Kirkpatrick legte sein Päckchen zwischen die Zeitungen und die Schokoladenauslagen.

«Ich möchte Ihre Geschenke nicht», sagte das Mädchen eiskalt. «Ich habe ja nichts getan. Ich habe Sie wirklich gesehen.» In ihren großen, grauen Augen stand die Angst. Kirkpatrick beugte sich zu ihr hinüber, bis seine braunen Locken fast ihren blonden Kopf berührten.

«O ja», sagte er einschmeichelnd, «Sie haben mich gesehen, aber die Sache ist doch die...»

Sie unterbrach ihn schroff. «Es ist ja nun vorbei und erledigt, also belästigen Sie mich nicht weiter.»

«Wollen Sie nicht wenigstens mal in das Kästchen hineinschauen?»

Sie wandte sich ab. Ihr Kopf saß wie eine Frühlingsblüte auf einem fragilen Stengel. Kirkpatrick riß das rotgoldene Geschenkpapier ab, dann das Seidenpapier, und aus einer mit rosa Watte gepolsterten Schachtel nahm er eine Kette aus glitzernden Perlen. Es waren kleine, facettenreich blitzende Steine, die in allen Regenbogenfarben glitzerten. Bleiglas, dachte Martin.

«Schenken Sie es Ihrer Frau», sagte das Mädchen. Sie griff in den Halsbund ihres Pullovers, und etwas Silbriges rann über ihre dünnen Finger. «Ich will es jedenfalls nicht. Ich trage echten Schmuck.»

Kirkpatricks Lippen wurden schmal. Er stopfte die Kette in eine Tasche, den Wust zerknüllten Papiers in die andere. Als er fort war – die Tür hatte er mit einem Knall hinter sich geschlossen –, da ging Martin mit der Geburtstagskarte in der Hand zu dem Mädchen.

Sie las die Aufschrift: «Meiner lieben Omi?» mokierte sie sich. Er nahm an, sie sah dabei nach seinem grau werdenden Haar. «Sind Sie auch sicher, daß Sie genau diese wollen?» Er nickte und zahlte seine neun Pence. Ihr Blick folgte ihm, und als er sich umwandte, lächelte sie leicht mit geschlossenen Lippen. Auf der Brücke traf er Burden.

«Na, was gibt's?» empfing ihn der Inspector und blickte ebenfalls spöttisch auf die Karte. Drayton hätte die Sache geschickter erledigt, mußte er widerwillig zugeben. Er blickte nachdenklich auf den Fluß hinunter, auf das unruhige, braungoldene Spiegelbild des steinernen Brückenbogens, während Martin ihm berichtete, was er gehört hatte.

«Eine Halskette hat er ihr angeboten», erzählte Martin. «So ein auffällig glitzerndes Ding, eingewickelt in rotgoldenes Papier.»

«Da frage ich mich doch», meinte Burden langsam, «ob er wohl immer bei Joy Jewels einkauft, ob er dort auch ein Feuerzeug gekauft hat, vor zehn Jahren, als es noch Scatcherd gehörte...»

«...und es erst kürzlich für dieses Mädchen gravieren ließ?»

«Könnte schon sein.» Burden beobachtete Kirkpatrick, der untätig hinter dem Steuer seines Wagens saß. Jetzt stieg er entschlossen wieder aus und betrat die Bar des *Olive and Dove*. «Da geht er hin, unser Mann», sagte er zu Martin, «und ersäuft seine Sorgen. Man kann nie wissen – wenn der sich wieder Mut angetrunken hat, dann kommt er womöglich noch und bietet dem Chief Inspector seinen Flitterkram an? Seiner Frau wird er das jedenfalls bestimmt nicht schenken.»

Der Dunst hatte sich aufgelöst, und jetzt war der Sonnenschein richtig warm. Burden zog seinen Regenmantel aus und nahm ihn über den Arm. Er würde noch einen letzten Versuch unternehmen, um herauszufinden, woher dieses Feuerzeug kam, eine letzte Nachforschung, und wenn auch die ergebnislos verlief, dann würde er es aufgeben und sich zum Lunch mit Wexford im *Carousel* treffen. Aber hatte es eigentlich überhaupt noch einen Sinn, war das nicht ein zu weitgestecktes Ziel? Zunächst konnte er mal eine Tasse Tee gebrauchen. Das *Carousel* hatte um diese Zeit bereits geöffnet, dann aber fiel ihm ein, daß es hier, knapp hundert Meter von der Brücke entfernt, ein kleines Café gab, in dem es zu jeder Tageszeit guten, starken Tee und frisches Gebäck gab. Er schlug die schmale Gasse zwischen den niedrigen Häusern ein und kam in der Kingsbrook Road heraus. Nur eben um die Ecke war es, im Erdgeschoß eines der georgianischen Häuser.

Merkwürdig, wie schwer und hartnäckig der Dunst in diesem hochgelegenen Teil der Stadt lagerte, dazu noch so seltsam ockergelb verfärbt. Er ging bergauf an den großen Häusern vorüber und kam an den Punkt, von dem aus die Straße wieder abwärts verlief. Und hier sah er, daß der vermeintliche Dunst in Wirklichkeit ein Schleier von Mörtelstaub war, durch den hindurch er ein großes Firmenschild gewahrte: DOHERTY – GEBÄUDEABRISS, mit dem Slogan darunter: ALTES MUSS DEM NEUEN WEICHEN. Und dahinter, dort, wo früher das Haus mit dem Café im Parterre gestanden hatte, klaffte eine Ruine, zertrümmerte Wände, Reste des Daches und der Fußböden hinter einer niedergerissenen Fassade. Und zwischen dem Schutt, der einst elegante Steinmetzarbeit gewesen war, stand eine hölzerne Baubude, auf deren Schwelle drei Arbeiter saßen und ihr Butterbrot verzehrten.

Burden hob wie fröstelnd die Schultern und wandte sich ab. Grausam, Stück für Stück ging die Altstadt unter. Schönheit und altväterliche Grazie waren nicht mehr gefragt. Sie rissen die alten Häuser nieder und errichteten dafür ihre pompösen, modernen Kästen, wie das Polizeipräsidium. Neue Gebäude aber brauchten neue Kanalisation und neue Elektrokabel, also riß man auch noch die Straßen auf und tötete die alten Bäume. Neue Geschäfte ersetzten die alten, Bleikristall und vergoldete Pappmachégötter den besten Juwelier zwischen London und Brighton... Jetzt fiel es ihm wieder ein. Es hatte keinen Sinn, der Vergangenheit nachzutrauern. Wenn er schon nicht seinen Tee bekam, so würde er bestimmt nicht auch noch seinen Lunch versäumen. Aber vorher noch dieser letzte Versuch!

Mr. Scatcherd erinnerte Burden an einen sehr alten und sehr leutseligen Papagei. Die starke, gebogene Nase neigte sich tief über einen großzügigen Mund, und die Ähnlichkeit mit einem Vogel wurde noch betont durch eine hellgelbe Weste und weite Hosen aus rauhem Wollstoff, der an Gefieder erinnerte. Und die Räume über dem Juwelierladen glichen einer Voliere, so licht und luftig waren sie mit ihren Fenstern, die in die raschelnden Wipfel zart grünender Bäume blickten.

Er wurde in ein Wohnzimmer geführt, in dem anscheinend seit seiner Ausstattung in den achtziger Jahren des vorigen Jahrhunderts nicht das geringste verändert worden war. Aber statt der für das neunzehnte Jahrhundert tpyischen düsteren Braun- und Rottöne gab es hier Pfauenblau in Plüsch und Samt, dazu glühendes Mahagonirot und Jadegrün. Ein Kronleuchter, der von der Decke hing, funkelte im hellen Sonnenlicht wie eine Handvoll Diamanten, vom Himmel herabgestreut und durch Zauberhand in der Schwebe gehalten. Dicke Kissen aus grünschimmernder Changeant-Seide mit goldenen Quasten... Hier gab es Dinge, dachte Burden, während er in einem brokatbezogenen Ohrensessel Platz nahm, für die sich Cawthorne eins seiner wasserblauen Augen ausreißen würde, um sie zu besitzen.

«Ich nehme um diese Zeit gewöhnlich ein Glas Madeira und einen Bisquit zu mir», sagte Mr. Scatcherd. «Vielleicht erweisen Sie mir die Ehre, mir dabei Gesellschaft zu leisten?»

«Das ist sehr freundlich von Ihnen», erwiderte Burden. Die Mannigfaltigkeit der Erfrischungen vergangener Zeiten hatte er nie kennengelernt, und außerdem hatte er die Verheerungen noch nicht verwunden, die ihn um seinen Tee und die Stadt um ihren Charme gebracht hatten, deshalb sagte er: «Mit dem größten Vergnügen.»

Ein feines Lächeln zeigte ihm, daß er recht getan hatte, anzunehmen. «Ein Farbton, genau wie Granat», meinte der alte Juwelier, als er den Wein auf einem Lacktablett hereinbrachte, «nicht wie Rubin.» Die Ernsthaftigkeit und die belehrende Unbestechlichkeit eines Kenners gaben seiner eher weich flötenden Stimme eine plötzliche Festigkeit. «Ein Rubin ist ganz anders. Und was bringen Sie mir zum Anschauen?»

«Dies hier.»

Die Hand, die danach griff, war grau und knotig, die Nägel lang, aber makellos sauber.

«Könnte das wohl irgendwo von hier stammen, oder bekommt man solche Dinge nur in London?»

Mr. Scatcherd hörte ihm nicht zu. Er war mit dem Feuerzeug ans Fenster getreten, und unter gleichmäßigem Kopfnicken brachte er sein alterssichtiges Auge näher an seine Taschenlupe heran.

«*Les grappes de ma vigne*», sagte er schließlich. Burden richtete sich interessiert auf. «Das ist der Name dieses Musters, müssen Sie wissen, die Trauben meines Weines. Baudelaire natürlich. Vielleicht ist Ihnen das Gedicht nicht geläufig? Höchst geeignet als Geschenk eines Liebenden.» Er lächelte entzückt und drehte das Feuerzeug um. «Und es war ja auch das Geschenk eines Liebenden!» rief er aus, als er die Inschrift las. «Eine schöne Widmung für eine Dame.»

Burden verstand nicht recht, was er meinte. «Sie kennen es?» fragte er. «Haben Sie es schon mal gesehen?»

«Vor etlichen Jahren.» Die Prismen des Kronleuchters schossen rosa, violette und grüne Blinkfeuer gegen die Wände. «Sieben, acht Jahre werden es her sein.» Mr. Scatcherd legte seine Lupe beiseite und strahlte vor Zufriedenheit. Die Regenbogenfunken huschten über seinen kahlen Schädel.«Ich kenne dieses Muster», sagte er, «und ich erinnere mich noch gut an die Inschrift.»

«Aber die Widmung ist erst kürzlich eingraviert worden.»

«O nein, bevor ich mich zurückzog, bevor Joy Jewels mein Geschäft übernahm.» Ein amüsiert-geringschätziges Lächeln bog seine Mundwinkel abwärts und ließ seine Augen zwinkern, als er den Namen aussprach. «Mein lieber Inspector», meinte er dann, «ich muß es doch wissen. Ich habe das Ding ja verkauft.»

13

«Und wem hat er es verkauft? Kirkpatrick?»

Burden hängte seinen Regenmantel an den Garderobenständer des Büros und beschloß, ihn für den Rest des Tages dort auch hängenzulassen. Er warf einen Blick auf die Laborberichte, in die Wexford vertieft war, und sagte:

«Ich verstehe das nicht. Der alte Scatcherd hat seit mehr als sieben Jahren nichts mehr verkauft, und zu der Zeit war Anita gar nicht hier, wußte wahrscheinlich damals noch nicht mal, daß es einen Ort wie Kingsmarkham gibt. Und Kirkpatrick lebte auch nicht hier. Dieses Haus, in dem er wohnt, existiert doch erst seit einem Jahr. Außerdem hat Sactcherd für einen Mann seines Alters ein brillantes Gedächtnis, und er sagt, er hätte nie einen Kunden namens Kirkpatrick gehabt.»

«Was ist, Mike», sagte Wexford und warf einen geringschätzigen Blick auf seine Laborberichte, «schaffen wir es, rauszukriegen, wer dieses verdammte Feuerzeug gekauft hat, oder nicht?»

«Scatcherd will es in seinen Büchern nachsehen. Er sagt, er braucht dazu ein paar Stunden. Aber wissen Sie, allmählich glaube ich, Anita hat es einfach gefunden, aufgesammelt auf der Straße und dann behalten, weil die Widmung so schön paßte.»

«Gefunden!» stöhnte Wexford. «Sie meinen, jemand hat es verloren, und Anita hat es gefunden, und dann hat wiederum sie es bei Ruby verloren? Sie haben vielleicht ein schlichtes Gemüt, Mike! Es ist ja schließlich kein Schlüssel oder ein alter Regenschirm. Es ist ein wertvoller Gegenstand, und ich glaube, er ist allerdings der Schlüssel zu dieser ganzen Angelegenheit. Wenn es jemand verloren hätte, warum wurde uns der Verlust nicht gemeldet? Nein, Sie gehen jetzt mal besser zurück zum alten Scatcherd und helfen ihm mit Ihren jungen Augen.» Burden blickte sehr befriedigt drein bei diesen Worten, genau wie Wexford es beabsichtigt hatte. «Sie können gar nicht wissen, was Sie da vielleicht noch alles entdecken», meinte er. «Womöglich hat Cawthorne es für sie gekauft, oder Anita Margolis selbst, oder wenigstens jemand, der einen grünen Wagen besitzt. In diesem Zusammenhang dürfen wir nämlich nicht vergessen, daß Kirkpatrick, wie verdächtig er sich auch immer benehmen mag, nie einen grünen Wagen besessen hat.»

Als Burden gegangen war, machte er sich von neuem an die Durchsicht der Laborberichte. Er las sie sehr sorgfältig und konnte seine Wut nur mühsam beherrschen. Noch nie in seinem Leben war ihm ein so durch und durch negatives Ergebnis vorgekommen. Was dieser Teppich an Testergebnissen erbracht hatte, war höchstens für die Hersteller von Rubys Lieblingswaschmitteln befriedigend. Die Fingerabdrücke auf Anitas Wagen waren dieselben wie im Schlafzimmer. Es waren ihre eigenen, ausschließlich ihre eigenen. Der Ozelotmantel hatte noch weniger Hinweise erbracht. Von dem spezifischen Geruch, der ihm anhaftete, hieß es, er könne auf Guerlains CHANT D'AROMES zurückzuführen sein. Das hätte Wexford, der sich auf Parfüms verstand, den Burschen auch so sagen können. In einer Tasche hatte sich ein zerknitterter Bogen Rabattmarken befunden. Wahrscheinlich hatte sie also ihr Benzin bei Cawthorne getankt. Wexford seufzte. *Wer* hatte ihren Wagen nachts um ein Uhr zurückgebracht, und wo war er den ganzen Abend über gewesen? *Warum* hatte ihr Mörder, Kirkpatrick oder ein anderer, sich Geoff Smith genannt, wo es doch nur natürlich und von ihm um soviel plausibler gewesen wäre, wenn er seine Anonymität gewahrt hätte?

Ein Stapel dicker Bücher, manche davon alt und vollständig in dunkelgrünes Maroquinleder gebunden, türmte sich zu Mr. Scatcherds Füßen. Burden stieg darüber hinweg und setzte sich wieder in den Ohrensessel.

«Die letzten drei habe ich schon vollständig durchgesehen», erklärte Mr. Scatcherd ohne das leiseste Zeichen von Ungeduld. «Jetzt wären wir also bei neunzehnhundertachtundfünfzig.» Er hatte sich eine goldgefaßte Brille auf die Papageiennase geschoben und blickte freundlich lächelnd über den oberen Rand hinweg.

Burden zuckte die Achseln. Jetzt verstand er überhaupt nichts mehr. Vor neun Jahren war Anita Margolis vierzehn gewesen. Verschenkten Männer denn wertvolle goldene Feuerzeuge – genaugenommen überhaupt irgendwelche Feuerzeuge – an vierzehnjährige Mädchen? In *seiner* Welt jedenfalls nicht. Und die Welt, in die er sich hier verirrt zu haben schien, war ein unübersehbares Chaos, ungreifbar wie ein Alptraum. Das Feuerzeug war in Kingsmarkham verkauft worden, und in Kingsmarkham hatte auch seine Empfängerin gelebt, bis sie ihrem Tod in die Arme lief... Oberflächlich betrachtet so simpel, abgesehen von der Unstimmigkeit in der Zeit und einer Unmenge weiterer verwirrender Fragen…

«Ich dachte, es sei neu», sagte er.

«O nein. Ich kannte den Künstler, der es gemacht hat. Er ist inzwischen tot, aber zu Lebzeiten war er ein großartiger Goldschmied. Sein Name war Benjamin Marks, aber wenn ich ihn Ben nannte, dann dachte ich dabei auch noch an einen anderen Meister. Vielleicht können Sie sich denken, wen ich meine?»

Burden sah ihn verständnislos an. «Cellini, Inspector», sagte Mr. Scatcherd fast entschuldigend. «Der große Benvenuto. Mein Ben war in gewisser Weise auch ein Naturalist. Immer bezog er seine Inspirationen aus der Natur. Ich denke da an einen Rosenbusch, den er für die Puderdose einer Dame entworfen hatte. Im Herzen jeder einzelnen winzigen Blüte konnte man die Kelchblätter erkennen. Er hat auch dieses hier gemacht, und die Gravur ebenfalls. Es wurde auf die Bestellung eines Herrn hin angefertigt.»

«Aber auf *wessen* Bestellung hin, Mr. Scatcherd? Bevor ich das nicht weiß, bin ich keinen Schritt weiter!»

«Das werden wir schon noch herausfinden. Es hilft meinem Gedächtnis auf die Sprünge, wenn ich darüber reden kann.»

Scatcherd blätterte die dicken, von Wasserzeichen geäderten Seiten um und fuhr mit einem langen Fingernagel am Rand entlang. «Hier kommen wir zum Ende des Jahres neunzehnhundertachtundfünfzig. Wissen Sie, jedesmal wenn ich an das Ende eines Buches komme, wird mir ein bißchen warm ums Herz. Mir ist so, als wäre es um die Weihnachtszeit herum gewesen und als hätte ich zur selben Zeit einen besonders schönen Ring verkauft.» Die letzte Seite. An ihrem Kopf sah Burden ein Datum im Dezember. Plötzlich überfiel ihn die entsetzliche Vorstellung, daß Mr. Scatcherd, wenn sich der Verkaufsnachweis nicht in diesem oder dem nächsten Buch fände, beharrlich weitersuchen würde, stunden-, vielleicht sogar tagelang, bis er bei der ersten Eintragung seines Vaters im Jahre achtzehnhundertsechsundachtzig anlangte.

Der Juwelier blickte mit einem Lächeln auf, aber das hatte er schon die ganze Zeit über zur Schau getragen, und Burden konnte daher auf dem runzligen Gesicht kein sonderlich ermutigendes Zeichen entdecken. «Ah, ja, hier haben wir's», murmelte der Alte. «Der Ring, den ich erwähnte. Ein Ring mit Diamanten und Saphiren für Mr. Rogers in Pomfret Hall. Für seine Frau zweifellos, oder aber für seine arme Tochter. Geisteskrank, wenn ich mich recht entsinne.» Weise nickend fuhr er mit dem Finger weiter die Seite entlang. «Derselbe Tag war es nicht, da bin ich sicher. Vielleicht der nächste... Aha, Inspector, hier kommen wir der Sache näher.»

Voll plötzlicher neuer Hoffnung stand Burden auf und wollte ihm das Buch wegnehmen, aber Mr. Scatcherd hielt es fest. «Hier ist es», sagte er, diesmal mit verhaltenem Triumph. «Auftrag für goldenes Feuerzeug, Design ‹Les grappes de ma vigne›, Benjamin Marks. Gravur: FÜR ANN, DIE MEIN LEBEN ERHELLT. – Tja, das wird Ihnen keine große Hilfe sein, fürchte ich; solch ein verbreiteter Name! Aber wenigstens steht hier eine Adresse.»

Burden war wie auf die Folter gespannt. «Was für ein Name?» fragte er aufgeregt.

«Smith. Es ist am 15. Dezember 1958 an einen Mr. Geoffrey Smith verkauft worden.»

Drayton nahm seine Pflichten wirklich ernst, daran war nicht zu zweifeln, dachte Wexford, als er zum Mittagessen das *Café Carousel* betrat. Hinter dem Raumteiler sah er einen Dufflecoat mit Kapuze über einer Stuhllehne hängen. Ein Ärmel hatte sich zwischen den fleischigen Blättern eines Gummibaumes verfangen. Drayton saß mit dem Rücken zum Eingang, aber selbst seinen Schultern merkte man eine angespannte Intensität an. Er schien in eine höchst angeregte, um nicht zu sagen verliebte Unterhaltung mit seinem weiblichen Gegenüber vertieft, denn ihre Köpfe waren dicht beieinander. Es bereitete Wexford mächtiges Vergnügen zuzusehen, wie Drayton die Hand hob, um sie dem Mädchen unter das weiße Kinn zu legen und ihr zartes, verführerisches Lächeln zu beobachten. Sie hatten ihn nicht gesehen. Wie sollten sie auch. Es war wohl nicht übertrieben zu behaupten, die beiden hätten nur Augen für einander. Ein bißchen hart für das Mädchen, fand er, und er überlegte gerade, wie lange diese vorgetäuschte Zuneigung wohl noch vonnöten sein werde, da trat Burden auf ihn zu.

«Was essen Sie?»

«Schäferpastete», sagte Wexford. «Muß schon zehn Minuten her sein, seit ich bestellt habe.» Er grinste. «Ich nehme an, die müssen erst rausgehen und einen Schäfer erschießen.»

«Ich hab ihn gefunden», erklärte Burden, und der Gesichtsausdruck des Chief Inspector wechselte von Interesse in ungläubiges Mißtrauen.

Burden sagte entschuldigend: «Sie haben's ja selbst gesagt, Sir, manche Leute heißen wirklich Smith.»

«Das ist vielleicht ein Witzbold», knurrte Wexford. «Und wo wohnt er?»

«In Sewingbury.» Die Schäferpastete kam, und Burden bestellte auch für sich eine Portion. «Ich verstehe nicht, warum er nicht in der Wählerliste steht. Er dürfte wohl kaum minderjährig sein.»

«Allerdings nicht, außer wir hätten es mit einem kleinen Jungen zu tun, der Feuerzeuge für ein kleines Mädchen kauft.» Wexford schob eine Gabel voll Pastete in den Mund und zog ein Gesicht. «Ich würde ja gern mal unser Labor auf diese Kartoffelpampe hier ansetzen», brummte er. «Wenn mich nicht alles täuscht, haben diese edlen Früchte sich längere Zeit in einem Paket aufgehalten, seit sie aus der Erde gegraben wurden.» Er schob die Schüssel mit grünem Paprikasalat, den das *Carousel* zu allem und jedem servierte, an den äußersten Rand des Tisches. «Smith könnte auch ein Ausländer sein, der seinen Namen geändert hat, aber niemals naturalisiert worden ist.»

Burden überlegte, aber dann fand er, mit vollem Magen würde er besser nachdenken können. Der Kartoffelbrei mochte ja verdächtig sein, aber er war knusprig braun überbacken, und bei dem würzigen Geruch lief ihm das Wasser im Mund zusammen. «Und die ganze Zeit haben wir gedacht, Smith sei ein Pseudonym.» Sein Gesicht hellte sich auf, als ihm der heiße, dampfende Teller vorgesetzt wurde. «Und jetzt sieht es plötzlich so aus, als ob alles eine ganz glatte Sache wäre. Was halten Sie zum Beispiel von folgender Hypothese: Smith kennt Anita seit Jahren, und die Freundschaft wird erneuert, als Margolis und sie hierherziehen. Er mietet das Zimmer am Sonnabend, wobei er mit seinem schwarzen Wagen zu Ruby fährt. Am folgenden Tag oder am Montag verkauft er ihn dann und tauscht ihn gegen einen neuen grünen. Bloß, als er Ruby seinen Namen nannte, ahnte er noch nicht, daß er irgend etwas zu verbergen haben würde. Gewalttätigkeit gegen Anita war das letzte, was er im Sinn hatte.» Als Wexford nickte, fuhr er zuversichtlich fort: «Sie läßt ihre Verabredung mit Kirkpatrick platzen, nicht wegen seines

Wagens, sondern einfach, weil sie ihn satt hat und weil sie sich außerdem mit Smith verabredet hat. Sie trifft sich also irgendwo mit Smith, stellt ihren eigenen Wagen ab und fährt mit ihm in seinem nach Stowerton. In Rubys Zimmer bekommen sie Streit, sehr wahrscheinlich wegen Kirkpatrick, und er fällt mit einem Messer oder einer Rasierklinge über sie her. Es gelingt ihm, sie aus dem Haus und in den Wagen zu bekommen, aber sie stirbt, und er läßt die Leiche irgendwo verschwinden, beziehungsweise er versteckt sie irgendwo bei sich zu Hause in Sewingbury. Spätnachts, als kaum mehr Leute unterwegs sind, holt er ihren Wagen und bringt ihn zurück in den Pump Lane.»

«Tja, wer weiß?» Wexford schob seinen leeren Teller zur Seite. «Könnte schon stimmen. Kirkpatrick ist nichts weiter als ein Rivale, und seine ganze verdächtige Unsicherheit resultiert letztlich aus der Angst vor der Rache seiner Frau.»

Burden griff nach dem Pfeffer, und in diesem Augenblick gewahrte er Drayton. «Dann könnten wir auch diese kleine Affäre da hinten im Keime ersticken», sagte er grimmig.

«Bevor sie dem Jungen über den Kopf wächst, eh?» Wexford stand auf. «Na gut, für den Augenblick wollen wir uns mit Kirkpatricks Geschichte zufriedengeben. Und ich nehme ja nicht an, daß Griswold Smith als einen neuen Verdächtigen betrachten wird, wie?» Donnerwetter, wie hypnotisiert Drayton aussah – geradezu völlig weggetreten! «Ich kann nicht behaupten, daß ich meine jungen Leute gerne im amourösen Umgang mit einer Grover sehe, außer auf strikt dienstlicher Basis.» Er ging hinüber zur Kasse, um die Rechnung zu bezahlen, und ließ sich auf ein Knie nieder, um seinen Schnürsenkel neu zu binden. Unter dem Tischtuch sah er ein langes, nacktes Bein, das sich gegen Draytons Knie preßte. Aha, das Füßchenspiel, dachte er bei sich. Dann nahm er sein Wechselgeld, näherte sich den beiden in der Ecke und gab ein leises Hüsteln von sich. Drayton hob das Gesicht, und anstelle kühler Effizienz sah Wexford darin träumerische Entrücktheit. «Na, wie wär's mit einer Fahrt nach Sewingbury, Drayton?»

Der Polizist war auf den Füßen, noch bevor er zu Ende gesprochen hatte, und wieder hatte er diese undurchdringliche Maske aufgesetzt.

«Ich komme sofort, Sir.»

«Trinken Sie ruhig Ihren Kaffee aus.» Bei Gott, das Mädchen war eine Schönheit! Die Sorte, die ein halbes Dutzend Jahre in höchster

Blüte stehen und dann dahinwelken wie Stroh, noch bevor sie dreißig sind – die goldene Sorte, die zu Staub wird.

Geoffrey Smith' Wohnung war eine von vieren in einer umgebauten Villa am Rande von Sewingbury, ein anmutiges georgianisches Haus, vielleicht um die gleiche Zeit erbaut wie das St. Catherins-Kloster, das dahinter lag. Über eine stattliche Treppe erreichten sie eine Galerie. In der Wand, vor der sie standen, waren früher mehrere Türen gewesen, aber man hatte sie zugenagelt, und nur noch zwei waren übriggeblieben, die Eingänge zu den Wohnungen eins und zwei. Nummer zwei war die linke. Wexford drückte auf die Klingel.

Die großzügige Atmosphäre des Hauses paßte schlecht zu Burdens Theorie von einem Messer oder einer Rasierklinge. Andererseits – zu einem Kunden von Mr. Scatcherd paßte sie sehr wohl. Wie auch immer, keinesfalls hätte Burden eine so geräumige Weite erwartet, wie sie sich vor ihnen auftat, als die Tür sich öffnete, und einen Augenblick lang blickte er nicht die Frau an, die auf der Schwelle stand, sondern den riesigen Raum hinter ihr, der wiederum in einen ebenso großen überging und schließlich durch zwei unermeßlich große Fenster abgeschlossen wurde. Das Ganze wirkte mehr wie eine Bildergalerie – abgesehen von den nackten Wänden – als wie eine Wohnung. Das Licht fiel in zwei langgezogenen Rechtecken durch die Fenster, und die Frau stand in dem dunkleren Streifen dazwischen. Sobald er ihrem Blick begegnete, wußte Burden, daß er sie schon einmal gesehen hatte. Sie war die Frau, die versucht hatte, ihre Schmuckstücke an Knobby Clark zu verkaufen.

«Mrs. Smith?» fragte Wexford.

Burden hatte zwar kaum erwartet, daß sie sie freudig begrüßen würde, aber ihre Reaktion erstaunte ihn doch. In ihren Augen spiegelte sich panische Angst. Es war fast, so deutete er instinktiv ihren Schock, als ob sie jahrelang gequält worden sei, und nun, nachdem sich endlich eine Erleichterung eingestellt hatte, käme jemand und drohte ihr mit neuen Schrecken.

«Was meinen Sie damit?» fragte sie, jedes einzelne Wort langsam und überdeutlich betonend.

«Ich fragte, ob sie Mrs. Smith sind, Mrs. Geoffrey Smith?»

Ihr müdes, einstmals schönes Gesicht wurde hart. «Bitte gehen

Sie!» sagte sie schroff. Wexford blickte sie mit seiner typischen Miene voll unerbittlicher Strenge an und zeigte ihr seinen Ausweis. Selten hatte er damit eine derartig dankbare Reaktion ausgelöst. Der angstvolle Blick verschwand mit einem Seufzer der Erleichterung. Sie lächelte schüchtern, und dann lachte sie sogar. «Sie kommen wohl besser herein.» Auf einmal war sie wieder das verbindliche, damenhafte Wesen, dem Burden in Knobby Clarks Geschäft begegnet war. «Ich kann mir zwar nicht vorstellen, was Sie von mir wollen –» Burden war überzeugt, sie hatte ihn nicht wiedererkannt –, «aber wenigstens droht mir von Ihnen wohl keine Gefahr. Ich meine – nun, bevor ich wußte, wer Sie sind, da erschienen Sie mir doch als reichlich befremdliche Männer, um Sie als alleinstehende Frau in meine Wohnung zu lassen.»

Ziemlich dünne Entschuldigung für das abgrundtiefe Entsetzen, das man ihr so deutlich angesehen hatte. Trotz des Sonnenscheins war es kalt im Innern der Wohnung. Im Winter mußte es geradezu unerträglich sein. Keine Spur eines Heizkörpers war zu sehen, als sie durch den ersten großen Raum gingen und in das Zimmer mit den hohen Fenstern kamen. Elfenbeinfarbene Flügeltüren, deren Farbe in den Vertiefungen der Paneele abblätterte, schlossen sich hinter ihnen. Die Möbelstücke waren viel zu klein für die Räume und viel zu neu, aber doch wiederum nicht neu genug, um modern zu wirken. Es war nicht der geringste Versuch unternommen worden, eine Harmonie zu erzielen zwischen den Möbeln und dem noblen Zuschnitt der Wohnung. Die schlank aufragenden Fenster verschwendeten ihre lichte Heiterkeit zwischen knapp bemessenen Vorhängen aus billiger, geblümter Baumwolle, wie verarmte Gesellschaftsdamen, die einmal bessere Tage gesehen hatten.

«Ich würde gerne Mr. Smith sprechen. Wann erwarten Sie ihn zurück?»

«Ich würde ihn auch gern sprechen.» Jetzt spiegelte sich auf ihrem bräunlichen, von Locken umrahmten Gesicht eine seltsame, halb belustigte Wehmut. Ihre Brille vollführte eine hüpfende Bewegung auf der kurzen Nase. Seit sie wußte, wer sie waren, war all ihre Furcht verschwunden. Sie wirkte wie eine Frau voll unendlicher Bereitschaft zum Lachen, das großenteils auf sie selbst gemünzt sein mochte. «Geoffrey hat sich vor fünf Jahren von mir scheiden lassen», erklärte sie.

«Wissen Sie, wo er jetzt ist, Mrs. Smith?»

«Nicht Mrs. Smith, Mrs. Anstey. Noreen Anstey. Ich bin wieder verheiratet.» Sie sah Wexford mit abgeklärtem, weisem Blick an, einen Blick voll überreicher und vielleicht wenig angenehmer Erfahrungen. «Ich glaube, Sie sagen mir erst mal einfach, was Sie von ihm wollen.»

«Routinefragen, Mrs. Anstey, nichts weiter.» Aber sie war wohl die letzte Frau der Welt, die man mit so was abspeisen konnte, dachte er. Ihr Blick umwölkte sich vorwurfsvoll.

«Es muß etwas *sehr* Harmloses sein», sagte sie, und das feine, belustigte Lächeln grub tiefe Runzeln um ihre Augen. «Geoff gehört zu den ehrlichsten Menschen, die mir je begegnet sind. Finden Sie nicht selbst, daß er ehrlich aussieht?»

Wexford konnte es gar nicht erwarten, das Foto zu sehen. Als sie es ihm reichte, ein großes Porträtfoto, da riß er es ihr fast aus der Hand. Ein dunkelhäutiges, angenehmes Gesicht, schwarzes Haar, eine Pfeife im Mund. Der Chief Inspector war ein zu alter Hase in seinem Beruf, um anhand solcher Beweise Meinungen über Ehrlichkeit oder Unehrlichkeit zu äußern. Er betrachtete es noch, als Burden sagte:

«Haben Sie dies hier schon je gesehen?» Er legte das Feuerzeug in ihre Hände. Sie begannen zu zittern, als sie es nahm, und ihr Atem stockte vor Freude, als sie es dicht an ihr Gesicht brachte. «Mein Feuerzeug!» Er starrte sie verständnislos an. «Und ich dachte, es sei ein für allemal verloren!» Sie versuchte, es in Gang zu setzen, zuckte die Schultern, das Gesicht immer noch strahlend.

«Wo haben Sie es gefunden? Ach, das ist so wundervoll! Möchten Sie eine Tasse Tee? Bitte, lassen Sie mich Ihnen einen Tee aufbrühen.»

Sie saß auf der Kante ihres Stuhles, und sie erinnerte Wexford an ein Kind am Heiligabend. Auf dem Schoß hielt sie Smith' Fotografie, in der Hand das Feuerzeug. Er hatte ihr Alter auf acht- oder neununddreißig geschätzt, aber plötzlich sah sie viel jünger aus. An jeder Hand trug sie einen Ehering. Einer war ziseliert, mit einem ähnlichen Muster wie das Feuerzeug, das sie in der Hand hielt, der andere sah eher aus wie ein Gardinenring von Woolworth.

«Nun, klären wir doch mal zunächst folgendes», begann Wexford. «Dies Feuerzeug gehört also Ihnen? Sie sagen doch, Ihr Name sei Noreen?»

«Das stimmt.» Er war überzeugt, er konnte ihr glauben. Jedes Wort, das sie sprach, hatte den reinen Klang der Aufrichtigkeit. «Noreen Ann Anstey. Ich wurde immer Ann genannt. Zuerst war ich Ann Greystock, das klang sehr schön; dann Ann Smith, das ist zwar langweilig, aber auch nicht so schlecht. Aber Ann Anstey? Das klingt schrecklich, wie gestottert. Darum benutze ich seither meinen ersten Namen.»

«Und Ihr erster Mann hat Ihnen das Feuerzeug geschenkt?» mischte sich Burden ein.

«Ja, zu Weihnachten. Warten Sie... neunzehnhundertachtundfünfzig muß das gewesen sein.» Sie zögerte, und ihr Lächeln war kummervoll. «Wir kamen gut miteinander aus in jenen Tagen. Ich erhellte wirklich sein Leben.»

«Und wie haben Sie es verloren?»

«Ja, wie verliert man Dinge? Es war im letzten November. Ich hatte eine Handtasche mit einem schadhaften Schnappverschluß. Ich habe es immer mit mir herumgeschleppt, obwohl ich mir das Rauchen schon längst nicht mehr leisten kann.» Wexford ließ den Blick über das nackte, schäbige Mobiliar schweifen, und sogleich tat es ihm leid, denn ihr entging so leicht nichts, und jetzt war sie gekränkt.

Ihre Augenbrauen zogen sich ein wenig zusammen, dann fuhr sie fort: «Ja, an einem Tag war das Feuerzeug noch da, und am nächsten war es fort. Erst in der Woche davor hatte ich eine silberne Halskette verloren. Immer dasselbe, manch einer lernt's halt nie!» Sie strich liebevoll über das Feuerzeug und begegnete Burdens zweifelndem Blick. «Oh, ich weiß, es ist ziemlich wertvoll», sagte sie hastig, «alles, was Geoff mir geschenkt hat, war wertvoll. Dabei ist er nicht reich, aber er ist die Großzügigkeit in Person. Ich war seine Frau, und nichts war zu gut für mich. Das meiste von den anderen Sachen habe ich verkauft...» Sie stockte, und als sie ihn erneut anblickte, da wußte er, daß sie sich auf ihre Begegnung besann. «Ich mußte es tun», fuhr sie fort, «ich bin Lehrerin am St. Catherin-Kloster, aber ich komme nicht gut zurecht. Ich weiß selbst nicht, weshalb ich dies hier immer behalten habe.» Sie hob die Schulter wie jemand, der zwar etwas bereut, andererseits aber Reue für Zeitverschwendung hält. «Vielleicht weil es so besonders persönlich ist.» Und mit philosophischem Lächeln fügte sie hinzu: «Ach ja, es ist schön, geliebt worden zu sein und sich daran zu erinnern, wenn es vorbei ist.»

Sie haben das Ding doch nicht verloren, Madam, dachte Wexford, strapazieren Sie meine Gutgläubigkeit lieber nicht zu sehr! Sie haben es verloren, und Anita Margolis hat es auch verloren... Ihr werdet es wohl kaum alle beide verloren haben, noch dazu knapp sechs Monate nacheinander!

«Mrs. Anstey», begann er wieder, «als seine geschiedene Frau werden Sie doch wissen, wo Mr. Smith jetzt ist?»

«Er hat mir nie – wie nennt man das? – Unterhalt gezahlt. Mir genügte es schon, daß er uns die Wohnung ließ, in der wir leben konnten.» Sie zog die Unterlippe zwischen ihre kleinen, weißen Zähne. «Ach, ich kann mir denken, weshalb Sie hinter ihm her sind. Irgendeine Steuergeschichte, weil er Wirtschaftsprüfer ist. Aber seien Sie sicher, wenn irgend jemand seine Steuererklärung fälscht, dann hat das bestimmt nichts mit Geoff zu tun.»

«Wo können wir ihn finden?»

«Dort, wo Sie herkommen, in Kingsmarkham.» Wexford hörte ungläubig zu und überschlug im Geiste sämtliche Nachforschungen bei allen Geoff Smiths des gesamten Bezirks. «Kingsbrook Road 22, vielmehr Old Kingsbrook Road. Er wohnte in Kingsmarkham, bevor wir geheiratet haben, und nach der Scheidung ist er dorthin zurückgezogen.»

«Haben Sie ihn je von einer Anita Margolis sprechen hören?»

Es schien ihr nicht zu gefallen, den Namen einer anderen Frau zu hören, das sah er an der Art, wie ihr lebhaftes Lächeln plötzlich erlosch und wie sie die Hände ineinanderschlang. Aber sie hatte sogleich eine Antwort, ein Gegenmittel für jeglichen giftigen Gedanken. «Ist das die Frau, die die Steuer betrogen hat?»

«Mrs. Anstey, besitzt Ihr Exgatte einen Schlüssel zu dieser Wohnung?»

Sie zog die braune Stirn kraus. Ihre Augen waren mahagonifarben, aber sprühend vor Lebendigkeit. Bei ihr kam es nicht darauf an, was sie anhatte, überlegte Wexford, man beachtete es gar nicht. Ihre starke Persönlichkeit, ihre Vitalität – «für Ann, die mein Leben erhellt» – degradierten Kleidung zu etwas, das man anzog, um sich warm zu halten. Zum erstenmal nahm er sie wahr, einen Pullover und einen alten Faltenrock.

«Einen Schlüssel?» fragte sie. «Ja, das sollte mich nicht wundern. Aber wenn er einen hat, dann wird er ihn nicht benutzen. Manchmal...» Sie blickte unter halbgesenkten Augenwimpern auf, aber nicht unterwürfig, auch nicht gekünstelt, sondern eher, als bezweifle sie seine Fähigkeit, zu verstehen. «Manchmal wünschte ich, er würde es tun», sagte sie leise. «Was kümmert's einen schon, das Leben eines anderen kaputtzumachen! Auf mich kommt es dabei nicht an. Ganz im Gegensatz zur allgemeinen Meinung – es liegt ein mächtiger Trost darin, zu wissen, daß man ganz genau das bekommen hat, was man verdient! Geoff, der verdiente nur das Allerbeste, und er kriegte einen Tritt in die Zähne. Ich wüßte bloß gern, ob's ihm inzwischen besser geht, das ist alles.» Sie hatte sich völlig vergessen. Jetzt schien sie sich plötzlich bewußt zu werden, in wessen Gesellschaft sie sich befand. «Sie müssen mich für verrückt halten, weil ich Ihnen so was erzähle. Verzeihung. Wenn man viel mit sich allein ist, dann wird man leicht geschwätzig Besuchern gegenüber. Wollen Sie wirklich keinen Tee?»

«Ganz bestimmt nicht, vielen Dank.»

«Wenn Sie ihn sehen», sagte sie, «dann sagen Sie ihm doch... ja, meine besten Wünsche. Aber vielleicht überbringen Sie keine Botschaften? Und vielleicht hat er die Vergangenheit auch längst vergessen.» Ihr Gesicht war plötzlich überzogen mit Kummerfalten, eine Landkarte der Erfahrungen, und nicht alle diese Linien, dachte Wexford, ließen sich durch Achselzucken verscheuchen.

«Für Ann, die mein Leben zerstörte», meinte Burden, als sie wieder im Wagen saßen. «Was hat er gemacht, Sir? Zurückgekommen und das Feuerzeug geklaut, weil er ein Mädchen gefunden hat, dem es gefallen würde?»

«Nun wollen wir mal nicht auch noch sentimental werden, was ihn betrifft, ja? Immerhin hat er ja auch einige Zerstörung angerichtet – denken Sie mal an das Mädchen, dem er es geschenkt hat. Ich könnte mir schon vorstellen, daß er seiner Frau mal ein Geschenk gemacht hat, das sich dann später als ein äußerst passendes Präsent für eine andere Ann erwies. Ist wohl doch nicht so großzügig und untadelig, der Herr, was, wenn er sich in die Wohnung seiner Exfrau zurückschleicht und es dort klaut?»

«Jedenfalls brauchen wir uns jetzt nicht mehr den Kopf darüber zu zerbrechen, wieso er es Anita Margolis vor neun Jahren geschenkt hat. Er kann es ihr erst vor ein paar Monaten gegeben haben. Wahrscheinlich hat er sie auch da erst kennengelernt.»

«Klingt plausibel», meinte Wexford, «jedenfalls für mich. Und wie ist es mit Ihnen, Drayton?»

Burden blickte pikiert drein, daß Drayton zu Rate gezogen wurde. «Ich wette, er hat sie mit einem von diesen Schnappmessern aus dem Groverschen Ramschladen umgebracht», sagte er säuerlich. Draytons Rücken wurde noch ein wenig steifer. Wexford räusperte sich schmunzelnd.

«Fahren Sie doch über die Stowerton Road», sagte er zu dem jungen Mann, «wir wollen mal Ruby Branch dieses Foto zeigen.»

Sie betrachtete es eingehend, und Wexford wußte, es war hoffnungslos. Zuviel Zeit war inzwischen vergangen, zu viele Gesichter hatten ihr Erinnerungsvermögen überschwemmt. Die polizeiliche Gegenüberstellung, die doch eine endgültige Klärung hätte bringen sollen, hatte Ruby nur völlig durcheinandergebracht. Sie gab Wexford das Foto zurück, schüttelte die roten Locken und sagte: «Wie viele von Ihnen kommen denn eigentlich *noch*?»

«Was soll denn das bitte heißen?»

Ruby rutschte auf dem blauroten Sofa umher und starrte bitterböse auf den teppichlosen Fußboden.

«Na, so einer – Martin heißt er», brummte sie, «der ist doch erst vor zehn Minuten weggegangen. Der ist doch auch einer von euch, oder?» Wexford nickte verwundert. «Erst kommt da dieser dicke, große Wagen, so rosa und lila mit Buchstaben drauf, und der Kerl steigt aus...»

«Was für ein Kerl?» Doch nicht Martin, dachte er. Was zum Teufel ging hier vor?

«Nein, nein, der Kerl mit dem roten Schlips aus eurer Männerparade. Und kaum, daß ich sein Auto gesehen hab, da wußte ich auch wieder, wo ich ihn schon mal gesehen hab. Zweimal habe ich ihn sogar gesehen an diesem Dienstag abend. Draußen vor Cawthornes Garage hat er gestanden, als ich um zehn nach acht da vorbeiging, und dann hab ich ihn um elf immer noch da gesehen; da saß er in seinem Wagen und starrte jeden an, als ob er den Verstand verloren hätte. Aber das hab ich ja alles schon eurem Bullen erzählt, diesem Martin.»

Alles was Wexford tun konnte, war, das Lachen zu unterdrücken, das ihm in der Kehle saß. Rubys bemaltes Gesicht war grellrosa vor Empörung. Er gab sich große Mühe, ernsthaft zu klingen:

«Und Sie würden das ja niemals bloß sagen, weil Mr. Kirkpatrick Sie darum gebeten hätte, was, Ruby? *Sie* würden sich ja nicht etwa durch eine Kette aus Straßperlen in Versuchung führen lassen?»

«Ich?» Ruby reckte sich zu tugendhafter Größe auf. «Ich hab ja nicht mal mit ihm gesprochen! Er war man gerade aus seinem Traumauto ausgestiegen, als Ihr Mann angefahren kam. Na, wie der Blitz war der wieder drin, und dann ab die Post, die Straße runter! Dieser Martin», fuhr sie gekränkt und anklagend fort, «der war unverschämt zu mir, hat mich bedroht, ja, so würden manche Leute das nennen.»

«Und andere würden es nennen, einen schwachen Geist vor seinen niederen Instinkten zu bewahren», versetzte Wexford.

An der Stowerton-Kreuzung war Cawthorne nirgends zu sehen, aber seine Frau hockte mit entblößten, knochigen Knien und mit Ohrgehängen, die wie Christbaumschmuck unter ihren gelben Lokken hervorbaumelten, auf einer Dieselzapfsäule und flirtete mit einem Tankwart. In der Münzwäscherei wirbelten die Trommeln der Waschmaschinen.

«Na, Sie werden wohl heute abend vom Wäschereidienst entbunden sein, Drayton, was?» meinte Wexford schmunzelnd.

«Wie bitte, Sir?»

«Miss Grover kommt doch immer dienstags hierheraus, um ihre Wäsche zu erledigen, oder?»

«O ja, Sir. Ich verstehe.» Er hatte eigentlich keinen Grund, gleich dermaßen tief zu erröten, dachte Wexford bei sich. Die dunkle Röte hatte sich bis über seinen Nacken ausgebreitet.

«Kirkpatrick ist fein raus», sagte er. «All seine Bestechungsversuche sind auf steinigen Boden gefallen.» Nein, die Metapher klang falsch, und so fügte er schnell hinzu: «Die beiden Frauen haben ihn tatsächlich dort bei Cawthorne gesehen. Er ist lediglich ein Dummkopf, der nichts auf sich beruhen lassen kann. Und er fürchtet sich mehr vor dem Scheidungsrichter als vorm Gefängnis.»

«Direkt zur Old Kingsbrook Road, Sir?» fragte Drayton spitz.

«Ja, Nummer zweiundzwanzig, das muß auf dieser Seite sein.»

Als sie an der Methodistenkirche vorbeifuhren, beugte Wexford sich vor, und plötzlich lag es ihm wie ein Bleiklumpen im Magen. Dies war es, was er gefürchtet hatte, als Mrs. Anstey ihnen die Adresse gesagt hatte. Genau das hatte er gefürchtet und die Furcht als voreilige Folgerung verdrängt.

«Sehen Sie sich das an, Mike!»

«Ja, als wenn da eine Bombe eingeschlagen wäre», meinte Burden niedergeschlagen.

«Stimmt, so sieht es aus. So schöne georgianische Häuser, und der ganze Block beinahe vollständig zerstört!» Er stieg aus dem Wagen. Burden folgte ihm. In dem milden Nachmittagslicht starrte die letzte übriggebliebene Wand auf sie nieder, die aufgerissene Innenseite eines Hauses, grüne Tapeten oben, rosafarbene und steingraue unten. Ein paar Meter vom oberen Rand entfernt klammerte sich noch immer ein eiserner Kamin am Putz fest, und wo der Putz abgesprengt war, an den nackten Ziegelsteinen. Ein schweres Stahlkabel war um ihn herumgeschlagen, und das Kabel führte zu einem Bulldozer, der hinter den Staubwolken lauerte. Durch den ockerfarbenen Dunst hindurch konnte man ein großes Schild erkennen: DOHERTY – GEBÄUDEABRISS, und darunter der Slogan: ALTES MUSS DEM NEUEN WEICHEN.

Burdens Blick fiel auf die Hausnummer an dem stehengebliebenen Türpfosten. Zweiundzwanzig! Trostlos blickte er von der Ruinenwand zu dem Kabel und von dem Kabel zu dem Bulldozer. Und dann nickte er mit einer heftigen Kopfbewegung zu dem Führer des Bulldozers hinüber.

«Polizei», sagte er scharf in das rote, streitsüchtige Gesicht hinein.

«Okay, okay. Bloß, wir haben schließlich auch unsere Arbeit zu machen, ja? Genau wie jeder andere auch. Was wollen Sie denn?»

Burden sah an ihm vorbei auf das Nummernschild des Hauses.

«Hier hat ein Wirtschaftsprüfer gewohnt, ein Bursche namens Smith. Wissen Sie vielleicht, wo der hingezogen ist?»

«Dahin, wo Sie ihn nicht finden werden.» Sein Grinsen war hämisch. «Untergrund sozusagen.»

«Können Sie mir das mal deutlicher erklären?»

«Er ist tot», sagte der Mann und rieb sich die staubigen Hände.

14

«Er *kann* nicht tot sein», entfuhr es dem verblüfften Burden.

«So, kann er nicht? Ich erzähl Ihnen ja bloß wieder, was das alte Mädchen aus der Teestube mir erzählt hat.» Der Arbeiter nickte mit dem Kopf in die Richtung, wo das kleine Café gewesen war, fischte ein großes, schmutziges Taschentuch aus seiner Tasche und schnaubte lautstark hinein. «Das war, bevor wir ihren Laden einrissen. ‹Armer Mr. Smith›, hat sie gesagt, ‹es wäre ihm ganz schön an die Nieren gegangen, wenn er gesehen hätte, wie sein altes Haus verschwindet. War doch alles, was er noch hatte, nach dem, was seine Frau, das Dreckstück, ihm angetan hat, und wo er doch ganz allein war.›»

«Woran ist er denn gestorben? An gebrochenem Herzen?»

«Mit dem Herzen hatte es schon was zu tun. Das alte Mädchen könnte Ihnen mehr erzählen, als ich es kann.»

«Sie wissen wohl nicht zufällig, wann er gestorben ist?» mischte sich Wexford ein.

«Ein Jahr, anderthalb Jahre ist das wohl her. Seitdem hat die Wohnung leergestanden, und sie war in einem jämmerlichen Zustand.» Burden wußte aus eigener Erinnerung, daß das stimmte. Wo jetzt der riesige Schutthaufen war, da hatte er oft gesessen und seinen Tee getrunken und war dann beim Fortgehen an den vernagelten Fenstern vorübergegangen. «Da an der Ecke ist doch das Bestattungsunternehmen. Die werden es vielleicht wissen. Immer gleich an die Quelle gehen, sag ich immer!»

Der Mann trottete zurück zu seinem Bulldozer, und schwer keuchend, als gelte es, die letzte Wand aus eigener Kraft einzureißen, bugsierte er das Vehikel vorwärts über Haufen von Lehm und Bauschutt. Burden ging hinüber zu der Bestattungsfirma. Das Drahtseil spannte sich. Wexford sah gebannt zu und horchte auf das Knirschen und Ächzen des bröckelnden Mörtels, bis der Inspector zurückkam.

«Der ist wirklich tot», sagte Burden, während er vorsichtig durch den Schutt stieg. «Im Februar vor einem Jahr ist er gestorben. Sie konnten sich sogar noch an das Begräbnis erinnern. Kein Mensch da außer der alten Frau aus dem Café und einem Mädchen, das die Schreibmaschinenarbeiten für Smith erledigt hat. Unser Hauptverdächtiger liegt also in einem Grab auf dem Friedhof in Stowerton.»

«Woran ist er gestorben?»

«Herzversagen», erklärte Burden. «Er war zweiundvierzig.»

Ein dumpfes, grollendes Zittern, ähnlich dem ersten Grummeln, das einem Erdbeben vorausgeht, ließ ihn herumfahren. In der letzten Wand des Smithschen Hauses war ein Riß entstanden, der von der grünen bis zur rosa Tapete hinunterlief. Aus der Tiefe dieser Spalte ergoß sich brauner Mörtelstaub über die Ruinenwand. «Soweit ich das sehe», meinte er, «ist die ganze Sache mit diesem Geoff Smith reine Koinzidenz. Den können wir vergessen und ganz von vorn anfangen.»

«Koinzidenz! Nein, Mike, da kann ich nicht mit. So was von Zufall gibt's gar nicht. Ein Mann erscheint in Rubys Haus und sagt, er ist Geoff Smith. Und nachdem er fort ist, wird in demselben Haus ein Feuerzeug gefunden, das acht Jahre zuvor von einem Mann namens Geoff Smith gekauft wurde. Das sind nun mal die Dinge, die wir wissen, und die kann man doch nicht einfach links liegenlassen. Es ist in Stowerton passiert, und ein Mann namens Geoff Smith hat in der Nachbarstadt gewohnt, kannte sich dort also aus wie Sie und ich. Und dieser Mann ist tot, war schon tot, noch ehe das Feuerzeug aus Mrs. Ansteys Wohnung verschwand, auch schon, bevor Anita hierherzog, und war vor allem am vergangenen Dienstag bereits mausetot. Aber deshalb jegliche Verbindung zwischen ihm und diesem Fall auszuschließen und von Koinzidenz zu sprechen, das ist einfach verrückt. So lügt der Aberwitz.»

«Aber sonst lügt Mrs. Anstey. Dann hat sie vielleicht Anita das Feuerzeug verkauft – sie gibt ja zu, viele von seinen Sachen verkauft zu haben – und ihr bei dieser Gelegenheit alles über ihren ersten Mann erzählt. Das wäre dann nicht einmal Zufall, sondern ein für sie normales Verhalten. Anita hat dann ihrem Liebhaber den Namen weitergesagt, und der hat ihn in seinem Unterbewußtsein gespeichert.»

«Aber warum sollte sie lügen?» begehrte Wexford auf. «Was hätte sie für einen Grund? Sagen Sie selbst, Mike, hat sie auf Sie den Eindruck einer Lügnerin gemacht?»

Burden schüttelte voller Zweifel den Kopf und trottete hinter dem Chief Inspector her, zurück zu Drayton und dem wartenden Auto. «Immerhin glaube ich ihr nicht, wenn sie behauptet, sie hätte das Feuerzeug verloren», sagte er.

«Nein, aber sie *glaubt*, sie hätte es verloren», erwiderte Wexford lebhaft. «Die Wahrheit ist, irgend jemand hat es geklaut. Und wer? Vielleicht ein alter Bekannter von Smith? Sie wissen doch wohl, was uns jetzt bevorsteht, oder? Jeden Freund von Smith, jeden Freund von Mrs. Anstey und sämtliche Bekanntschaften von Anita müssen wir aufspüren, um zu sehen, ob irgendwo auch nur die geringste Verbindung zwischen ihnen besteht.»

Ein Zuruf von hinten ließ sie ihre Schritte beschleunigen. «Aus dem Weg da!» Der Bulldozer macht einen ruckartigen Satz, und mit einem Grollen, das zu einem Donnergetöse anschwoll, schnitt das Stahlseil durch die Wand, wie der Drahtschneider eines Kolonialwarenhändlers durch ein Stück Käse gleitet. Danach verschwand alles hinter einer mächtigen gelben Wolke. Wo einmal das Haus gestanden hatte, da war jetzt nichts mehr als eine Säule aus schmutzfarbenem Dunst, hinter der man den klaren blauen Himmel nur ahnen konnte.

«Die letzte Spur von Geoffrey Smith», seufzte Wexford. «Kommen Sie, Mike, ich brauch jetzt meinen Tee.»

Das hatte doch keine Zukunft, dachte Drayton. In seinen ehrgeizigen Plänen gab es keinen Platz für ein Mädchen wie Linda Grover. Nein, nicht eine einzige Sprosse seiner beruflichen Leiter konnte er erübrigen, um ihr Gewicht zu tragen. Wenn er jetzt auf die vergangenen Tage zurückblickte, dann sah er ein, daß es allein schon sträflich gewesen war, überhaupt mit einem Mädchen anzubandeln, dessen Vater bei seinen Vorgesetzten einen zweifelhaften Ruf genoß, unverzeihlich, mit ihr auszugehen, und geradezu schwachsinnig, ihr Liebhaber zu werden. Dieses Wort mit all seinen erotischen, sinnverwirrenden Assoziationen machte ihn zittern; und dieses Zittern hatte nichts mit seiner Zukunft und seiner Karriere zu tun.

Es schien, als sei sie bestechlich, korrupt. Sicher wußte er nur, daß sie und ihr ganzes Umfeld etwas Korrumpierendes an sich hatten. Und Wexford wußte das auch. Wexford hatte ihm bedeutet, er solle sie in Ruhe lassen, ohne zu wissen, was alles dieses Verdikt bereits einschloß. Hier war seine Chance, nämlich, blind zu gehorchen, sich unterzuordnen und mit dieser Unterordnung gewissermaßen eine von höherer Warte abgesegnete Barriere gegen ihren Zauberbann zu errichten.

Er nahm seinen Dufflecoat über den Arm und ging die Treppe vorm Polizeipräsidium hinunter. Der Abend war einfach zu warm, um ihn anzuziehen. Heute abend würde Cawthorne ohne seine Leihwagengebühr auskommen müssen. Drayton ging schnurstracks in die Bibliothek, wo er sich ein Buch über die Psychologie des Abnormen auslieh.

Es war sieben Uhr, als er herauskam, und die Bibliothek schloß soeben. Auch Grovers Laden würde jetzt geschlossen werden, und es wäre sicherer, wenn er über die High Street in sein möbliertes Zimmer zurückginge. Gerade als er an der Haltestelle vorüberging, kam der Bus von Stowerton nach Forby, und plötzlich spürte er das dringende Verlangen, hinauszufahren, weit hinaus in die anonyme Weite der Umgebung. Anstelle der intellektuellen Konzentration, die die Psychologie des Abnormen erfordern würde, hatte er Verlangen nach Selbstvergessenheit in warmer, klarer Stille. Aber selbst noch, als er dies dachte, überfiel ihn plötzlich die erschreckende Erkenntnis, daß er auf diese Weise nicht entkommen würde, daß die ganze große, grüne Welt nicht groß genug war, sie und ihn zu beherbergen, außer, sie waren zusammen. Ihm wurde eiskalt, und er beschleunigte seine Schritte wie einer, der an einem kalten Tag seinen Kreislauf stimulieren will.

Und dann sah er sie. Sie stieg aus dem Stowerton-Bus aus, und ein junger gutaussehender Mann half ihr, ihren Einkaufskarren mit dem Wäschebündel herauszuheben. Drayton sah sie lächeln, als sie sich bedankte, und ihm war, als sei dieses Lächeln weit koketter und verführerischer als jegliches Lächeln, das ihm gegolten hatte. Eifersucht schnürte ihm die Kehle zu.

Es war unmöglich, ihr auszuweichen. An Wexfords ironische Bemerkung über den Wäschereidienst erinnerte er sich ähnlich nebelhaft wie an manche betulichen Moralpredigten, die einen schier einschlafen ließen. Er aber war jetzt hellwach und leichtsinnig obendrein, leichtsinnig bis zur Tollkühnheit.

«Darf ich Ihnen die Tasche tragen, meine Dame? Oder besser gesagt – ziehen?»

Sie lächelte. Es war nur ein Schatten des Lächelns, mit dem sie den Mann im Bus bedacht hatte. Aber es reichte: Die alten Fesseln waren wieder da. Ihm war, als fühle er ihre kalten Schlingen.

«Mein Boss hat mir schon prophezeit, daß ich heute abend Wäschemann spielen müßte», sagte er, und er wußte genau, wie verräterisch sein albernes Geschwätz war – eine einzige Werbung, wie jedesmal, wenn sie sich trafen. «Und man sieht, er hat recht gehabt. Wer sorgt denn für den Laden?»

«Dein Boss hält 'ne Menge von dir», erwiderte sie, und er hörte sehr wohl einen gewissen zufriedenen Besitzerstolz heraus. «Das hab ich heute im Café gemerkt.» Ihr Gesicht verfinsterte sich. «Vater ist auf», sagte sie. «Sein Rücken ist schlimm, aber er sagt, er kann uns das Geschäft nicht anvertrauen.»

Drayton verspürte den merkwürdigen Wunsch, den Vater zu Gesicht zu bekommen. Er seufzte innerlich. Nicht daß er sich eine so bedeutsame und entscheidende Begegnung auch nur im Traum hätte vorstellen können, schon gar nicht unter diesen Umständen und an diesem Ort. Zehn Jahre später, ja, und dann ein hübsches, wohlerzogenes Mädchen, ein hochgewachsener, gebildeter Vater mit einem akademischen Titel, und eine Perlenkette am Hals der Mutter, ein Landhaus mit Balkenwerk und mit Gartengelände und vielleicht sogar einer Pferdekoppel... Sie machte die Ladentür auf, und der dumpfe, abgestandene Geruch schlug ihnen entgegen.

Mr. Grover stand hinter dem Ladentisch und fegte mit den Händen Bonbons zusammen, die jemand verschüttet hatte. Seine Finger sahen schmuddelig aus, und der Rand der Blechdose, die er hielt, war voller Rostflecken. Drayton hatte ihn sich viel älter gedacht. Der Mann sah nicht älter aus als vierzig, wenn überhaupt. Sein glanzloses dunkles Haar zeigte noch keine Spur von Grau, die einzigen Anzeichen des Alters lagen in seinen schmerzhaft angespannten Gesichtsmuskeln. Kaum erblickte er seine Tochter, da stellte er die Bonbondose hin und fuhr sich mit den Händen in die Kreuzgegend.

«Deine Mutter ist gerade weg zu ihrer Whistparty», sagte er, und Drayton fand seine Stimme entsetzlich. «Sie sagt, die Wäsche soll gefälligst heute abend noch gebügelt werden.» Er sprach mit seiner Tochter, als ob er mit ihr allein wäre, und warf ihr einen mürrischen Blick zu.

«Du solltest lieber im Bett bleiben», sagte Linda.

«Und dabei das Geschäft zum Teufel gehen lassen, was? Feines Durcheinander, was ihr hier bei den Büchern angerichtet habt!» Obgleich er dunkel war und sie blond, ähnelten sich Vater und Tochter doch so sehr, daß Drayton sich gewaltsam abwenden mußte, um nicht gar zu unverschämt zu glotzen. Und wenn der Kerl auch noch auf ähnliche Weise lächelte, dann, fürchtete er, würde er vor Qual laut losbrüllen müssen. Aber es bestand wenig Aussicht, daß Grover lächeln würde. «Ich seh schon, ich kann's mir nicht mehr leisten, die Dinge schleifen zu lassen», krächzte er. «Morgen geh ich wieder ins Joch.» Er kam hinter dem Ladentisch hervor, als ob er sich auf sie stürzen wollte. Seine gekrümmte Haltung hatte tatsächlich etwas von einem bösartigen, verkrüppelten und in die Enge getriebenen Tier. «Und dann hol ich den Wagen raus», murmelte er. «Ich nehme ja nicht an, daß du ihn mal saubergemacht hast, seit ich festliege, eh?»

«Da wird der Doktor wohl noch ein Wörtchen mitzureden haben», erwiderte sie, und Drayton spürte die Müdigkeit in ihrer Stimme. «Warum gehst du nicht wieder ins Bett? Ich bin ja jetzt hier. Ich komme schon zurecht.»

Sie nahm ihn beim Arm, als sei er tatsächlich das alternde, zerbrochene Wesen, als das Drayton ihn sich vorgestellt hatte. So allein im Laden fühlte Drayton sich von allen guten Geistern verlassen. Dies war kein Ort für ihn. Wie immer, wenn er hier war, spürte er den dringenden Wunsch, sich die Hände zu waschen. Vielleicht vergaß sie, daß er hier war, in Anspruch genommen von ihren häuslichen Pflichten, wie sie es immer war, und er bliebe dann allein gelassen zwischen den zweifelhaften Magazinen – und den versteckten Messern? –, bis die Nacht käme und diese stinkende Finsternis noch vollends verdunkelte? Denn er wußte, er war ein Gefangener, er konnte nicht fortgehen ohne sie.

Es dauerte eine Ewigkeit, bis sie zurückkam. Und als sie schließlich kam, da wußte er, daß ihm sein sklavisches Verfallensein, sein auswegloses Begehren im Gesicht geschrieben stand.

«Ich mußte erst die Wäsche aufhängen», sagte sie. «Obwohl sie heute abend doch nicht mehr trocknen wird. Ich hätte das nachmittags erledigen sollen, so wie ich es letzte Woche gemacht habe.» Als sie nahe vor ihm stand, hob er seine Hände an ihr Gesicht und berührte es, wie ein Blinder es getan hätte. «Kein Wagen heute abend?» fragte sie ihn. Er schüttelte den Kopf. «Dann nehmen wir Vaters», erklärte sie.

«Nein», sagte er, «wir gehen spazieren.»

Er wußte, daß sie fahren konnte; das hatte sie Wexford erzählt. Aber auch die kümmerlichen Reste seiner Widerstandskraft wären dahin, wenn er zuließ, daß sie ihn in ihres Vaters Wagen in der Gegend herumfuhr.

«Dann aber morgen», sagte sie und sah ihm tief in die Augen, «morgen, Mark, versprich mir das – bevor Vater wieder mobil ist und… und wieder den Daumen drauf hat.»

In diesem Augenblick hätte er ihr das eigene Leben verpfändet, wenn sie ihn darum gebeten hätte. «Hilf mir, bitte, paß auf mich auf», flüsterte sie, und plötzlich lag Angst in ihrer Stimme. Oben konnte er den kranken Mann herumschlurfen hören. «Oh, Mark, Mark…»

Der Fluß lockte mit seinem stillen, verschwiegenen Uferweg.

Drayton nahm sie an der Stelle in den Arm, wo er den anderen Mann sie hatte küssen sehen. Aber er dachte nicht daran, er hatte es vergessen, wie alles, was geschehen war, bevor sie sich begegnet waren. Sogar sein Wunsch nach schneller körperlicher Erfüllung war geringer geworden. Er hatte ein Stadium erreicht, wo er sich nichts sehnlicher wünschte, als in aller Ruhe mit ihr allein zu sein, sie in den Armen zu halten und in aller Ruhe ihren Mund mit seinen Lippen zu umschließen.

«Ich glaube, es war richtig von mir, Sie herzubitten», sagte Burden und erhob sich, um Wexford neben sich auf der Bank am Fenster Platz nehmen zu lassen. Wie gewöhnlich war die Bar des *Olive and Drove* um diese Zeit sehr voll.

«Es hatte ja wohl keine Zeit bis morgen, nehme ich an?» knurrte Wexford. «Moment, setzen Sie sich nicht. Sie könnten mir lieber ein Bier holen, ehe Sie loslegen.»

Burden kam mit zwei gefüllten Bierdosen zurück. «Bißchen zu voll und zu laut hier, fürchte ich, Sir.»

«Nicht halb so voll und so laut wie bei mir zu Hause. Meine Tochter Sheila veranstaltet eine Jam-Session.»

«Nein», lächelte Burden, «so nennen sie das heutzutage nicht mehr.»

«Wie nennen sie es denn?» fragte Wexford kriegerisch hinter seinem Bier.

«Knutschparty.»

Sie zogen um in einen ruhigeren Winkel. Wexford hob eine Ecke des Vorhangs und blickte hinauf auf die Straße. Es war dunkel, und nur wenige Leute waren unterwegs. Ein halbes Dutzend Halbwüchsiger lümmelte an der Parkplatzeinfahrt des Kinos herum, schubsten sich gegenseitig und lachten.

«Nun sehen Sie sich all diese vielen verdammten grünen Wagen an», sagte der Chief Inspector wütend. «Und nach allem, was wir wissen, läuft *er* da draußen frei herum, oder er ist im Kino.»

«Ich glaube, ich weiß, wer er ist», sagte Burden ruhig.

«Na ja, ich hab ja auch nicht angenommen, Sie zitieren mich wegen eines Bieres hierher. Also, schießen Sie los.»

Burden blickte prüfend in das schwere, von Falten durchzogene Gesicht. Sein Ausdruck war nicht gerade ermutigend. Einen Augenblick lang zauderte er und drehte unschlüssig seinen Krug in den Händen. Die Idee war ihm gekommen, hatte sich vielmehr herauskristallisiert, nachdem er geschlagene drei Stunden einen Disput mit sich selbst geführt hatte. Und als die Idee dann fest umrissen und die Details lückenlos aneinandergereiht waren, da hatte ihn eine derartige Aufregung gepackt, daß er es einfach irgend jemanden erzählen *mußte*. Und der naheliegendste und kompetenteste Jemand saß nun also vor ihm, skeptisch und spottgeladen. Der Chief Inspector schien sich bereits darauf versteift zu haben, daß die ganze Untersuchung sich in blauen Dunst auflösen würde. Und wie es vom kalten Licht des Morgens heißt, es mache die nächtlichen Phantasien zunichte, so beraubte die Atmosphäre des *Olive and Dove*, die plötzlichen Salven brüllenden Gelächters und Wexfords zweifelnde Miene seine geniale Schlußfolgerung jeglicher Triftigkeit und ließ nichts zurück als ein gewagtes Hirngespinst. Vielleicht war es besser, wenn er sein Bier austränke und ohne ein weiteres Wort verschwände? Wexford tappte ungeduldig mit dem Fuß auf den Boden. Burden räusperte sich und sagte lahm:

«Ich glaube, es ist Mrs. Ansteys Mann.»

«Smith? Mein Gott, Mike, das hatten wir doch nun. Der ist doch tot.»

«Smith ja, aber Anstey nicht. Jedenfalls haben wir keinen Grund, das anzunehmen.» Burden senkte die Stimme, als jemand an ihrem Tisch vorüberging. «Ich glaube, es könnte Anstey sein. Soll ich Ihnen erzählen, warum?»

Wexfords buschige Augenbrauen schossen in die Höhe. «Da bin ich aber gespannt. Wir wissen doch gar nichts über den Burschen. Sie hat ihn ja kaum erwähnt.»

«Und ist Ihnen das nicht merkwürdig vorgekommen?»

«Na ja, vielleicht schon», meinte Wexford nachdenklich, «vielleicht war es das.» Er sah aus, als ob er weiterreden wollte, aber Burden hatte keine Lust, sich den Wind aus den Segeln nehmen zu lassen, deshalb fuhr er rasch fort:

«Wen von den beiden schätzte sie nach Ihrem Eindruck mehr, den Mann, der sich vor fünf Jahren von ihr hat scheiden lassen, oder den Mann, mit dem sie zur Zeit verheiratet ist? Sie bedauerte die Scheidung, Sir, und sie machte auch kein Hehl daraus, nicht mal vor drei völlig Fremden, die das doch gar nicht wissen wollten. ‹Es ist schön, geliebt geworden zu sein und sich daran zu erinnern, wenn es vorbei ist›, hat sie gesagt. Sind das etwa die Worte einer glücklich verheirateten Frau? Und dann – was sollte das heißen, sie sei halt immer so viel allein? Sie ist doch Lehrerin. Eine verheiratete Frau mit einem Beruf ist doch nicht viel allein, sie wäre vielmehr kaum jemals allein.»

«Sie glauben also, sie und Anstey leben getrennt?»

«Allerdings», sagte Burden entschieden. Wexford machte keine Anstalten zu lachen, und das bestärkte sein Selbstvertrauen.

«Wir glauben nicht, daß sie das Feuerzeug verloren hat, aber *sie* glaubt es. Wenn sie es aber nicht verloren hat, sondern es nur irgendwo hat herumliegen lassen – vielleicht sogar in ihrer Handtasche –, wer käme dann am ehesten in Frage, es sich angeeignet zu haben? Doch wohl der abtrünnige Ehemann. Sehr wahrscheinlich hat sich Smith doch wegen Anstey von ihr scheiden lassen. Das bedeutet Ehebruch, und ein Mann, der ihn einmal begeht, wird es auch wieder tun.»

«Hier spricht der strenge Moralist», schmunzelte Wexford. «Ich weiß nicht recht, ob ich Ihnen da so ganz zustimmen kann. Ihre Folgerung wäre also, daß Anstey sich mit Anita Margolis eingelassen und ihr das Feuerzeug geschenkt hat? Mike, das ist soweit alles ganz schön und gut, aber Sie haben doch keinen triftigen Grund zu unterstellen, daß Anstey seine Frau verlassen hätte. Vergessen Sie nicht, wir haben gerade Osterferien, und eine verheiratete Lehrerin wird wahrscheinlich oft in den Ferien allein sein.»

«Und dann – warum sagt sie, sie hätte lediglich ihr Gehalt, um davon zu leben?» fragte Burden triumphierend. «Es stimmt auch, wenn sie sagt, sie verkauft ihre Schmucksachen. Ich habe sie selbst in Knobby Clarks Laden gesehen.»

«Jetzt lade *ich* Sie zu einem Drink ein», sagte Wexford, der inzwischen alles andere als mürrisch aussah.

«Ah, Scotch», meinte Burden erfreut, als er zurückkam. «Nett von Ihnen! Cheers.»

«Auf Ihren Spürsinn, Mike!» Wexford hob sein Glas. «Und wo ist Anstey jetzt?»

Burden zuckte die Schultern. «Irgendwo hier in der Gegend. Lebt wahrscheinlich von irgendeinem Job.»

«Wo Sie doch so clever sind, werden Sie mir ja sicherlich auch sagen können, warum ein Mann namens Anstey sich den Namen des früheren Mannes seiner Frau zulegt, wenn er mit einem anderen Mädchen sumpfen geht? Und zwar nicht bloß Smith, sondern allen Ernstes *Geoffrey Smith*!»

«Das kann ich Ihnen leider auch nicht sagen», erwiderte Burden ein wenig kleinlauter.

«Oder warum er das Mädchen umgebracht hat? Was war sein Motiv?»

«Als wir noch Kirkpatrick verdächtigten, da haben wir als Motiv Eifersucht angenommen. Wir haben dabei die fünfhundert Pfund aus den Augen verloren, die Anita in der Handtasche hatte.»

«Aber Mike, warum hat er dann nicht gewartet, bis sie wieder im Auto waren, und wäre lieber an einen einsamen Ort gefahren, um sie dort umzubringen? Man ermordet doch nicht eine Frau in einer fremden Wohnung auf eine Weise, die höchst verdächtige Spuren hinterläßt, wenn man es ebensogut, sagen wir – im Cheriton Forest tun könnte. Das bringt mich noch auf einen weiteren Punkt. Ruby und Monkey fürchten doch beide, er werde noch mal zurückkommen. Deshalb hat Monkey ja auch an mich geschrieben. Sie wollten, daß er gefaßt würde, bevor er zurückkommen könne. Warum ist er aber nicht gekommen?»

«Hatte Angst, nehme ich an. Wir wissen ja nicht, wo er steckt.

Nach allem, was wir wissen, hätte er ebensogut nach Hause gehen können, jedenfalls für eine Weile.»

Burden schüttelte bedauernd den Kopf. «Ja, das weiß ich nicht», meinte er, und sich wiederholend, fügte er hinzu: «Das kann ich Ihnen leider nicht sagen.»

«Aber Mrs. Anstey kann es vielleicht. Trinken Sie aus. Die machen hier zu.»

Draußen auf der Straße zog Wexford hörbar die weiche Aprilluft ein. Der Himmel, der bisher klar gewesen war, begann jetzt, sich zu verschleiern, und Wolken zogen über den Mond. Sie gingen über die Brücke. Ein Schwan kam unter dem Brückenbogen hervorgesegelt, erst ins grelle Laternenlicht, dann in ihre Zwillingsspiegelung hinein. Wexford blickte die fast menschenleere High Street entlang mit ihrem Wechselspiel von weiß und gelblich schimmerndem Laternenlicht und den schwarzen Schlünden der unbeleuchteten Einfahrten.

In der hohen Mauer neben einer dieser Einfahrten war in sieben Metern Höhe ein offenes Fenster, aus dem sich ein Mädchen lehnte und ihren Arm wie über das Gitter eines Bühnenbalkons baumeln ließ. Auf einem Mauervorsprung darunter war eine schmiedeeiserne Laterne, und halb in ihrem Lichtkegel, halb im samtenen Schatten, stand ein Mann und starrte hinauf.

«Oh, schwöre nicht beim Mond, dem Wandelbaren», zitierte Wexford leise.

Burden gab sich keine Mühe, seine Empörung zu verbergen. «Wir haben Drayton doch gesagt, er soll sie in Ruhe lassen!» Finster blickte er in den gelben, wolkenverhangenen Mond.

Die Idol', die ich liebte so lang und so sehr,
sie brachten mich in den Augen der Welt
gründlich um Reputation und Ehr'.
Meine Würde – ertränkt im seichten Meer,
für mein Anseh'n – ein dürftig
Lied als Entgelt!

Omar Chajjam

15

Am nächsten Morgen regnete es wieder. Dem Aussehen des Himmels nach zu urteilen, würde es einer jener Tage werden, an denen der Regen sich allenfalls von pladderndem Strömen bei Morgengrauen in tröpfelnden, nebligen Dunst zur Zeit der Abenddämmerung verwandelte. Wexford hielt den Telefonhörer unters Kinn geklemmt, wählte die Nummer aus Sewingbury und reckte den Arm aus, um zum Schutz gegen den trostlosen Anblick die Sonnenblenden herabzulassen. Er horchte auf das Rufzeichen, da kam Drayton herein.

«Diese Mrs. Anstey möchte Sie sprechen, Sir. Ich traf sie gerade eben.»

Wexford legte den Hörer auf. «Da kommt also endlich mal der Berg zu Mohammed.»

«Soll ich sie raufbringen?»

«Augenblick mal, Drayton.»

Das war ein Befehl, ein ziemlich scharfer sogar, und mit einem Unterton, der nichts Gutes verhieß. Der junge Mann stockte und drehte sich gehorsam um.

«Haben Sie sich gut amüsiert gestern abend?»

Soweit das möglich war, wurde Draytons Gesicht noch maskenhafter als sonst, undurchdringlich, defensiv, aber keineswegs unschuldig. «Ja, vielen Dank, Sir.» Der Regen trommelte gegen das Fenster. Es war ganz dunkel geworden im Büro, als begänne es um halb zehn Uhr vormittags, Nacht zu werden.

«Ich nehme an, Sie haben hier in der Gegend noch nicht sehr viele junge Leute kennengelernt?» Zu einer solchen Frage gehörte eigentlich ein onkelhaft herzlicher Ton, bei Wexford aber klang sie bedrohlich.

«Nein, nicht viele, Sir.»

«Schade. Weiß der Himmel, meine jüngste Tochter kennt mehr als genug. Veranstaltet dauernd ihre...» Nein, keine Jam-Sessions. Da hatte Burden ihn ja gerade korrigiert. «Na, ihre Ringelpietze bei uns zu Hause. Ganz netter Haufen, wenn einem Krach nichts ausmacht. Ich wette, Ihnen macht er nichts aus.»

Drayton stand da wie das personifizierte Schweigen.

«Sie müssen mal zu einem dieser Abende kommen.» Er verpaßte

dem jungen Mann einen seiner grauen, eiskalten Blicke. «Aber bloß Sie allein», fügte er hinzu.

«Ja, Sir, das wäre nett.»

«Gut, ich werde Sheila sagen, sie soll Sie mal anrufen.» Verflogen war alle Strenge, seine gewandte Verbindlichkeit hatte wieder die Oberhand. «Und jetzt bitte Mrs. Anstey», sagte der Chief Inspector.

Der Regen vermittelte einem geradezu ein Gefühl klaustrophobischer Abgeschiedenheit, als sei man eingeschlossen von Mauern aus Wasser. Man konnte es von den Simsen strömen und sich über die nackten Steinfiguren der Friese ergießen hören. Schade nur, daß er sie nie ordentlich abwusch, sondern immer dunklere graue Spuren an Schultern und Lenden zurückließ. Er knipste eben die Lampen an, als Burden hereinkam mit Mrs. Anstey im Gefolge, beide so naß wie Kreaturen, die aus den Tiefen des Meeres kamen. An Mrs. Ansteys Arm hing ein Regenschirm und ließ ein Wasserrinnsal zu ihren Füßen hinabfließen.

«Ich *mußte* einfach kommen», sagte sie. «Es läßt mir keine Ruhe. Nachdem Sie fort waren, hab ich darüber nachgedacht, was um alles in der Welt Sie mit dieser anderen Frau gemeint haben konnten, die Sie erwähnten.» Auch ihr Lachen klang wie Wasser, frisch und sprudelnd, wenn auch ein wenig verhalten. «Ich hab gleich den ersten Bus genommen.» Sie entledigte sich ihres grauen Regenmantels und zog eine häßliche Plastikhaube von ihrem braunen Haar. Auf ihrer Nase saßen Regentropfen, und sie zog sie kraus, wie es wohl ein kleiner Hund getan hätte.

«Geoff und ein Mädchen? Hm, das gefiel mir nicht. Ganz schöner Neidhammel bin ich, was? Es hilft nichts, ich muß ihn einfach wiedersehen. Lange genug habe ich damit gewartet. Ich gehe jetzt schnurstracks zu ihm, aber ich dachte, ich käme vorher doch lieber noch einmal zu Ihnen.» Völlig unverständlich begann sie erneut zu lachen, diesmal mit einem nervösen Unterton. «Er hat also eine andere Frau?» fragte sie, und das erklärte genug.

Der Überbringer schlimmer Nachrichten, dachte Wexford, ist immer wie gebrandmarkt. Denn wie ging es weiter? Klang nicht künftig immer allein schon seine Stimme wie ein untergründiges Warnsignal? Aber darum ging es jetzt noch nicht. Zunächst ging es um den Schmerz, den er ihr antun mußte. Erstmals seit Burden und er über Smiths Tod gesprochen hatten, wurde ihm bewußt, welch schmerzliche Pflicht ihm jetzt daraus erwuchs. *Er* mußte es ihr sagen. Daß sie nur eine Exfrau war, tat dabei wenig zur Sache, da konnte man sicher sein.

«Also, hat er eine?» fragte sie nochmals, und diesmal klang es fast flehend.

«Ich habe ihn leider nicht sprechen können, Mrs. Anstey.»

Keine Lügen, keine Ausflüchte, alles das war bei dieser Frau nicht möglich. Burden hatte sich abgewandt.

«Was ist denn? Da ist doch irgend etwas… was Schlimmes?» Sie stand auf, die Plastikhaube spannte sich straff zwischen ihren Fingern. «Er ist krank… er ist…»

«Er ist tot.» Einerlei, wie vorbereitet man war, es war ja doch ein Schock. Man konnte schließlich nie genügend vorbereitet sein, und solange die Worte nicht gesprochen waren, blieb die Hoffnung unbesiegbar. «Es tut mir leid», sagte er schnell. «Es tut mir sehr, sehr leid. Es war Herzversagen, vor etwas mehr als einem Jahr. Ich bin überzeugt, es ist sehr schnell gegangen.»

«Er kann nicht tot sein.» Genau das hatte Burden gesagt. Er konnte nicht tot sein für Burden, weil das aus seiner Theorie Unsinn ergeben hätte, und er konnte nicht tot sein für sie, weil sie ebenfalls eine Theorie hatte. Eine Theorie vielleicht, ihr Leben neu zu gestalten?

«Ich fürchte, er ist es doch.»

«Nein, nicht tot!» Wexford hörte sehr wohl die dünne Saite der Hysterie, den glühenden Draht des Elektroschocks.

«Bitte, setzen Sie sich, Mrs. Anstey. Ich besorge Ihnen etwas zu trinken.»

Mit einer Art Grauen sah er zu, wie sie blindlings rückwärts griff nach dem Stuhl, in dem sie gesessen hatte, wie sie ihn fortstieß und mit geballten Fäusten zur Wand hinüberstürzte. Sie schlug ihren Kopf gegen den rauhen Putz, dann hob sie die Fäuste und hämmerte besinnungslos gegen die kalte, harte Oberfläche.

Wexford trat einen Schritt auf sie zu. «Holen Sie lieber eine Kollegin», rief er Burden zu. Dann brach sie in das kehlige, anhaltende Schreien einer Wahnsinnigen aus.

Die Polizistin nahm ihr die Teetasse aus der Hand und ersetzte das durchtränkte Taschentuch durch ein sauberes aus ihrer eigenen Tasche.

«Ein bißchen besser jetzt?»

Noreen Anstey nickte. Ihr Gesicht war rot und geschwollen, und ihr Haar, das noch vom Regen feucht war, erweckte den Anschein, als sei es von Tränen durchnäßt. Sie bestand aus nichts anderem als aus Tränen und aus abgrundtiefem Kummer. Unvermittelt sagte sie völlig zusammenhängend: «Jetzt kann ich ihn nicht mehr bitten, mir zu verzeihen.» Länger als für diese Worte reichte ihr Atem nicht, wieder folgten Schluchzer. Sie quollen stoßweise aus ihr heraus, wie Blut aus einer Vene. «Ich werde nicht mehr weinen.» Aber das Schluchzen ließ sich nicht beherrschen. Irgendwann würde es von selbst abebben. «Bis an mein Lebensende werde ich's nicht verwinden, daß er nie erfahren hat, wie sehr ich es bereut habe.» Wexford nickte der Polizistin zu, und sie ging mit der Teetasse und dem feuchten Taschentuch hinaus.

«Er hat Ihnen doch verziehen», versuchte er zu trösten. «Hat er Ihnen nicht die Wohnung gelassen?»

Sie schien ihn kaum zu hören. «Er ist gestorben, und ich hab's nicht mal gewußt.» Wexford fielen die beiden Frauen bei Smiths Begräbnis ein, die alte Nachbarin und das Mädchen, das für ihn tippte. «Sie wissen wohl nicht mal, was ich ihm angetan habe, nicht wahr? Wir waren acht Jahre verheiratet, das perfekte Paar, das glückliche Paar. So hieß es allgemein, und es stimmte.» Das Schluchzen machte ein rasselndes Geräusch in ihrer Kehle. «Unentwegt kaufte er mir Geschenke. Nichtgeburtstagsgeschenke nannte er sie. Denn so viele Geburtstage konnte man gar nicht haben, da wäre man zu schnell alt geworden.» Sie bedeckte ihre Augen und warf den Kopf von einer Seite zur anderen. «Wir wohnten in einem Haus, in dem er auch sein Büro hatte. Nebenan war eine Autowerkstatt, die konnte ich von meinem Fenster aus sehen. Ich hatte meine Arbeit aufgegeben, meinen Lehrerinnenberuf. Ich brauchte ihn ja nicht, wo ich doch Geoff hatte, der für mich sorgte.» Die Sätze brachen nur so aus ihr heraus, kurz, abgehackt, synkopisch. Wexford rückte seinen Stuhl näher und blickte in seinen Schoß. «Ray Anstey arbeitete in der Garage. Ich habe ihn immer beobachtet. Sie wissen doch, wie sie da so auf dem Rücken liegen, den Kopf zurückgeworfen? Mein Gott!» Sie schauderte. «Sie werden das alles gar nicht wissen wollen! Ich gehe jetzt wohl besser.» Ihre Sachen waren immer noch feucht, der Regenmantel, der Schirm, der eine Pfütze auf dem Fußboden hinterlassen hatte. Sie tastete kraftlos an den Seiten ihres Stuhls herum, auf der Suche nach ihrer Handtasche.

«Wir werden Sie nach Hause bringen, Mrs. Anstey», sagte Wexford freundlich. «Aber noch nicht gleich. Möchten Sie nicht lieber erst mal ein wenig Ruhe haben? Ich habe nur noch zwei Fragen, dann werde ich Sie nicht mehr belästigen.»

«Er ist ja tot. Sie können ihm nichts mehr anhaben. Weshalb haben Sie ihn denn gesucht?»

«Ich glaube», sagte Wexford langsam, «es ist wohl eher Ihr zweiter Mann, den wir suchen.»

«Ray?»

«Wo ist er jetzt, Mrs. Anstey?»

«Das weiß ich nicht», sagte sie müde. «Ich habe ihn seit Monaten nicht gesehen. Er hat mich Ende letzten Jahres verlassen.»

«Sie sagten, er hat in einer Garage gearbeitet. Ist er Automechaniker?»

«Ich nehme es an. Denn sonst konnte er ja nichts.» Ihre Handschuhe lagen auf dem Boden neben ihren Füßen. Sie hob sie auf und betrachtete sie wie zwei nasse, tote Gegenstände, die man vom Grunde eines Teiches gefischt hat. «Die ganze Zeit schon suchen Sie *ihn*?» Ihr Gesicht wurde plötzlich kalkweiß, und sie kämpfte sich aus ihrem Stuhl in die Höhe. «Es war mein *Mann*, den Sie suchen, nicht Geoff?» Wexford nickte. «Was hat er getan?» fragte sie heiser.

«Ein Mädchen wird vermißt, wahrscheinlich tot...»

«Das Messer!» stöhnte sie. Ihre Augen verdrehten sich. Wexford trat einen Schritt auf sie zu und fing sie in seinen Armen auf.

«Wo ließ Ihre Schwester ihren Wagen pflegen und reparieren?» fragte Burden. Margolis blickte mit hilflos apathischem Ausdruck von seinem späten Frühstück auf, das aus Kaffee, Orangensaft und ziemlich unappetitlichen, hartgekochten Eiern bestand.

«In irgendeiner Garage», meinte er vage und fügte dann hinzu: «Wird wohl Cawthornes gewesen sein, nicht?»

«Kommen Sie, Mr. Margolis, das müssen Sie doch wissen. Sie lassen doch auch Ihren eigenen Wagen manchmal durchsehen.»

«Solche Sachen hat immer Ann erledigt. Wenn was gemacht werden mußte, dann kümmerte sie sich darum.» Der Maler stellte die Eierschalen verkehrt herum in den Becher, wie ein Kind, das einen Aprilscherz macht. «Aber Moment – da war doch was...» Seine langen Finger glitten durch seine Haare, so daß sie wie ein stacheliger Glorienschein aufrecht stehenblieben. «Irgendein Ärger. Ich erinnere mich dunkel, sie hat gesagt, sie würde jetzt zu jemand anderem gehen.» Er stellte das Tablett auf der Sofalehne ab und stand auf, um die Krümel von seinem Schoß zu schütteln. «Ich wollte, ich könnte mich genauer daran erinnern», sagte er.

«Sie hat den Wagen zu diesem Ray gebracht, Mr. Margolis», fuhr Mrs. Penistan scharf dazwischen. «Und das wissen Sie ja auch. Warum reißen Sie sich nicht zusammen?» Sie wandte sich achselzuckend Burden zu und drehte ihre kleinen Augen himmelwärts. «Der ist total übergeschnappt, seit seine Schwester weg ist. Ich kann überhaupt nichts mit ihm anstellen.» Sie setzte sich neben Margolis und blickte ihn beschwörend an. Sie erinnerte Burden an eine Mutter, die ein ungezogenes Kind zu einer Tee-Einladung mitgenommen hat, besonders, als sie sich jetzt über ihn beugte und unter scharfem Zungenschnalzen den Morgenmantel zurechtzog, um seine Pyjamabeine zu verstecken.

«Ray... und wie weiter, bitte?»

«Fragen Sie mich nicht. Sie wissen ja, sie redete alle Welt mit Vornamen an. Alles, was ich weiß, ist, daß sie vor ein paar Monaten mal ankam und sagte: ‹Jetzt hab ich aber wirklich bald die Nase voll von Russells Preisen. Ich wäre gar nicht abgeneigt, mir Ray zu holen und ihn die Wagen in Ordnung halten zu lassen.› – ‹Und wer ist Ray?› frag ich, aber sie lachte bloß. ‹Tut nichts zur Sache, Mrs. P., sagen wir, er ist ein netter Junge, der wunder was von mir hält. Wenn ich Ihnen sage, wer er ist, dann verliert er womöglich noch seinen Job.›»

«Ist er hierhergekommen, um die Wagen zu pflegen?»

«O nein, mein Lieber. Na ja, hier hätte er ja auch gar nicht die nötigen Gerätschaften, nicht?» Mrs. Penistan ließ ihren Blick bedeutungsvoll über das Atelier und durchs Fenster gleiten, wie um anzudeuten, daß es in diesem Haus und in diesem Garten aber auch rein gar nichts gäbe, was ein normaler, gesunder Mensch so an praktischen Gebrauchsgegenständen nötig habe. «Sie hat die Wagen immer zu ihm gefahren. Er war hier irgendwo ansässig, wissen Sie, hier in der Gegend. Ich habe sie öfters wegfahren sehen, aber ich war immer schon fort, wenn sie zurückkam. *Er* war ja hier», sie stupste Margolis mit dem Ellbogen zwischen die mageren Rippen, «aber er hört ja nie zu, was die Leute ihm erzählen.»

Burden ließ die beiden allein, Seite an Seite auf dem Sofa. Er hörte noch ihr mütterliches Drängen, er solle doch seinen Kaffee austrinken. Der Gartenweg war schlüpfrig geworden unter dem schweren Regen, und alles war übersät mit nassen Blütenblättern. Die Garagentüren standen offen, und zum erstenmal sah Burden Margolis' eigenen Wagen; und er sah, daß er grün war.

In Burden begann es zu arbeiten. Er verfolgte ein Muster, mögliche Zusammenhänge, wie alles abgelaufen sein konnte. Plötzlich glaubte er zu verstehen, weshalb sowohl ein schwarzer als auch ein grüner Wagen benutzt worden und wo Anitas weißer Wagen bis zu den frühen Morgenstunden gewesen war. Eine neuerliche Erregung packte ihn, und er schritt geradezu beschwingt auf die Gartenpforte zu. Als er sie öffnete, verabreichte ihm der Weißdornbusch darüber eine so gründliche Dusche, als habe jemand einen schräg gestellten Eimer in seinen Zweigen versteckt.

So ähnlich mußte man sich vorkommen, wenn man Psychiater war, dachte Wexford. Noreen Anstey lag auf der Couch im Ruheraum und starrte an die Zimmerdecke, und er saß neben ihr und ließ sie erzählen.

«Er hatte immer ein Messer», begann sie. «Ich sah es gleich am ersten Tag, das erste Mal, als er aus der Werkstatt heraufkam. Geoff arbeitete unten im Büro. Ich pflegte ihm seinen Kaffee hinunterzubringen, dann fing ich an, Ray auch welchen zu bringen. Eines Tages kam er dann statt dessen herauf.» Sie verstummte eine Weile und bewegte den Kopf von einer Seite zur anderen. «Gott, er war schön! Nicht bloß hübsch, richtig schön – perfekt! So wie Menschen eigentlich sein müßten, wie ich selbst es nie war. Nicht sehr groß, schwarzhaarig, der rote Mund wie eine Blume...»

Er wollte sie nicht unterbrechen, aber *mußte* es einfach tun. Er war eben doch kein richtiger Psychiater.

«Wie alt ist er?»

«Zehn Jahre jünger als ich», sagte sie, und er spürte, es tat ihr weh, es auszusprechen. «Ja, und an jenem Tag kam er dann herauf. Wir waren ganz allein, und er hatte dieses Messer, ein kleines Schnappmesser. Er nahm es aus der Tasche und legte es auf den Tisch. Ich hatte so was noch nie gesehen und wußte gar nicht, was das war. Geredet haben wir nicht viel. Worüber hätten wir uns auch unterhalten sollen? Wir hatten ja nichts miteinander gemein. Er saß einfach nur da, lächelte, und alles, was er von sich gab, waren kleine, versteckte Anzüglichkeiten.» Sie wollte wohl lachen, aber es war eher ein gequälter Schreckenslaut, den Wexford hörte. «Ich war ganz krank, so verrückt war ich nach ihm.» Sie drehte das Gesicht zur Wand, dann redete sie weiter. «Ich hatte dieses Feuerzeug seit ein paar Monaten, und ich erinnere mich, daß ich Ray damit eine Zigarette anzünden wollte. Da sagte er: ‹Nein, zünde du sie an.› Er betrachtete das Feuerzeug und meinte: ‹So was schenkt *er* dir, was? Gibt dir Spielzeug, weil er dir was anderes nicht geben kann, äh?› Das war nicht wahr, aber für ihn mußte es wohl so ausgesehen haben, mußte *ich* so ausgesehen haben. ‹Ich hab auch ein Spielzeug›, sagte er dann. Und er nahm das Messer und hielt es mir an die Kehle. Die Klinge sprang heraus. Ich verhielt mich ganz still, sonst hätte es mich geschnitten. Mein Gott, ich war Französischlehrerin in einer Mädchenschule. Nie war ich in einer Situation gewesen, wo mir auch nur der Gedanke gekommen wäre, ich hätte schreien können. Wissen Sie, als er gegangen war, da entdeckte ich Blut an meinem Hals, von einem kleinen Kratzer, und da fiel mir ein, daß er unentwegt dorthin gestarrt hatte, die ganze Zeit, während er mich liebte.»

«Und Smith ließ sich von Ihnen scheiden?» fragte Wexford, um das schmerzliche Schweigen zu unterbrechen.

«Ja, er hat es dann gemerkt. Das war ja auch nicht schwer. Ich war noch nie sehr gut darin, meine Gefühle zu verbergen. Geoff war bereit, mir zu verzeihen und ganz neu anzufangen. Er konnte einfach nicht glauben, daß ich einen Mann heiraten wollte, der zehn Jahre jünger war als ich, eine Hilfskraft in einer Autowerkstatt... Aber ich war einfach verrückt nach ihm und wollte ihn haben. Dabei wußte ich, er war ein Sadist, ein Geisteskranker. Er hat mich später richtig geschnitten, allen Ernstes geschnitten.» Sie riß sich das Kleid auf. Über der linken Brust, dort, wo sich das Fleisch unter dem Schlüsselbein zu wölben begann, war eine kleine, weiße Narbe. Trotz seiner jahrelangen Erfahrung verspürte Wexford eine leise Übelkeit in der Kehle, den Fingernagel, der Brechreiz auslöst…

«Dann waren Sie also immer unglücklich?»

«Ich war jedenfalls niemals *glücklich* mit ihm.» Sie sagte es fast vorwurfsvoll. «Ich glaube, es hat keinen einzigen Moment gegeben, wo ich hätte sagen können, ich sei glücklich. Ich verabscheute Ray. Wissen Sie, was er tat? Er benutzte Geoffs Namen, gab vor, Geoff zu sein.» Wexford nickte, das hatte er bereits geahnt. «Wenn das Telefon klingelte, dann nahm er den Hörer und sagte – nun ja, so ein wenig geistesabwesend: ‹Hier spricht Geoff Smith.› Dann korrigierte er sich und sagte, er habe sich geirrt. Einmal hatte er ein paar Sachen in die Reinigung gebracht, unsagbar dreckige Overalls, und als ich ging, um sie abzuholen, da konnten sie den Laufzettel nicht finden. Der war nämlich auf Smith ausgestellt, verstehen Sie? Bei allen unangenehmen oder gar rufschädigenden Dingen, mit denen er zu tun hatte, gab er immer Geoffs Namen an. Einmal kam ein Mädchen an – sie kann kaum älter als siebzehn gewesen sein – und fragte, ob Geoff Smith hier wohne. Er hatte ihr den Laufpaß gegeben, und sie wollte ihn wiederhaben, und das, obgleich er auch bei ihr sein Messer hatte spielen lassen. Sie zeigte mir eine Schnittwunde am Hals. Ich sagte ihr, eines Tages würde er zu weit gehen; er würde eine von ihnen wirklich töten, oder es würde eine zur Polizei gehen.»

«Er *ist* zu weit gegangen», sagte Wexford.

«Er mußte bei den Frauen Blut sehen, verstehen Sie?» Sie sprach ruhig, ohne eine Spur von Grauen. Nicht zum erstenmal sann Wexford über den abstumpfenden Effekt der Gewohnheit nach. Gewohnheit entschärfte die Klinge des Schocks, Gewohnheit im Umgang mit Verbrechen ließ Mitleid erlahmen… «Ich dachte immer», fuhr sie fort, «eines Tages würde er vielleicht an ein Mädchen geraten, das nicht wie hypnotisiert wäre durch ihn, sondern ganz einfach nur voll panischer Angst, und daß so eine vielleicht das Messer gegen *ihn* kehren würde. Er war nicht groß und stark, müssen Sie wissen, körperlich jedenfalls nicht. Seine Stärke war von anderer Art. Ich habe ihn immer die Messer heimlich weggenommen, aber er hatte jedesmal ein neues. Und dann hat er mich verlassen.»

«Und das muß um die gleiche Zeit gewesen sein, als Sie Ihr Feuerzeug verloren?»

Noreen Anstey stützte sich auf einen Ellbogen, dann richtete sie sich auf und schwang die Beine auf den Boden. «Daran habe ich auch schon gedacht», sagte sie. «Ray muß es genommen haben. Er nahm sich immer einfach Sachen von mir oder Geoff, auch, als wir noch verheiratet waren. Ich konnte es nicht beweisen, aber ich war überzeugt davon – Schmucksachen und so was. Ich glaube, auch Geoff hat das geahnt. Es hat so viele Dinge gegeben, die wir beide sehr wohl wußten, und doch haben wir sie nie in Worte gefaßt. Das tut mir so entsetzlich leid!» schrie sie, ballte die Fäuste und preßte sie in ihren Schoß. «Es tut mir so bitter leid. Ich muß herausfinden, wo er begraben liegt. Ich werde mich auf sein Grab werfen und in die Erde schreien, daß es mir leid tut!»

So viele Frauen, denen etwas leid tat, mußte Wexford denken. Noreen Anstey, weil sie echte Liebe weggeworfen hatte für das häßliche Zerrbild der Liebe, Ruby Branch, weil sie einen geliebten Gauner betrogen hatte, und Anita Margolis? Tote müssen nichts bedauern. Ihr konnte es nicht mehr leid tun, daß sie ihr gefahrvolles Spiel einmal zu oft gespielt hatte, mit einem Mann und einem Messer.

16

«Haben Sie einen befreundeten Menschen, der bei Ihnen bleiben könnte?» fragte Wexford, «Mutter, Schwester, Nachbarin?»

Noreen Anstey sah aus, als sei sie in sich zusammengeschrumpft. Ihrer Vitalität beraubt, war sie nichts weiter als eine gewöhnliche kleine Frau, die die Mitte des Lebens überschritten hatte. «Meine Mutter ist tot», sagte sie, «und durch Ray habe ich die meisten meiner Freundinnen verloren.»

«Eine unserer Polizistinnen wird mit Ihnen nach Hause gehen und versuchen, jemanden ausfindig zu machen, der Ihnen jetzt ein wenig Gesellschaft leistet.»

«Und wenn Sie Ray finden?» fragte sie, zugleich bitter und hoffnungsvoll.

«Wir bleiben in Verbindung, Mrs. Anstey. Was glauben Sie, weshalb er überhaupt wieder in Kingsmarkham aufgetaucht ist?»

Sie hob die Schultern und wickelte den zerknüllten Regenmantel eng um sich. Jede ihrer Bewegungen war jetzt eine Art Schaudern, ein Zusammenkauern und Schrumpfen, eine fortschreitende Kontraktion ihres Körpers. «Wenn ich sage, um Geoff zu kränken», meinte sie, «dann denken Sie bestimmt, ich bin verrückt. Aber das wäre typisch für Ray, hinzugehen zu Geoff und ihm zu erklären, er habe zwar zwei Leben ruiniert, aber jetzt habe er mich verlassen, und die ganze Quälerei sei für die Katz gewesen. Er ist ein richtiger Sadist. Und dann würde er alles wieder von vorn beginnen, würde Geoffs Namen führen, seinen Mädchen sagen, er sei Geoff, und ihnen auch noch seine Adresse geben.»

«Mrs. Anstey, Sie haben doch geglaubt, wir seien Freunde Ihres Mannes, stimmt's? Sie dachten, Anstey hätte uns auf sie angesetzt.»

Sie nickte kraftlos.

«Er muß gewußt haben, daß Mr. Smith tot ist. Würde er denn auch noch seinen Namen benutzen, obwohl er wußte, daß er tot ist?»

«Möglich ist das schon. Nicht einem Mädchen gegenüber, das hätte ja keinen Sinn. Aber wenn er etwas Unreelles, Mieses täte, dann ja. Es würde ihm sogar Spaß machen, Geoffs Andenken zu entehren. Und außerdem ist es ihm inzwischen einfach zur Gewohnheit geworden.»

«Ich möchte wissen, warum er hiergeblieben ist.»

«Ich nehme an, es gefiel ihm hier, oder vielleicht hat er einen guten Job gefunden, der ihm in den Kram paßte. Seine Idealvorstellung war ein gutmütiger Arbeitgeber, der ihn gut bezahlte und ein Auge zudrückte, wenn Ray ihm die Kunden wegnahm, um ihnen in Schwarzarbeit selber die Wagen in Ordnung zu bringen. Das war übrigens auch immer seine typische Masche, wie er seine Frauen kennenlernte.»

Wexford wollte sie nicht mehr verletzen als nötig. Sie schien auch einer weiteren Aufzählung von Ansteys Missetaten nicht mehr gewachsen zu sein, darum fuhr er an ihrer Stelle fort:

«Indem er bei ihnen zu Hause erschien, während ihre Männer ihrem Beruf nachgingen, nehme ich an? Setzte sich neben sie in den Wagen... So der persönliche Touch, wie?»

«In Sewingbury kam er damit nicht weit», sagte sie. «Die Leute wußten allmählich zu viel über ihn. Manche Werkstattbesitzer stellen ihren Mechanikern einen Wagen zur Verfügung oder lassen sie billig einen mieten. Rays Chef wurde ziemlich unerbittlich in dieser Hinsicht, nachdem er ihm einen Mietwagen zu Schrott gefahren hatte. Nein, aber Sie können sicher sein, er hat wieder einen neuen Job gefunden, und zwar einen guten.» Sie wandte sich ab und bedeckte ihre Augen. «Wenn Geoff noch gelebt hätte», flüsterte sie, «oh, wenn er doch noch gelebt hätte! Dann wäre es Ray nicht mehr gelungen, mich oder ihn noch weiter zu quälen. Wenn Geoff ihn gesehen hätte, nur ein einziges Mal, und wenn er gehört hätte, daß er mich verlassen hat, dann wäre er zu mir zurückgekommen. Ich habe immer gedacht, er wird es erfahren, früher oder später wird er es wissen. Wir konnten doch immer gegenseitig unsere Gedanken lesen. Verheiratete Leute können das. Er ist doch auch einsam, hab ich immer gedacht, er ist schon viel länger einsam als ich.» Sie begann leise zu weinen, die sanften, stillen Tränen eines Schmerzes jenseits allen Trostes. «Es ist ein Trugschluß, das mit dem Gedankenlesen. Er war ja tot.»

Sie sprach leichthin und flüssig, als ob sie nur redete und nicht zugleich auch weinte. «Und ich saß da und wartete, ganz geruhsam und nahezu glücklich. Nicht, daß ich mich leidenschaftlich nach ihm gesehnt hätte oder so was. Aber ich hatte meinen inneren Frieden, und ich dachte immer, eines Tages – diese Woche, nächste Woche... ja, und in Wirklichkeit gab es nur noch ein Niemehr, nicht wahr?» Mit den Fingerspitzen tupfte sie die Tränen auf. «Kann ich bitte mein Feuerzeug haben?» fragte sie.

Er ließ es sie in die Hand nehmen, aber er schüttelte den Kopf. «Bald können Sie es wiederhaben.»

«Der Name des Musters», erklärte sie, «stammt aus einem Gedicht von Baudelaire. Geoff wußte, daß ich den Vers sehr liebte. ‹*...et tes seins les grappes de ma vigne.*›» Mit Wexfords Französisch war es nicht weit her, aber dies konnte er gerade noch verstehen. Sie hatte ihm die Wunde gezeigt, die Anstey, der Dieb, der Sadist, ihr mit seinem Messer zugefügt hatte. Er wandte den Blick ab.

Es sah aus, als hätte Russel Cawthorne ein junges Mädchen bei sich im Büro. Sie saß mit dem Rücken zur Tür, und sie trug einen roten Regenmantel, das grelle Signalrot eines Feuerwehrwagens, dessen Lack noch feucht ist. Burden steuerte durch den Regenschleier bis unter die Werbefahne. Dann sprinteten er und Wexford zum Büroeingang. Das Mädchen öffnete ihnen die Tür, und eine Illusion fiel in sich zusammen, denn es war Mrs. Cawthornes Gesicht, das zwischen dem leuchtendroten Kragen und dem krausen gelben Haar erschien.

«Gehen wir lieber ins Haus!» rief Cawthorne. Er stemmte sich ächzend in die Höhe. «Vorwärts, Kompanie, marsch, marsch!»

Im Wohnzimmer fixierte die präraffaelitische Madonna ihre Lilie mit einer Mischung aus Barmherzigkeit und Hohn. Sie hatte vieles mitangesehen in diesem Raum, schien sie zu sagen, und das meiste davon war nicht eben erbaulich. Mrs. Cawthorne entledigte sich ihres roten Mantels und präsentierte sich darunter in zitronengelber Wolle. Ihre Christbaumschmuck-Ohrringe baumelten ihr bis auf die Schultern und erinnerten Wexford in ihrem klebrigroten Glanz an kandierte Äpfel.

«Ray Anstey war sechs Monate bei mir», sagte Cawthorne, «war ein guter Bursche, verstand was von seinem Job.» Sie nahmen zwischen den Nippestischchen, den Wachsfrüchten und den Kandelabern Platz. Mein Gott, dachte Wexford, kommt denn das alles wieder? Ist das der Stil, in dem meine Sheila ihr Haus einrichten wird, wenn die Zeit einmal kommt? «Als er bei mir auftauchte, sagte er, er wolle bloß eine vorübergehende Arbeit, er sei nur hier, um einen alten Freund aufzustöbern, aber später sagte er, der Freund sei gestorben, und er würde gern bleiben.» Geoff Smith, dachte Wexford, Smith, der Beleidigte, die Beute, der dennoch immerwährend Faszinierende.

«War wohl mächtig hinter den Frauen her, wie?» fragte er.

«Das würde ich nicht sagen.» Cawthorne warf Burden einen raschen Seitenblick zu. Vielleicht dachte er an dessen einschlägige Nachfragen, seine eigene Veranlagung in dieser Hinsicht betreffend. Er schüttelte sich forsch und meinte im Tone eines Hauptmanns, der mit einem gleichrangigen Offizier oder gar einem Vorgesetzten die Unarten eines Untergebenen erörtert: «Immerhin, gutaussehender junger Teufel!»

Mrs. Cawthorne räkelte sich in ihrem Sessel. Wexford blickte sie an. Einen ähnlichen Ausdruck hatte er in den Augen seiner siebzehnjährigen Sheila gesehen, als sie triumphierend von den fruchtlosen Annäherungsversuchen eines Jungen berichtet hatte. Das gleiche halbe Lächeln, der gleiche kokette Ärger. Aber Himmel! Es wurde doch wohl nicht von ihm erwartet, daß er glaubte... Allerdings, es wurde!

«Ach, das würdest du nicht sagen?» flötete sie, an ihren Mann gewandt. «Dann muß ich dir leider sagen, daß du nie ein Wort von dem hörst, was ich dir erzähle.» Cawthornes gequälter Ausdruck ließ das mehr als sicher erscheinen. «Also, die Art allein, wie er mich manchmal angesehen hat...» Sie wandte sich an Wexford. «Daran bin ich natürlich gewöhnt. Ich hab sehr wohl gesehen, worauf der junge Ray aus war. Nicht, daß er direkt was gesagt hätte. Aber der Frau des Chefs nachzustellen, das ist eben mehr wert als der ganze Job.»

Ihr Mann wandte den Blick zur Zimmerdecke, wo er ihn auf einem Stuckengel ruhen ließ. «O Gott!» sagte er leise.

«Wann ist er weggegangen?» fragte Wexford schnell dazwischen.

Die Anspielungen seiner Frau hatten Cawthorne vorübergehend aus dem Gleichgewicht gebracht. Er trat ans Büfett und goß sich einen Whisky ein, bevor er antwortete. «Warten Sie mal», meinte er, nachdem er die Hälfte davon intus hatte. «Das muß Sonnabend letzter Woche gewesen sein.» Der Tag, an dem er Rubys Zimmer gemietet hat, überlegte Wexford. «Ich weiß noch, ich war außer mir über die verdammte Unverschämtheit, die er besaß.»

«Inwiefern? Weil er Sie verließ?»

«Nicht bloß das. Es war die Art und Weise, *wie* er es tat. Also, ich habe die Gewohnheit, allen meinen Angestellten Wagen auszuborgen, wenn sie dringend einen brauchen, vorausgesetzt, sie sagen mir rechtzeitig Bescheid. Ist ja auch nicht leicht für so 'nen jungen Burschen. Möchte doch mal sein Mädchen spazierenfahren.» Er lächelte väterlich, der Freund der Jugend, und leerte sein Glas. «Anstey gehörte zu der Sorte, die das voll ausnutzten. Abend für Abend nahm er einen der Wagen, und es war ihm ganz Wurscht, ob ich es wußte oder nicht. Gut, also an diesem Sonnabend vormittag hatten wir alle Hände voll zu tun, und ich bemerkte, daß Anstey nicht da war. Und da kam er gerade angefegt in einem der Minors, lächelte übers ganze Gesicht – aber kein Wort der Entschuldigung. Sagte einfach bloß, er habe geschäftlich einen Freund besuchen müssen.»

«Ein Minor, sagen Sie?»

«Schwarzer Minor eintausend, einer von den dreien, die ich als

Leihwagen laufen habe. Sie haben sie ja draußen gesehen.» Die Augenbraue, die Cawthorne in die Höhe schob, war wie ein Streifen Eisbärenfell. «Was zu trinken?» Wexford schüttelte für sie beide den Kopf. «Aber es stört Sie doch nicht, wenn ich es tue, nein?» Als er das Glas erneut gefüllt hatte, fuhr er fort: «Geschäftlich? hab ich gefragt, ‹*Ihr* Geschäft ist doch wohl *mein* Geschäft, mein Junge›, hab ich gesagt, ‹das merken Sie sich bitte gefälligst!› – ‹Oh›, sagte er darauf in sehr unverschämtem Ton, ‹ich möchte mal wissen, wieviel Geschäft Ihnen noch übrigbliebe, wenn ich nicht meine Skrupel hätte...› Na, das war denn wohl ein bißchen viel. Ich hab ihm gesagt, er könne sich seine Papiere holen und verschwinden.»

Die Ohrringe pendelten lebhaft, als Mrs. Cawthorne einen tiefen, theatralischen Seufzer hören ließ. «Armer Junge», meinte sie, und Wexford nahm nicht eine Sekunde an, daß sie damit ihren Mann meinte. «Ich wollte, ich wäre ein bißchen netter zu ihm gewesen.» Es bestand kein Zweifel, was sie damit meinte. Es war grotesk. Gott steh mir bei, dachte er, er kriegte es doch wohl nicht mit *noch* einer reuevollen Frau zu tun? Welchen Wert sie sich alle beimaßen! Alle bereuten sie, alle wollten sie die Zeiger der Uhr rückwärts gehen lassen.

«Skrupel», fragte er, «was meinte er damit?» Wieder kniff Cawthorne auf jene sonderbare Art die Augen zusammen.

«Er hat Ihnen Ihre Kunden abgezogen, wie?» warf Burden schnell ein, dem Mrs. Penistan wieder einfiel.

«Er war ein guter Mechaniker», sagte Cawthorne, «zu gut.» Das letztere erinnerte ihn wohl an den Whisky, denn er goß sich noch einen ein. Zuerst goß er das Glas nur halb voll, dann aber füllte er es mit einem entschlossenen Kippen der Flasche bis zum Rand. Er seufzte, vielleicht vor Vergnügen, vielleicht aus Resignation angesichts einer neuerlichen Versuchung, der er nicht widerstanden hatte. «Was ich damit sagen will ist, er war ein bißchen zu gut bei der Kundenbetreuung.» Mrs. Cawthornes Gelächter schnitt das letzte Wort mit dem Kreischen einer Kreissäge ab. «Schmeichelte sich bei der Kundschaft ein», fuhr er fort, ohne sich um sie zu kümmern. «Madam hier und Madam dort! Und dann hielt er ihnen die Tür auf und machte ihnen Komplimente über ihre Fahrweise. Verdammt, das gehört doch schließlich nicht dazu bei einer Tausender-Inspektion.»

«Ist aber doch harmlos, würde ich sagen.»

«Nennen Sie es harmlos, wenn ein junger Spund wie der mir das Geschäft ruiniert? Das nächste, was ich nämlich erfuhr – ich hörte das so hintenherum...» Er blickte finster drein, ganz General der Abwehr, und sagte großspurig: «Ich habe schließlich meine Spione, mir entgeht so leicht nichts: ‹Warum lassen Sie mich das nicht privat für Sie erledigen, Madam? Ich nehme bloß zehn.›» Er nahm einen tiefen Zug aus dem Glas. «Und ich konnte nicht das geringste dagegen unternehmen bei meinen Betriebskosten. Ich setze zu, wenn ich nicht mindestens zwölf sechzig nehme. Ein gutes halbes Dutzend von meinen Kunden bin ich auf diese Weise losgeworden, und noch dazu Stammkunden. Ich stellte ihn zur Rede, aber er schwor, sie hätten es vorgezogen, zu Missal überzuwechseln. Aber es waren, um Ihnen ein paar Beispiele zu nennen, Mrs. Curran dabei, dann Mr. und Miss Margolis...»

«Ah!» warf Wexford leise ein.

Cawthorne lief rosa an und vermied es, seine Frau anzublicken.

«Sie glauben vielleicht, Miss Margolis war leichtsinnig», erklärte er eifrig, «aber da kannten Sie sie schlecht! Von wegen – wie gekommen, so zerronnen! – nein, das stimmte bei ihr nicht. Oh, es kam natürlich reichlich genug, aber die junge Anita drehte jeden Penny zweimal um. Obwohl wir doch seit einem Jahr schon gute Freunde waren, hat sie keinen Augenblick gezögert, heimlich zu Anstey überzuwechseln. Aber ihr Benzin, das hat sie immer noch bei mir getankt, stellen Sie sich vor!» Ein Rülpser entfuhr ihm, den er in ein Husten umzufunktionieren versuchte. «Als ob man mit dem Benzin was verdienen könnte!»

«Waren die beiden Freunde?»

«Anita und der junge Ray? Zeigen Sie mir mal den Mann unter fünfzig, mit dem sie nicht befreundet war. Der müßte einen Buckel haben oder 'ne Hasenscharte!» Cawthorne aber *war* über fünfzig, reichlich darüber sogar, und sein Alter, das war seine Mißbildung.

«Er verließ Sie also an dem Sonnabend», sagte Burden langsam. «Wohin ist er wohl gegangen?» Es war eine rein rhetorische Frage, auf die er von Cawthorne gar keine Antwort erwartete. «Wissen Sie, wo er gewohnt hat?»

«In Kingsmarkham irgendwo. Einer meiner Jungens könnte es wissen.» Sein aufgedunsenes Gesicht wurde plötzlich schlaff, und er schien seine abfälligen Bemerkungen über Anita Margolis' Charakter vergessen zu haben. «Sie glauben, er hat sie umgebracht, was? Die kleine Ann umgebracht...»

«Lassen Sie uns die Adresse herausfinden, Mr. Cawthorne.»

Die Ohrringe pendelten aufgeregt. «Ist er flüchtig?» fragte Mrs. Cawthorne interessiert. Ihre Augen glitzerten. «Arme, gejagte Kreatur!»

«Oh, halt den Mund», sagte Cawthorne und ging hinaus in den Regen.

17

Sie standen im Vorraum, während Cawthorne seine Männer befragte. Der Regen hörte jetzt auf, und die Wolken teilten sich. Über Kingsmarkham zeigten sich zwischen großen, grauen Wolkenbänken Fetzen eines kristallklaren Himmels, der beinahe hellgrün wirkte.

«High Street hundertsechsundachtzig, Kingsmarkham», sagte Cawthorne, der angelaufen kam und mit einem kleinen Spurt ins Trockene sprang. «Das ist sein Standquartier, oder ist es jedenfalls gewesen.»

«Hundertsechsundachtzig?» sagte Burden hastig. «Moment mal – der neue Häuserblock ist hundertachtundfünfzig bis vierundsiebzig, dann kommt die Apotheke, dann der Blumenladen...» Er zählte die Nummern an seinen Fingern ab. «Aber das muß ja...»

«Ja, das ist Grover, der Zeitungsladen.» Cawthorne blickte drein, als ob er nichts anderes erwartet hätte. «Die vermieten eine von ihren Mansarden, müssen Sie wissen. Da haben schon vorher ein paar meiner Burschen gewohnt, und als Anstey seine erste Unterkunft – hier die Straße runter – verlor, da schlug jemand vor, er könnte es mal bei Grover versuchen. Er war ja auch nur einen Monat dort.»

«Vor unserer eigenen Haustür!» fluchte Wexford, als sie wieder im Wagen saßen. «Wir können das Haus sage und schreibe von unseren Fenstern aus sehen! Das nennt man den Wald vor Bäumen nicht sehen!»

«Es ist allgemein bekannt, daß sie Untermieter nehmen, Sir», meinte Burden entschuldigend, obwohl er nicht recht wußte, für wen er sich entschuldigen sollte. Deshalb fügte er gewissermaßen als Selbstrechtfertigung hinzu: «Ich wage sogar zu behaupten, wir alle haben dort einen jungen, dunkelhaarigen Burschen ein und aus gehen sehen, ohne daß wir deshalb gleich einen Grund hatten, ihn mit dieser Angelegenheit in Verbindung zu bringen. Wie viele tausend alleinstehende, kleine, dunkle Burschen laufen schließlich in Kingsmarkham herum?»

Wexford knurrte: «Der brauchte nicht weit zu gehen, um Rubys Anzeigen zu sehen, was? Außerdem saß er an der Quelle, wenn es darum ging, sein Messer zu ersetzen. Wie ist das nun mit Ihrer Theorie über die Wagen? Anstey besaß nicht mal einen eigenen, war also weit entfernt, einen schwarzen gegen einen grünen auszutauschen.»

«Anita hat am Tage, bevor sie zu Ruby gingen, fünfhundert Pfund ausgezahlt bekommen. Mrs. Penistan sagt, sie sei sehr großzügig gewesen. Vielleicht hat sie ihm einen Wagen gekauft?»

Als sie in den Vorplatz des Polizeipräsidiums einbogen, wandte Burden den Kopf und sah eben einen Mann mit einer Abendzeitung aus Grovers Laden kommen. Wasser tröpfelte von dem breiten, weißen Vordach auf ihre Mantelkragen, als sie die Stufen hinaufstiegen.

«Vielleicht hat sie ihm einen Wagen gekauft», wiederholte Burden, «für fünfhundert kann man schon einen ganz anständigen Gebrauchtwagen kriegen.»

«Sicher, wir haben gehört, daß sie großzügig war», bestätigte Wexford während des Treppensteigens, «aber genauso haben wir gehört, daß sie dickköpfig war und es sehr genau nahm mit ihrem Geld. Schließlich war sie ja auch keine alte Frau, die einen jungen Mann aushielt. Junge Mädchen kaufen keine Wagen für ihre Liebhaber.»

Es war warm und still in Wexfords Büro. Die Stühle standen wieder an der Wand, die Papiere auf dem Rosenholzschreibtisch lagen ordentlich aufgeschichtet, nichts erinnerte mehr daran, daß sich hier vor kurzem ein menschliches Drama abgespielt hatte. Burden zog seinen Regenmantel aus und breitete ihn vor dem Gitter der Warmluftheizung aus.

«Kirkpatrick hat sie um zwanzig nach sieben gesehen», rekapitulierte er, «und bei Ruby war sie gegen acht. Das ließ ihr vierzig Minuten Zeit, ihren Mantel zu wechseln, zu Grovers hinunterzufahren und ihren Alpine dort abzustellen, damit er ihn irgendwann später reparieren konnte, und dann weiterzufahren nach Stowerton. Hm, das müßte zeitlich geklappt haben.»

«Als Kirkpatrick sie sah, da trug sie diesen Ozelotfummel. Normalerweise würde man doch meinen, sie hätte ihn zu Hause mit einem Regenmantel vertauscht, aber der Ozelot lag auf dem Beifahrersitz ihres Wagens. Das muß zwar nicht viel bedeuten, aber es könnte auch wichtig sein. Nun zur Frage des zeitlichen Ablaufs: Ihre Theorie haut nur hin, wenn Anita und Anstey bereits einen grünen Wagen paratstehen hatten. Vielleicht hatten sie, das werden wir noch sehen. Wenn sie aber an diesem Punkt des Geschehens erst einen hätten ausborgen oder mieten müssen, dann käme das doch zeitlich nicht hin.»

«Es käme hin, wenn sie Margolis' Wagen benutzt hätten», sagte Burden.

Sie wurden durch Drayton und Martin unterbrochen, die hereinkamen, um an der Besprechung teilzunehmen. Sie saßen um den Schreibtisch herum, und Wexford setzte die beiden neu Hinzugekommenen ins Bild. Er sah, wie Draytons Gesicht hart und seine Augen steinern wurden, als Grovers Laden erwähnt wurde.

«Okay», sagte er und blickte auf seine Uhr. «Lassen wir ihnen Zeit, den Laden zu schließen, und dann gehen wir alle rüber. Grover ist mehr oder weniger bettlägerig, oder?» Er blickte Drayton scharf an.

«Er ist wieder auf den Beinen, Sir.»

«Gut.» Wexford nickte. «Also», wandte er sich an Burden, «was war das mit Margolis' Wagen? Margolis war doch in London.»

«Aber seinen Wagen hat er am Bahnhof Kingsmarkham stehenlassen, und der ist grün. Sähe es einem Mädchen wie Anita nicht ähnlich, die paar hundert Meter die York Street hinunterzulaufen zum Bahnhofsvorplatz und sich ihres Bruders Wagen auszuleihen? Bis zu der Zeit, wo er ihn brauchte, konnten sie ihn ja wieder zurückgebracht haben.»

«Vergessen Sie nicht, sie mußten denken, er brauchte ihn um neun, nicht um elf. Niemand wußte doch, daß er mit diesem Galeriedirektor essen gehen würde.»

«Na und?» meinte Burden achselzuckend. «Kann man sich ein

wurschtigeres und unorganisierteres Pärchen vorstellen als Margolis und seine Schwester? Wenn sein Wagen nicht dagewesen wäre, dann hätte er bestimmt gedacht, er hätte ihn gar nicht dort abgestellt, oder aber, jemand hätte ihn gestohlen. Aber er hätte niemals irgendwas unternommen, bevor er nicht mit ihr gesprochen hätte. Anstey ließ also ihre Leiche verschwinden, stellte Margolis' Wagen wieder auf dem Bahnhofsparkplatz ab, und als alle Welt noch schlief, füllte er den Kühler des Alpine auf, wobei er vorsichtshalber noch einen Kanister Wasser mitnahm, und fuhr ihn dann zurück zum Quince Cottage.»

Er hatte gehofft, auf Wexfords Gesicht Zustimmung und Anerkennung ablesen zu können, wie am vergangenen Abend im *Olive and Dove*. Schließlich fügte sich doch eines wunderbar zum anderen, und er, Burden, hatte diese Mosaiksteinchen zusammengefügt. Wieso hatten sich also Wexfords Mundwinkel zu so skeptischen Falten hinabgezogen? Er wartete auf einen Kommentar, auf das Zugeständnis, daß alles dies immerhin möglich sei, aber der Chief Inspector sagte nur leise: «Ich fürchte, *ich* habe da ganz andere Vorstellungen.»

Der Laden war geschlossen. In der Einfahrt stand das Regenwasser in Pfützen, in denen sich der grünliche Laternenschein spiegelte. Zwei Abfalleimer waren vor den Garagentüren abgestellt worden für die Müllabfuhr am nächsten Morgen. Eine Katze strich schnüffelnd daran entlang und hinterließ feuchte Fußspuren auf einer Zeitung, die jemand fortgeworfen hatte.

Drayton hatte nicht mitkommen wollen. Er wußte jetzt, wer Ray Anstey war. Der Mann, den er gesehen hatte, der sie an der Brücke geküßt hatte, der Mann, der bei ihnen gewohnt hatte und der die Leihwagen seines Chefs ausgeborgt hatte, um mit ihr spazierenzufahren. Vielleicht hatten sie genau denselben Wagen benutzt, in dem Drayton selbst mit ihr in den Cheriton Forest hinausgefahren war. Er hatte sie mit Ann Margolis betrogen und sie ihn daraufhin mit einem jungen Polizisten. Es war ein Bäumchen-wechsle-dich-Spiel, ein Liebeskarussell, das hin und wieder längere Pausen einlegte. Er spürte, eben jetzt hatte es einen Stillstand erreicht, und sie mußten aussteigen, gemeinsam aussteigen, vielleicht fürs ganze Leben.

Aber er hatte nicht mitkommen wollen. Unerwünschte Dinge

würden vor ihm enthüllt werden, und wenn sie vernommen wurde, dann konnte es sein, daß sie von einer Liebe redete, die er vergessen wollte. Er hielt sich im Hintergrund, als Burden an die Glasscheibe pochte, und während sie warteten, wurde ihm plötzlich klar, daß es im Grunde ganz gleich war, ob er mit Wexford kam oder nicht. Wohin sollte er sonst schon abends gehen? Er wäre sowieso hergekommen, so wie er es immer tat.

Es war Grover selbst, der kam und sie hereinließ. Drayton hatte angenommen, er werde mürrisch und feindselig sein, statt dessen begrüßte der Mann sie mit geradezu hündischer Ergebenheit, und diese ölige Unterwürfigkeit war noch abstoßender als seine Feindseligkeit. Sein schwarzes Haar war glattgestriegelt und sorgfältig über eine kleine, kahle Stelle frisiert, und es roch nach Veilchenöl. Eine Hand stemmte er in die schmerzende Gegend im Rücken, mit der anderen komplimentierte er sie in den Laden und knipste das Licht an.

«Ray hat einen Monat lang hier gewohnt», antwortete er auf Wexfords Frage. «Cawthorne hat ihn am Sonnabend rausgeschmissen, und hier ist er am Dienstag ausgezogen. Jedenfalls sagen das meine Frau und Lin. Ich selbst hab ihn gar nicht gesehen, weil ich doch fest gelegen hab.»

«Ich glaube, er bewohnte eines Ihrer Mansardenzimmer?»

Grover nickte. Er war noch kein alter Mann, aber er kleidete sich wie einer. Drayton mußte sich alle Mühe geben, seine Augen ruhig zu halten und ein nichtssagendes Gesicht zu machen, als er die aufgeknöpfte Strickjacke, das kragenlose Hemd und die Hose sah, die wohl noch nie ausgebürstet oder gebügelt worden war. «Sein Zimmer ist gründlich gemacht worden», sagte der Zeitungshändler hastig, «Lin hat da saubergemacht. Er hat nicht das geringste zurückgelassen, es hat also gar keinen Sinn, daß Sie nachgucken.»

«Wir werden es uns trotzdem ansehen», sagte Burden leichthin, «gleich.» Seine kalten Augen begutachteten mit schnellem Blick die Magazine, dann schob er sich hinüber in die dunkle Ecke, wo die Buchausleihe war. Grover folgte ihm humpelnd nach.

«Ich habe Ihnen nichts zu berichten, Mr. Burden», beteuerte er. «Er hat keine Adresse zum Nachschicken der Post hinterlassen, und er hatte seine Monatsmiete im voraus bezahlt; es waren noch drei Wochen übrig.»

Burden nahm ein Buch aus dem Regal und schlug es in der Mitte auf. Sein Gesicht blieb unbeweglich. «Erzählen Sie mir von Dienstag abend», sagte er.

«Was soll ich Ihnen erzählen? Da gibt es nichts zu erzählen. Mit Lin war's ein dauerndes Rein und Raus an dem Nachmittag. Wir brauchten Brot, aber hier ist dienstags schon mittags Ladenschluß – nicht bei uns, wir machen nicht zu. Sie sauste also nach Stowerton. Meine Frau ging zu ihrem Whistturnier, so gegen halb sieben, und Lin war auch irgendwo unterwegs – stimmt, zur Wäscherei ist sie gewesen.» Er hielt inne und blickte sehr tugendhaft drein. Drayton war wütend und bestürzt zugleich; wütend wegen der Art, wie Grover sie als Mädchen für alles betrachtete, während er für die Bestürzung gar keinen rechten Grund fand, es sei denn, weil er nicht verstand, daß dieser Vater es an jeglicher Anerkennung fehlen ließ. «Ich hatte Ray den ganzen Tag nicht gesehen», sagte Grover, «ich lag doch im Bett, wissen Sie. Man hätte ja meinen sollen, daß er mal reingeschaut hätte, um sich von mir zu verabschieden und mir zu danken für alles, was ich für ihn getan hatte.»

«Und was wäre das gewesen?» fragte Burden scharf. «Daß sie ihn mit Mordinstrumenten versorgt haben oder so was?»

«*Ich* hab ihm doch das Messer nicht gegeben! Er hatte das schon, als er ankam.»

«Weiter.»

«Was heißt hier weiter, Mr. Burden?» Grover strich sich über den Rücken und dehnte vorsichtig seine Muskeln. «Ich hab Ihnen doch gesagt, ich habe Ray seit diesem Montag nicht mehr gesehen. Der Doktor war da, bevor meine Frau wegging, und hat gesagt, ich müßte im Bett bleiben...»

«Und ist sonst irgend jemand gekommen? Während des Abends, meine ich?»

«Bloß das Mädchen», sagte Grover.

Burden blies den Staub von dem Buch, das er in der Hand hielt, und stellte es ins Regal zurück. Er trat nahe an Grover heran und blickte auf ihn herab. «Was für ein Mädchen? Was ist passiert?»

«Ja, sehen Sie, ich war im Bett, und dann war da plötzlich dies Poltern an der Ladentür.» Der Zeitungshändler blickte verkniffen zu Wexford hinüber. «Ich dachte ja, das wären welche von Ihnen», sagte er. «Ist ja alles ganz schön und gut, wenn einem der Doktor befiehlt, man solle auf keinen Fall aus dem Bett aufstehen. Aber was soll man denn machen, wenn da einer rumballert, daß man fürchten muß, er bricht einem die Tür kaputt?» Er zog den Kopf zwischen die Schultern, vielleicht eingedenk früherer und schlimmerer Erfahrungen. «Eine meiner Kundinnen war es. Ich hatte sie hier schon früher gesehen. Großes, gutaussehendes Frauenzimmer, bißchen älter als unser Mädchen. Wollen Sie wissen, wie sie aussah?»

«Natürlich. Wir sind ja nicht hergekommen, um den neusten Klatsch zu hören, Grover.»

Drayton war es fast übel, wie er da so neben dem Taschenbuchregal stand. Burdens schroffer Verweis hatte Grover nicht im mindesten aus der Fassung gebracht, sondern ein schleimiges Grinsen ausgelöst. Er zog die geschlossenen Lippen breit auseinander und kniff ein Auge halb zu. Hinter diesem Zerrbild eines Lächelns war geisterhaft das Lächeln Lindas sichtbar. Hier stand er, der Erzeuger, der Ursprung ihres Lächelns! Drayton spürte, wie ihm die Übelkeit in der Kehle hochstieg.

«Mann, die war in Ordnung», schnalzte Grover und gab wieder sein Zwinkern zum besten. «Diese Sorte mit weißer Haut und schwarzem Haar, und dann so zwei langen Locken, die ihr über die Backen fallen.» Er befeuchtete seine Lippen, während er in seinem Gedächtnis forschte. «Und mächtig aufgetakelt, so mit schwarzen Hosen und 'nem gefleckten Pelzmantel! ‹Was fällt Ihnen ein, hier so loszudonnern?› sag ich zu ihr. ‹Können Sie nicht sehen, daß wir geschlossen haben?› – ‹Wo ist Ray?› sagt sie bloß. ‹Wenn er in seinem Zimmer ist, dann geh ich rauf und hol ihn runter.› – ‹Gar nichts werden Sie tun, meine Dame›, sag ich, ‹und außerdem ist er nicht da.› Die sah ganz schön belämmert aus, als sie das hörte. Also hab ich sie gefragt, was sie denn von ihm wollte. Nun weiß ich nicht, ob es ihr nicht paßte, daß ich so fragte, oder ob sie sich 'ne Ausrede ausdachte. ‹Ich gehe nämlich zu einer Party›, sagt sie jedenfalls, ‹und ich bin sowieso schon verdammt spät dran, und nun hat auch noch mein Kühler ein Leck.› Von wegen! Ich konnte gar keinen Wagen sehen. Und von wegen raufgehen, denk ich mir, das könnte dir so passen, wo er doch fest mit meiner Linda geht.»

Drayton gab ein gequältes Hüsteln von sich, das sich in dem allgemeinen Schweigen wie ein Stöhnen anhörte. Wexford blickte ihn scharf an.

Grover fuhr fort: «‹Dann fahren Sie Ihren Wagen doch am besten zu einer Werkstatt›, sag ich und gehe dabei in meinem Morgenmantel auf den Gehsteig hinaus. Und da steht doch tatsächlich dieser weiße Sportschlitten in meiner Einfahrt und hat eine große Wasserpfütze unter sich. ‹Ich trau mich nicht zu fahren›, sagt sie, ‹ich hab Angst, der fliegt mir auseinander.›»

«Und ist sie dann weggegangen?» fragte Burden leise triumphierend.

«Das nehme ich doch an. Abgewartet hab ich es nicht. Ich hab wieder abgeschlossen und bin ins Bett zurückgegangen.»

«Und danach haben Sie nichts mehr gehört?»

«Nicht, bis meine Frau nach Hause kam. Ich weiß noch, ich dachte, hoffentlich hat sie ihren weißen Schlitten aus der Einfahrt genommen, weil doch Linda sonst meinen Wagen nicht in die Garage fahren konnte. Aber darüber bin ich wohl eingeschlafen, denn das nächste, was ich weiß, ist, daß meine Frau zu Bett geht und sagt, Linda sei vor einer halben Stunde nach Hause gekommen. – Möchten Sie sich jetzt sein Zimmer ansehen?»

Mit gerunzelter Stirn kam Burden aus seiner dunklen Ecke und stand unter der Glühlampe, die über dem Ladentisch hing. Er blickte den Korridor entlang zu der Tür, die in die Einfahrt hinausging. Einen Augenblick lang dachte Drayton, er hätte jemanden kommen sehen, Linda persönlich womöglich, und er wappnete sich innerlich, um den Schock ihres Erscheinens gewachsen zu sein, aber Burden wandte sich wieder an den Zeitungshändler und fragte:

«Wo hat er denn seinen privaten Autoservice verrichtet?»

«In meiner unbenutzten Garage», erklärte Grover. «Ich habe zwei, müssen Sie wissen. Mein eigener Wagen steht in der einen, und die andere war sonst immer vermietet, aber dann verlor ich diesen Mieter, und als Ray sagte, daß er sie gern haben würde, da hab ich sie ihm überlassen.» Er nickte selbstgefällig. Vielleicht war dies der Gefallen, oder einer der Gefallen, für die er Ansteys Dankbarkeit erwartet hatte. «Ich hab ihm lediglich einen Fünfer pro Woche mehr abverlangt dafür, müssen Sie wissen. Dabei hatte er einen Haufen Kunden. Der hat bestimmt dasselbe auch schon in seiner vorigen Wohnung gemacht, wenn Sie mich fragen.»

«Ich möchte mir beide Garagen ansehen», bestimmte Burden. «Die Schlüssel?»

«Hat meine Frau.» Grover trat in den Flur und nahm einen alten Mantel vom Kleiderhaken. «Oder vielleicht hat Lin sie auch. Ich weiß es nicht, ich hab ja den Wagen beinahe zwei Wochen lang nicht mehr gefahren, mein Rücken war einfach zu schlimm.» Unter Schwierigkeiten und mit schmerzverzerrtem Gesicht kam er in seinen Mantel.

«Die Schlüssel, Drayton», befahl Wexford lapidar.

Er war halbwegs die Treppe hinauf, da begegnete er Mrs. Grover, die herunterkam. Sie blickte ihn ohne Neugier an und wäre wahrscheinlich ohne ein Wort an ihm vorbeigegangen.

«Könnten Sie mir die Garagenschlüssel geben, Mrs. Grover?» fragte er. Linda mußte ihr doch erzählt haben, wer und was er war.

«In der Küche», sagte sie nur. «Lin hat sie auf dem Tisch liegengelassen.» Sie blinzelte ihn kurzsichtig an. Ihre Augen waren ebenso grau wie die ihrer Tochter, aber vollkommen leidenschaftslos, und wenn jemals Tränen in ihnen gestanden hatten, so waren sie längst verbraucht. «Gehe ich recht in der Annahme, daß Sie ihr junger Freund sind?» *Wer* er war, dachte Drayton, aber nicht, *was* er war. «Sie hat mir erzählt, daß Sie beide heute abend den Wagen nehmen wollen.» Sie zuckte die Achseln. «Lassen Sie es nicht ihren Vater wissen, das ist die Hauptsache.»

«Dann gehe ich mal nach oben.»

Mrs. Grover nickte gleichgültig. Drayton sah ihr nach, wie sie die Treppe hinunterging und aus der Seitentür verschwand. Die Küchentür stand offen, und er ging hinein. Jetzt, da er ihren Eltern entronnen war, verschwand seine Übelkeit, aber sein Herz hämmerte schmerzhaft. Die Schlüssel lagen auf dem Tisch, für jede Garage einer und dazu ein Zündschlüssel. Sie waren an dem Ring eines kleinen Lederetuis befestigt. Daneben lag ein Haufen ungebügelter Wäsche, bei dessen Anblick ihn erneut die Bestürzung packte, wie vorhin unten im Laden. Die Schlüssel waren in seiner Tasche, und er hatte eben den Treppenabsatz erreicht, da öffnete sich eine gegenüberliegende Tür, und Linda trat heraus.

Zum erstenmal sah er ihr Haar lose herabhängen. Es umschloß ihre Schultern wie ein heller, blasser Schleier. Sie lächelte ihn an, leise und scheu, aber ohne jede Koketterie.

«Du kommst zu früh», sagte sie, genau wie an jenem Tag, als er gekommen war, um sie zu Wexford zu bringen. «Ich bin noch nicht fertig.» Ihm wurde bewußt, daß sie, genau wie ihre Mutter, keine Ahnung hatte, weshalb er hier war, und daß noch Kollegen unten im Laden waren. Vielleicht brauchte sie es auch gar nicht zu wissen, und man konnte ihr die Kenntnis dessen, was wahrscheinlich in einer jener Garagen lag, noch ein wenig länger ersparen. «Warte auf mich», sagte sie, «warte unten im Laden. Ich beeile mich.»

«Ich komme später wieder», sagte er. Hatte er sich eingebildet, er könne einfach zu den anderen hinuntergehen, ohne sie zu berühren? Er konnte sich weder vom Fleck rühren noch den Blick abwenden von dem Zauber des winzigen, unsteten Lächelns und der Mähne goldenen Haares.

«Mark?» Ihre Stimme klang heiser, und sie trat zitternd auf ihn zu. «Mark, du wirst mir doch raushelfen aus... aus all diesem hier, ja?» Die Bügelwäsche auf dem Tisch, der Laden, die Plackerei... Er nickte. Und worauf ließ er sich damit ein? Auf eine spontane Rettung, aufs Heiraten?

«Dann liebst du mich also?»

Zum erstenmal war diese Frage nicht das Signal zum Rückzug, zum unverzüglichen Verschwinden. Damit, daß sie seine Liebe begehrte, daß sie ihn also auch liebte, ließ sie ihm eine Ehre, ein Privileg zuteil werden. Er nahm sie in die Arme, hielt sie an sich gepreßt und berührte ihr Haar mit den Lippen. «Ich liebe dich», sagte er. Jetzt hatte er das verbotene Wort gesagt, und seine einzige Empfindung dabei war das drängende, demütige Verlangen, zu geben – zu geben bis an den Rand seiner Möglichkeiten.

«Ich tue alles für dich», sagte er leise. Dann ließ er sie los und rannte die Treppe hinunter.

Verblichene grüne Farbe blätterte von den Garagentüren. Aus den Dachrinnen strömte das Wasser neben dem zerbrochenen Fallrohr heraus und bildete einen von Schaumblasen überzogenen See um die Mülleimer. Drayton betrat die Einfahrt von der Seitentür her. Seine Hände zitterten; nicht nur nach dem, was oben geschehen war, sondern auch, weil er sie hier, ein paar Schritte von dem Platz entfernt, wo Grover und die Polizisten standen, zum erstenmal geküßt hatte. Er zog die Kapuze über gegen den Nieselregen und händigte Wexford die Schlüssel aus.

«Sie haben sich ja Zeit gelassen.»

«Wir mußten sie erst suchen», stammelte Drayton. Ob es das ‹wir› war oder die schlecht aufgetischte Lüge, die jenen eiskalten Blick auslöste, wußte er nicht. Er ging hinüber zu den Mülleimern und machte sich daran, sie aus dem Weg zu schieben.

«Bevor wir die Türen aufmachen», sagte Wexford, «gibt es noch einen Punkt, über den ich Klarheit haben möchte.» Obwohl es nicht kalt war, hatte Grover begonnen, seine Hände zu reiben und mit den Füßen zu stampfen. Jetzt blickte er den Chief Inspector verdrossen an. «Inspektor Burden war vorhin im Begriff, Sie zu fragen, um welche Zeit Miss Margolis, das Mädchen mit dem weißen Wagen, sie herausgeklingelt hätte, aber dann kam irgendwas dazwischen.»

«Lassen Sie mich Ihr Gedächtnis auffrischen», warf Burden rasch ein. «Zwischen halb acht und acht muß es gewesen sein, ja? Eher wohl halb acht.»

In die zusammengekrümmte, fröstelnde Gestalt kam blitzartig Leben.

«Halb acht?» fragte Grover verblüfft. «Sie machen mir Spaß! Ich hab Ihnen doch erzählt, daß meine Frau und Lin kurz hinterher gekommen sind. Von wegen halb acht! Meine Fresse, es war beinahe zehn!»

«Aber um zehn war sie bereits tot!» rief Burden verzweifelt und wandte sich hilfesuchend zu Wexford um, der scheinbar unbeteiligt und in Gedanken versunken dabeistand. «Da war sie schon tot! Sie irren sich, Sie haben sich in der Zeit getäuscht!»

«Machen wir doch die Türen auf», sagte Wexford einfach.

Drayton schloß die erste Garage auf, und sie war leer. Auf dem Betonboden war ein alter schwarzer Ölfleck.

«Diese hier hat Anstey benutzt?»

Grover nickte und musterte den leeren Raum mißtrauisch. «In der anderen steht bloß mein Wagen.»

«Trotzdem, schauen wir mal rein.»

Die Tür klemmte, und Drayton mußte sich mit der Schulter dagegenstemmen. Als sie nachgab, knipste er seine Taschenlampe an, und ihr Strahl fiel auf einen olivgrünen Mini.

Es war Wexford, der den unverschlossenen Kofferraum öffnete und zwei Koffer sowie eine schwere Tasche mit Werkzeug fand. Schimpfend zerrte Grover an der Tasche herum, bis Burden seine Hand energisch wegschob. Durch die Heckscheibe konnte man etwas auf dem Beifahrersitz liegen sehen, ein steifes Bündel, ein Arm in einem Regenmantel, zur Seite geschwungen, schwarzes Haar, aus dem aller Glanz verschwunden war.

Wexford schob seinen massigen Körper zwischen die Seite des Wagens und die Garagentür. Er preßte den Daumen auf den Türgriff und öffnete die Tür so weit, wie es in dem beengten Raum möglich war. Mit zusammengepreßtem Mund, weil er von neuem entfernten Brechreiz verspürte, folgte Drayton ihm und blickte dem Chief Inspector über die Schulter.

Der Körper, der da vor ihnen ausgebreitet lag, hatte einen schwarz verfärbten Fleck getrockneten Blutes auf der Brustseite des Regenmantels, und auch an Griff und Klinge des Messers, das jemand ihm auf den Schoß gelegt hatte, war Blut. Früher einmal war diese Leiche schön gewesen – die wächsernen Züge hatten ihre Symmetrie und ihre Anmut selbst im Tode noch bewahrt –, aber die Leiche war nie eine Frau gewesen.

«Anstey», sagte Wexford sachlich.

Ein dunkles Rinnsal zog sich vom Mundwinkel des toten Mannes abwärts. Drayton preßte sein Taschentuch vor den Mund und taumelte aus der Garage.

Sie war aus der Seitentür getreten. Ihr Haar war noch immer offen und bewegte sich in dem leisen Wind. Ihre Arme waren nackt, und es hatte sich Gänsehaut gebildet, auch in ihrem Gesicht, weißlich und rauh wie ein Krankheitssymptom. Unvorstellbar, daß dieser Mund jemals gelächelt und geküßt hatte.

In Drayton krampfte sich alles zusammen, als er sie sah. Was ihm da durch Regen und Wind entgegenkam, das war ein Totenkopf, ein Knochenschädel, der sich unter straff gespannter Haut abzeichnete, und es war noch viel grauenhafter als das, was er eben in dem Wagen gesehen hatte. Sie öffnete die Lippen, die für ihn gelächelt hatten, die zu seinem Fetisch geworden waren, und stieß einen Schreckenslaut aus.

«Du! Du wolltest mich doch retten! Du liebst mich doch, du wolltest alles für mich tun... Du wolltest mich retten!» Er streckte die Arme aus, nicht, um sie zu umarmen, sondern um sie abzuwehren. «Ich bin mit dir gegangen, weil du gesagt hast, du würdest mich retten!» schrie sie, stürzte sich besinnungslos auf ihn und krallte sich in seine Wangen – mit ihren abgebissenen Nägeln, die nicht kratzen konnten. Etwas Kaltes flog ihm gegen das Kinn. Es war die silberne Kette, die Anstey seiner Frau gestohlen hatte.

Burden riß sie fort und hielt sie fest, während sie mit den Füßen um sich trat und wild schluchzte. Drayton stand mit geschlossenen Augen. Er begriff nichts von ihrem Geschrei, von ihren wüsten Beschimpfungen, nichts, außer daß sie ihn nie geliebt hatte. Diese Enthüllung war für ihn noch unfaßbarer als jene andere, und sie fuhr ihm in die Ohren, als schlitze ihm ein Messer das Trommelfell auf. Er wandte sich ab von den Augen, die auf ihn gerichtet waren, von den tiefernsten des Inspectors, den unerträglichen des Mädchens, taumelte aus der Einfahrt in den Hinterhof und erbrach sich gegen die Mauer.

18

Sie wartete in Wexfords Büro. Man hatte ihn vor zwei Minuten unten in der Halle bereits auf ihre Anwesenheit vorbereitet, so konnte er rechtzeitig seiner Verblüffung Herr werden und ihr mit der gewohnten Selbstsicherheit entgegentreten.

«Miss Margolis, nehme ich an?»

Sie mußte inzwischen zu Hause gewesen sein. Nach ihrer Ankunft von wer weiß woher mußte sie am Quince Cottage vorbeigefahren sein, um ihren Ozelotmantel zu holen. Sie trug ihn um die Schulter geworfen über einem braun und pfauenblau gemusterten Hosenanzug. Ihm fiel ihre Sonnenbräune auf und jener bronzene Glanz, den eine heißere Sonne als die von Sussex auf ihrem Haar entfacht hatte.

«Rupert sagt mir, Sie meinten, ich sei tot?» fragte sie. «Aber er hat ja nun mal leider häufig nicht den richtigen Durchblick. Da dachte ich, ich komme lieber gleich mal her und kläre die Sache persönlich auf.» Sie schob die Papiere auf seinem Schreibtisch zur Seite und setzte sich auf eine Ecke. Er kam sich in seinem eigenen Büro vor wie ein Gast, und es hätte ihn nicht verwundert, wenn sie ihn in genau demselben generösen Ton aufgefordert hätte, doch Platz zu nehmen.

«Ich glaube, ich weiß inzwischen schon selbst so ziemlich Bescheid», entgegnete er mit großer Bestimmtheit, «deshalb schlage ich vor, *ich* erzähle Ihnen, was geschehen ist, und *Sie* korrigieren dann die gröbsten Schnitzer.» Sie lächelte ihn mit katzenhafter Verspieltheit an. «Also, Sie sind in Spanien gewesen, oder in Italien; vielleicht Ibiza?»

«Positano. Ich bin heute morgen zurückgeflogen.» Sie legte die Beine übereinander. Ihre weiten Hosenbeine endeten in rosa Fransen. «Dickie Fairfax hat sage und schreibe in einer Woche hundertfünfzig Pfund von meinem Geld durchgebracht. Man sieht es mir vielleicht nicht an, aber im Grunde meines Herzens bin ich sehr bürgerlich. Liebe – das ist ja alles gut und schön, aber doch was ziemlich Abstraktes, wenn Sie verstehen, was ich meine. Geld – das ist was Konkretes, und wenn es weg ist, dann ist es weg.» Nachdenklich setzte sie hinzu: «Also hab ich ihn sitzengelassen und bin nach Hause gefahren. Ich fürchte, er wird jetzt auf Gedeih und Verderb auf den Konsul angewiesen sein.» Ihre schwarzen Augenbrauen schoben sich über der schönen Adlernase zusammen. «Vielleicht sagt Ihnen Dickies Name aber gar nichts.»

«Meine gewagte Vermutung ist, daß es sich um den jungen Mann handelt, der auf Cawthornes Party erschien und sich, als er sah, daß Sie nicht da waren, davontrollte, um Sie zu suchen, wobei er Verse von Omar Chajjam vor sich hin deklamierte.»

«Wie klug von Ihnen, alle Achtung!» Wenn sie die Männer *so* ansah, mußte Wexford denken, und ihnen *so* schmeichelte, dann war es kein Wunder, wenn sie ihr aus der Hand fraßen, um am Ende selbst gefressen zu werden. «Hören Sie», erzählte sie weiter, «ich hatte durchaus die Absicht, zu der Party zu gehen, aber dann brach mein dämlicher Wagen zusammen. Ich hatte keine Ahnung, daß etwas mit ihm nicht in Ordnung war, erst nach halb zehn hab ich es gemerkt, als ich zur Party fahren wollte. Der hat gekocht wie ein Teekessel, auf der ganzen Fahrt die Straße hinunter. Da fiel mir Ray ein. Ich wußte, der würde mir das in Ordnung bringen können... Oh, aber *Sie* wollten ja erzählen!»

Wexford erwiderte ihr Lächeln, wenn auch nicht besonders enthusiastisch. Allmählich bekam er sie satt, diese jungen Weiber mit ihren Tricks und Tücken und ihren diversen Eigenheiten. «Tja, ich kann nur raten», meinte er. «Anstey war wohl nicht da. Und dann haben Sie vielleicht versucht, zur Party weiterzufahren, aber unterwegs ist Ihr Wagen liegengeblieben...»

«Etwas haben Sie ausgelassen. Vorher habe ich Ray tatsächlich noch gesehen. Ich war eben dabei, meinen Wagen aus der Groverschen Einfahrt herauszumanövrieren, da kam das Grovermädchen angefahren. Ray saß auf dem Beifahrersitz und sah entsetzlich aus. Sie sagte, er sei betrunken, aber mein Gott, aussehen tat er, als ob er krepieren würde. Sie wollte mich auch gar nicht an ihn heranlassen, also fuhr ich kurz entschlossen meinen Wagen rückwärts raus und ließ die beiden allein.»

«Er *war* am Krepieren», sagte Wexford grimmig, «oder sogar bereits tot.» Ihre Augenbrauen fuhren in die Höhe und berührten den bronzefarbenen Pony, aber sie sagte nichts.

«Sie hätten uns ja auch benachrichtigen können, Miss Margolis! Schließlich stehen Sie ja in dem Ruf, Gemeinsinn zu besitzen.»

«Aber ich *habe* Sie doch benachrichtigt», widersprach sie mit sanfter Geduld, «vielmehr, ich habe Rupert beauftragt. Als ich bei Grover weggefahren war, kam ich kaum hundert Meter die Straße rauf, und der Wagen streikte. Na ja, ich besorgte mir in einem Haus ein bißchen Wasser und füllte den Kühler auf. So bin ich den halben Weg nach Stowerton raus mehr oder weniger gekrochen, und ich saß gerade wieder in dem verdammten Ding fest und verfluchte mein Schicksal, da kam Dickie mir entgegen und sang aus vollem Halse von der Glückseligkeit, die in den saftigen Reben liegt. Wir hatten sechs Monate vorher so was wie eine Affäre gehabt, wissen Sie, und so saßen wir dann eben in meinem Wagen und unterhielten uns. Ich hatte doch das ganze Geld bei mir, na, das muß er gewittert haben wie ein Pferd den Zucker in der Tasche. Er ist nun mal ein Schnorrer, und als er rauskriegte, daß ich flüssig war, da meinte er auch prompt, wie's denn mit uns beiden wäre? Kleiner Trip nach Italien? Na ja, ist ja auch ein scheußliches Klima hier, was?»

Wexford seufzte. Sie war so typisch die Schwester ihres Bruders.

«Er war total besoffen», fuhr sie unbekümmert fort. Wexford war froh, daß Burden anderweitig beschäftigt war. «Wir haben stundenlang dagesessen, und schließlich, als er ein bißchen ausgenüchtert war, da ging er zurück zu Cawthorne, um seinen Wagen zu holen, und ich habe meinen nach Hause gebracht. Es muß so gegen eins gewesen sein. Rupert war schon im Bett, und er haßt es, gestört zu werden, also schrieb ich ihm eine Notiz, wohin ich führe. Und dann fiel mir Ray wieder ein. ‹Geh mal bei Grover vorbei›, schrieb ich dazu, ‹und sieh nach, ob Ray okay ist, da stimmt irgendwas nicht…›»

«Und wo haben Sie sie hinterlassen?»

«Wen hinterlassen?»

«Die Notiz.»

«Ach, die Notiz. Ich hab sie auf einen großen Bogen Zeichenpapier geschrieben, und den habe ich auf dem Küchentisch gegen einen Stapel alter Zeitungen gelehnt. Ich nehme an, er ist verlorengegangen.»

«Er hat ihn weggeworfen», bestätigte Wexford. «Das elektrische Licht fiel aus, und er hat ihn in der Dunkelheit zusammen mit den Zeitungen weggeworfen. Und dann hatte er die Idee, *wir* könnten ihm jemanden schicken, der alles wieder aufräumt.» Gedankenvoll fügte er hinzu: «Wir hielten das für unter unserer Würde. Vielleicht hätten wir lieber etwas bescheidener sein sollen.»

«Allerdings, das hätte Ihnen eine Menge Mühe erspart», meinte Anita Margolis. Und plötzlich brach sie in Lachen aus, bog sich vor und zurück, so daß die Glasskulptur bedenklich ins Wackeln geriet. «Das ist so echt Rupert! Er glaubt, die Welt schulde ihm ein Heer von Sklaven!» Dann fiel ihr wohl ein, daß der Inhalt ihres Gesprächs wenig zum Lachen war, und schnell wurde sie wieder ernst. «Ich traf mich mit Dickie in der High Street», berichtete sie weiter, «und wir fuhren direkt zum Londoner Flughafen.»

«Warum haben Sie Ihren Mantel gewechselt?»

«Den Mantel gewechselt? Hab ich das?»

«Der, den Sie jetzt anhaben, lag auf dem Beifahrersitz Ihres Wagens.»

«Ach ja, jetzt fällt es mir ein. Es regnete wie verrückt, also zog ich meinen einzigen Regenmantel an, so ein rotes Plastikding. Wissen Sie, Dickies Wagen macht solchen Höllenlärm, da wollte ich nicht, daß er unseren häuslichen Frieden stört und Rupert aufweckte, deshalb verabredete ich, daß wir uns in der High Street treffen wollten.»

Sie blickte ihn schelmisch an. «Haben Sie schon mal drei Stunden lang mit einem triefend nassen Pelzmantel in einem Wagen gesessen?»

«Das kann ich nicht behaupten.»

«Die sprichwörtliche nasse Ratte!» versetzte sie schaudernd.

«Ich nehme an, zu Hause haben Sie auch gleich Ihren Paß mitgenommen?» Sie nickte, und er fragte ein bißchen entrüstet: «Schreiben Sie eigentlich nie Postkarten, Miss Margolis?»

«Oh, nennen Sie mich doch Ann. Das tun alle. Was die Postkarten anlangt, so schreibe ich schon mal welche, aber nur, wenn ich mich wohl fühle. Aber so mit Dickie, der einfach millionenweise diese schrecklichen kleinen Lire verbutterte, da kam ich gar nicht so weit. Armer Rupert! Ich glaube, ich nehme ihn mal einfach unter den Arm und fahre morgen mit ihm nach Ibiza. Er ist so furchtbar durcheinander. Und außerdem kann ich hier ja auch meine schönen neuen Kleider nicht tragen, nicht wahr?»

Sie glitt träge von dem Schreibtisch herunter, und – zu spät, es zu verhindern – Wexford sah, wie der Saum des gefleckten Mantels sich hinter dem zerbrechlichen Glas verfing. Die blaue Skulptur kippte, hob nahezu elegant ab zu einem Sturzflug, und es war Anns kopfloser Rettungsversuch, der sie in krachender Bruchlandung an einem Bein seines Schreibtisches zerschellen ließ.

«O Gott, das tut mir entsetzlich leid!» rief Anita Margolis. Verzagt sammelte sie ein Dutzend der größeren Bruchstücke zusammen. «Nein, wie peinlich!» jammerte sie.

«Ich mochte das Ding sowieso nicht», tröstete Wexford sie. «Noch eine Frage, bevor Sie gehen. Hat Ihnen je dieses Feuerzeug gehört?»

«Was für ein Feuerzeug?»

«Ein goldenes, ‹für Ann, die mein Leben erhellt›?»

Sie senkte betreten den Kopf, und das dichte Haar fiel ihr über die Wangen. «Ein Feuerzeug, das ich einmal Alan Kirkpatrick gezeigt habe?» Wexford nickte. «Es hat mir nie gehört», erklärte sie, «es war Rays.»

«Er hatte es versehentlich in Ihrem Wagen liegengelassen, als er ihn instand setzte?»

«Mmh. Ich habe es ihm am nächsten Tag zurückgegeben. Zugegeben, ich habe Alan mehr oder weniger glauben lassen, es sei meins.» Sie bewegte ihre Zehen in den Goldriemensandalen und bohrte Glassplitter in Wexfords Teppich. «Er wurde immer so schön eifersüchtig, es forderte einen geradezu heraus, ihn aufzuziehen. Haben Sie mal seinen neuen Wagen gesehen? Mit dem wollte er mich spazierenfahren! ‹Wür wen hältst du mich eigentlich?› hab ich ihn gefragt, ‹für ein Reklamegirl im Karnevalszug?› Tja, ich kann's nun mal nicht lassen, die Leute zum besten zu haben.»

«Sie haben uns alle zum besten gehabt», sagte Wexford ernst.

Der Kündigungsbrief war zusammen mit den anderen Papieren auf seinem Schreibtisch beiseite geschoben worden. Er war noch verschlossen, ein dicker, weißer Umschlag mit dem Namen des Chief Inspector darauf, geschrieben in einer klaren, senkrechten Handschrift. Drayton hatte nicht nur gutes Papier benutzt, sondern auch Tinte, keinen Kugelschreiber. Wexford wußte ja, er liebte die guten Dinge des Lebens, die besten und schönsten... Und doch konnte sie einem zuviel bedeuten, die Schönheit, konnte verführen und vergiften!

Wexford verstand das wohl, aber sein Verständnis würde ihn nicht hindern, die Kündigung anzunehmen. Er dankte nur dem Himmel, daß alles gerade noch rechtzeitig ans Licht gekommen war. Noch ein Tag länger, und er hätte Drayton gefragt, ob er Lust hätte, mit einer Gruppe junger Leute, die Sheila zusammengetrommelt hatte, ins Theater nach Chichester zu fahren. Ein einziger Tag länger...

Anita Margolis hatte einen Hauch Parfümduft zurückgelassen, CHANT D'ARÔMES, analysierte Wexfords Nase mit größter Treffsicherheit; kein Labortest kam da mit. Ein Hauch von Frivolität, teuer, unbedenklich – ganz wie sie selbst. Er machte das Fenster auf, um ihn vor dem Gespräch mit dem jungen Mann hinauszulassen.

Drayton kam fünf Minuten vor der verabredeten Zeit. Er fand Wexford am Boden kniend, wo er zerbrochenes Glas einsammelte. Nicht, daß der junge Mann ihn in dieser wenig würdevollen Situation überrascht hätte. Wexford hatte, als er sich zu dieser Arbeit hinkniete, alles besser gefunden, als hin und her zu stolzieren wie der große Vorgesetzte, bloß weil ein grüner Junge von Assistent sich zum Narren gemacht hatte.

«Ich sehe, Sie wollen kündigen?» meinte er. «Ich glaube, das ist wohl auch das Klügste.»

Draytons Gesicht schien fast unverändert, vielleicht ein wenig blasser als sonst. Vier rote Flecken markierten sich auf jeder Wange, aber die Fingernägel des Mädchens waren zu kurz gewesen, um die Haut zu zerreißen. Sein Gesichtsausdruck war weder trotzig noch unterwürfig. Wexford hatte wenigstens eine gewisse Verlegenheit erwartet. Auch ein heftiger, lange zurückgestauter Gefühlsausbruch hätte ihn nicht verwundert. Aber vielleicht kam das noch. Im Moment jedenfalls hatte er es mit einer eisernen Selbstkontrolle zu tun, die schon fast wie Gelassenheit wirkte.

«Schauen Sie, Drayton», sagte er schweratmend, «niemand nimmt ja an, Sie hätten diesem Mädchen tatsächlich irgendwelche Versprechungen gemacht. Aber die ganze Sache… na ja, die stinkt ein bißchen, und das ist nun mal eine Tatsache.»

Das knappe, verhaltene Lächeln hätte ebensogut die Reaktion auf einen dürftigen Witz sein können. «Stinkt nach Korruption, wollten Sie sagen», erwiderte Drayton, und sein Ton war noch kälter als sein Lächeln. Wie der sprichwörtliche Duft der Rosen, vor denen jeder Urteilsspruch versagt, hing ein Rest des französischen Parfüms zwischen ihnen und schützte ihn davor, sich zum Richter aufzuwerfen.

«Ich fürchte einfach, jeder von uns muß über jeden Zweifel erhaben sein.» Was gab es auch sonst zu sagen? Wexford dachte an den pompösen Sermon, den er sich im Geiste zurechtgelegt hatte, und es schüttelte ihn innerlich. «Menschenskind, Mark!» platzte er heraus, erhob sich zu seiner vollen Größe, ging um den Schreibtisch herum und blieb vor Drayton stehen. «Warum haben Sie denn bloß meinen Wink nicht befolgt, als ich Ihnen riet, sie in Ruhe zu lassen! Sie kannten sie doch, sie hat doch mit Ihnen gesprochen! Konnten Sie denn nicht zwei und zwei zusammenziehen? Dieses Alibi, das sie Kirkpatrick gegeben hat – und wir dachten, er hätte sie bestochen –, das war doch ein Alibi für sie *selbst*! Es war acht, als sie ihn gesehen hat, nicht halb zehn.»

Drayton nickte langsam, mit zusammengepreßten Lippen.

Glassplitter knirschten unter Wexfords Schuhen. «Sie war auf dem Weg zu Rubys Haus, als sie ihn sah, und Anstey war bei ihr, bloß Kirkpatrick hat es nicht bemerkt. Grover hat uns gesagt, sie sei am Dienstag nachmittag weg gewesen; einkaufen, hat er gesagt. Aber da hat sie die Wäsche weggebracht, am Nachmittag, nicht am Abend.»

«Ich hatte mir schon so was gedacht», murmelte Drayton.

«Und dann haben Sie kein Wort gesagt?»

«Es war mehr so eine Art Unbehagen, das Gefühl, daß da was nicht stimmt.»

Wexford knirschte mit den Zähnen und kochte innerlich vor Wut. Schließlich war das zum Teil seine eigene Dummheit gewesen, denn auch, wenn ihm Draytons Liebesaffäre zuwider gewesen war, so hatte er sich doch einer gewissen romantischen Gönnerhaftigkeit schuldig gemacht.

«Da haben Sie nun weiß Gott wie lange bei den Grovers herumgeschnüffelt, und die ganze Zeit hat die Leiche des Burschen in der Garage gelegen! Sie kannten sie doch, Mann, Sie kannten sie verdammt gut...» Seine Stimme schwoll, und er war sich bewußt, daß er alles daransetzte, wenigstens einen Funken von Emotion in diesem Drayton zu entfachen. «Waren Sie denn nicht mal neugierig, zu erfahren, wer ihr Exfreund war? Die Leute hatten vier Wochen lang einen Untermieter, einen kleinen, dunklen Mann. Und der verschwand ausgerechnet am Abend vor dem Mord. Hätten Sie uns das nicht erzählen können?»

«Ich habe es nicht gewußt», erwiderte Drayton leise. «Ich wollte es auch nicht wissen.»

«Sie *müssen* so was aber wissen wollen, Mark», sagte Wexford müde. «Das ist die erste Spielregel.» Er hatte vergessen, wie das war, verliebt zu sein, aber er erinnerte sich an ein erleuchtetes Fenster, an ein Mädchen, das sich hinauslehnte, und an einen Mann, der unten im Schatten stand. Es brachte ihn zur Verzweiflung, zu wissen, daß Leidenschaft und Schmerz nebeneinander existieren, daß sie im Innern eines Mannes wüten konnten, ohne auf seinem Gesicht erkennbar zu werden. «Ich würde von hier weggehen», sagte er, «gleich, auf der Stelle. Besteht ja kein Anlaß für Sie, vor Gericht zu erscheinen. Sie werden das alles vergessen, mein Junge. Glauben Sie mir.»

«Was hat sie getan?» fragte Drayton sehr ruhig.

«Anstey hat ihr das Messer an die Kehle gehalten. Er verließ sich wie immer darauf, daß seine eigene Unwiderstehlichkeit und die Angst ein Mädchen stillhalten ließe. Nun, sie tat es nicht. Sie riß es ihm weg und stieß es ihm in die Lunge.»

«War er schon tot, als sie nach Hause kamen?»

«Ich weiß es nicht. Ich glaube, sie weiß es auch nicht. Vielleicht werden wir es nie erfahren. Sie ließ ihn einfach liegen und rannte hinauf zu ihrem Vater. Und am nächsten Tag brachte sie es nicht fertig, wieder hinzugehen. Ich kann das verstehen. Irgendwann würde der Zeitpunkt kommen, wo ihr Vater den Wagen nehmen und wo man Anstey finden würde. Und solange das nicht geschah, hoffte sie auf ein Wunder. *Sie* sollten ihr helfen, ihn wegzuschaffen, aber wir waren schneller.»

«Sie hatte die Wagenschlüssel schon für mich bereitgelegt.» Er blickte zu Boden, und seine Stimme war kaum mehr als ein Flüstern.

«Ja, wir kamen eine halbe Stunde zu früh, Drayton.»

Der Junge warf den Kopf in die Höhe. «Ich hätte es *nie* getan!»

«Auch nicht, wenn es zum letzten gekommen wäre? Nein, Sie hätten es nicht getan.» Wexford mußte sich räuspern. «Was werden Sie jetzt tun?»

«Ich komme schon zurecht», versetzte Drayton. Er ging zur Tür, und eine Glasscherbe zerbröselte unter seinem Schuh. «Ihre Glasfigur ist zerbrochen», sagte er höflich, «das tut mir aber leid.»

Unten im Vorraum zog er seinen Dufflecoat an und streifte die Kapuze über den Kopf. So angetan, und mit der schwarzen Haarlocke, die ihm in die Stirn fiel, sah er aus wie ein mittelalterlicher Knappe, der seinen Ritter verloren und seinen Kreuzzug verlassen hat. Nachdem er Sergeant Camb, der nichts weiter wußte, als daß der junge Drayton irgendwie in der Bredouille saß, einen guten Abend gewünscht hatte, trat er hinaus auf die feuchte, windige Straße und machte sich auf den Weg zu seiner Unterkunft. Durch einen kleinen Umweg hätte er vermeiden können, an Grovers Laden vorüber zu müssen, aber er tat es nicht. Das Haus lag dunkel und verlassen da, als seien sie allesamt fortgezogen, und in der Einfahrt waren die Steine naß und schlüpfrig wie auf dem Grunde einer Höhle.

Zwei Monate, drei, ein Jahr vielleicht, und das Schlimmste würde vorüber sein. Von jeher starben die Menschen, wurden von Würmern gefressen – aber nicht aus Liebe... Die Welt war voller Jobs und voller Mädchen. Er würde sich beides suchen, und es würde ihm sehr helfen. Die Narzissen in dem schäbigen Blumenladen waren von köstlicher, unberührter Frische. Immer wenn er etwas Schönes in häßlicher Umgebung sah, würde er an sie denken müssen.

Aber mit der Zeit kommt man über alles hinweg. Er wünschte nur, er würde sich nicht so entsetzlich elend und zugleich so entsetzlich jung fühlen. Es war vierzehn Jahre her, seit ihm genauso zumute gewesen war, damals, als seine Mutter starb. Und damals hatte er auch zum letztenmal geweint.

In der Reihe rororo thriller liegen von Ruth Rendell vor: Dämon hinter Spitzenstores (Nr. 2677), Durch das Tor zum Himmlischen Frieden (Nr. 2684), Der Pakt (Nr. 2709), Flucht ist kein Entkommen (Nr. 2712), Die Masken der Mütter (Nr. 2723), Alles Liebe vom Tod (Nr. 2731), Die Grausamkeit der Raben (Nr. 2741), Der Tod fällt aus dem Rahmen (Nr. 2754), Die Verblendeten (Nr. 2763), Die neue Freundin (Nr. 2778), Mord ist ein schweres Erbe (Nr. 2789), In blinder Panik (Nr. 2798), Das geheime Haus des Todes (Nr. 2814), Der Liebe böser Engel (Nr. 2830), Mord am Polterabend (Nr. 2848), Die Tote im falschen Grab (Nr. 2874), Phantom in Rot (Nr. 2875), Schuld verjährt nicht (Nr. 2878), Mord ist des Rätsels Lösung (Nr. 2899), Der Kuß der Schlange (Nr. 2934), Sprich nicht mit Fremden (Nr. 2869), Mancher Traum hat kein Erwachen (Nr. 2879), Die Wege des Bösen (Nr. 2984), Durch Gewalt und List (Nr. 2989) und Der gefallene Vorhang (Nr. 3009) im Wunderlich Verlag erschien: «Die Verschleierte».

Ruth Rendell

«Mich fasziniert jedesmal wieder, wie leise-harmlos die Romane von **Ruth Rendell** beginnen, wie verständlich und normal die ersten Schritte sind, mit denen die Figuren ins Verhängnis laufen. Ruth Rendells liebevoll-ironisch geschilderten Vorstadt-Idyllen sind mit einer unterschwelligen Spannung gefüllt, die atemlos macht.»
Hansjörg Martin

Eine Auswahl der thriller von Ruth Rendell:

Dämon hinter Spitzenstores
(thriller 2677)
Ausgezeichnet mit dem Gold Dagger 1975, dem begehrtesten internationalen Krimi-Preis.

Der Pakt
(thriller 2709)
Pup ist sechzehn und möchte seine Stiefmutter loswerden. Aus dem Spiel mit der Schwarzen Magie wird tödlicher Ernst...

Flucht ist kein Entkommen
(thriller 2712)
«...ein sanfter, trauriger Thriller. Mit einer Pointe wie ein Feuerwerk.»
Frankfurter Rundschau

Die Grausamkeit der Raben
(thriller 2741)
«...wieder ein Psychothriller der Sonderklasse.»
Cosmopolitan

Der Kuß der Schlange
(thriller 2934)

Die Masken der Mütter
(thriller 2723)
Ausgezeichnet mit dem Silver Dagger 1984.

3017/2

rororo thriller

Durch Gewalt und List
(thriller 2989)

Ein Wolf auf die Schlachtbank
(thriller 2996)
Mord ist des Rätsels Lösung
(thriller 2899)

In blinder Panik
(thriller 2798)
«Ruth Rendell hat sich mit diesem Krimi selbst übertroffen: die Meisterin der Spannung ist nie spannender zu lesen gewesen.»
Frankfurter Rundschau

Die Tote im falschen Grab
(thriller 2874)

Mancher Traum hat kein Erwachen
(thriller 2879)

«Ruth Rendell - die beste Kriminalschriftstellerin in Großbritannien.»
Observer Magazine

Paula Gosling

«Es sieht so aus, als seien zur Zeit die besten Krimi-Autoren weiblichen Geschlechts. **Paula Gosling** zu versäumen, wäre ein Fehler für Krimi-Fans.»
Frankfurter Rundschau

Ein echtes Gaunerstück
(thriller 2939)
Wahrscheinlich hätte die schöne Ariadne noch ein paar fröhliche Jahre vor sich gehabt, mit einem Mann, der sie anbetete und einer liebevollen Stieftochter - wenn sie nicht im unpassendem Moment gelacht hätte...
«Ein spannender und amüsanter Krimi für Strandkorb-Tage.»
Frankfurter Rundschau

Tod auf dem Campus
(thriller 2858)
Professor Aiken Adamson war ein gehässiges, hinterhältiges Ekel. So hat Lieutenant Stryker beim Motiv ein Dutzend Verdächtiger, beim Alibi aber keine - zunächst jedenfalls...
«Bildung schützt vor Dummheit nicht - zum Vorteil des Lesers, der in genußvoller Spanung gehalten wird, wenn Selbstüberschätzung die Wissenschaftler zu verhängnisvollen Begegnungen mit dem Täter führt, wenn überraschend akademische Fassaden bröckeln und aus der wütenden Gegenerschaft zwischen dem Polizisten und einer Verdächtigen eine Liebesgeschichte entsteht.»
FAZ

Der Polizistenkiller
(thriller 2971)
In Grantham versetzt eine

Mordserie Polizisten in Panik. Drei Kollegen sind schon tot, aus dem Hinterhalt erschossen. Den ersten Tip gibt kein Informant, sondern der Polizeicomputer...

Blut auf den Steinen
(thriller 2826)
Wychford ist ein kleines verträumtes Städtchen am Ufer des Flusses Purle - bis grausame Frauenmorde die Idylle zerstören.

rororo thriller

3007/2

Christine Grän

«Anna Marx, 35, tizianrot und rubensdick ist das ausgekochte Phantasiegeschöpf der Bonner Journalistin **Christine Grän**, die ihre Krimiheldin als sinnenfrohe Gerechtigkeitsfanatikerin gegen die sattsam bekannte lakonische Melancholie alter Krimihaudegen antreten läßt.» Neue Presse Hannover

Ein Brand ist schnell gelegt...
(thriller 2901)
Anna, Klatschspaltenjournalistin aus Bonn, begleitet ein Fernsehteam auf die Philippinen. Als in der Nacht die Guerilla das Dorf überfällt und Hannibal Matzke ums Leben kommt, ist das Bild von der paradiesischen Idylle endgültig zerstört. Und Anna weiß noch gar nicht, daß sie einem tödlichen Komplott auf der Spur ist...

Weiße sterben selten in Samyana
(thriller 2777)
Die Frau eines deutschen Entwicklungshelfers wird in Samyana ermordert. Anna Marx soll einen farbigen Bericht schreiben, am Tatort recherchiert. Aber je mehr sie erfährt, desto geheimnisvoller wird der Fall...
«Vergnüglich plaudernd begleitet Christine Grän ihre Heldin auf Mördersuche, läßt die Liebe nicht zu kurz kommen und sorgt an den richtigen Stellen für einen Schuß Spannung.» Hamburger Abendblatt

Dead is beautiful
(thriller 2944)
Peter Münzenberg ist nicht der Mann, der sich seine Politikerkarriere von einer

Frau zerstören läßt. Als er mit unzweideutigen Fotos erpreßt wird, soll Anna Marx ihm helfen. Sie hätte lieber nicht zusagen sollen. Erst ein Frontalangriff auf ihre Linie, dann auf ihr Leben...

Nur eine läßliche Sünde
(thriller 2865)
Ein rotzfrecher Teenager zwingt ihre Mutter, den rechtmäßigen Vater um Geld anzugehen. Dem paßt die Sache überhaupt nicht in den Kram - er ist nämlich Bonner Politiker auf der höchsten Ebene. Ein gefundenes Fressen für Anna Marx...

Ein mörderischer Urlaub *Stories*
(thriller 2950)

rororo thriller

3008/1

Crime Ladies

«Frauen morden einfach besser.»
Bild am Sonntag

Patricia Highsmith
Venedig kann sehr kalt sein
(thriller 2202)
Peggy, jung, hübsch, verträumt, liegt eines Morgens tot in der Badewanne. Niemand zweifelt, daß sie sich selbst die Schlagader aufgeschnitten hat. Nur für den Vater ist klar: der Ehemann muß schuldig sein... «Unter den Großen der Kriminalliteratur ist Patricia Highsmith die edelste.»
Die Zeit

Linda Barnes
Carlotta steigt ein
(thriller 2917)
Eine neue Privatdeketivin gibt es zu bewundern: Carlotta Carlyle, rothaarig, Ex-Cop, Ex-Ehefrau und erster weiblicher Privat Eye in Boston.
Carlotta fängt Schlangen
(thriller 2959)

Nancy Livingston
Ihr Auftritt, Mr.Pringle!
(thriller 2904)
«Wer treffenden, sarkastischen, teils tief eingeschwärzten Humor und exzentrische Milieus schätzt, kommt mit Privatdetektiv G.D.H.Pringle, einem pensionierten Steuerbeamten, der die Kunst liebt, ganz auf seine Kosten.»
Westdeutscher Rundfunk

Anne D.LeClaire
Die Ehre der Väter
(thriller 2902)
Herr, leite mich in Deiner Gerechtigkeit
(thriller 2783)

3022/2

rororo thriller

Jen Green (Hg.)
Morgen Bring ich Ihn um! *Ladies in Crime I - Stories*
(thriller 2962)
Diese Anthologie von sechzehn Kriminalgeschichten von Amanda Cross über Sarah Paretsky bis Barbara Wilson zeigt in Stil und Humor die breite schriftstellerische Palette der Autorinnen.

Jutta Schwarz (Hg.)
Je eher, desto tot *Ladies in Crime II - Stories*
(thriller 3027)

Irene Rodrian
Schlaf Bübchen, schlaf
(thriller 2935)
«Böse, bedrückend, typisch deutsch.»
Schädelspalter, Nürnberg

«Es liegt in der Tradition des Kriminalromans, daß Frauen bessere Morde erfinden. Das ist schon seit Agatha Christie so. Aber warum? Diese Frage kann einen wirklich um den Schlaf bringen!»
Milena Moser in «Annabelle»

Serientäter

Jo Bannister
Selbstmord wider Willen
(thriller 2894)
Clio Rees kann es nicht fassen: Luke Shaw hat sich getötet. Selbstmord meint die Polizei, aber Clio hat Zweifel...

Robert Brack
Die siebte Hölle
(thriller 2941)
Oldtimer bringen´s besser als Bücher, meint der bankrotte Buchhändler Jercy Pacula, und überführt zwei Limousinen nach Lissabon...
Schwere Kaliber
(thriller 2967)

Frank Göhre
Der Tod des Samurai
(thriller 2832)
Letzte Station vor Einbruch der Dunkelheit
(thriller 2795)
Es ist Ende der 50er Jahre. Am Baggersee wird ein totes junges Mädchen gefunden und für Kommissar Peter Gottschalk ist es der erste eigene Mordfall...
Der Tanz des Skorpions
(thriller 3025)

Daniel Pennac
Im Paradies der Ungeheuer
(thriller 2922)
Wenn nette alte Damen schießen...
(thriller 2921)
Königin Zabos Sündenbock
(thriller 3003)

Daniel Pennac/ Jean-Bernard Pouy/ Patrick Raynal
Machtspiele
(thriller 2961)
Die drei französischen Erfolgsautoren schrieben reihum je eines der 49 Kapitel.

3024/2a

rororo thriller

30 Jahre thriller Jubiläums-Lesebuch
(thriller 3030)
Dieser Jubiläumsband präsentiert einen opulenten Querschnitt durch die Geschichte der rororo thriller Reihe und bietet, wie könnte es anders sein, literarischen Nervenkitzel pur. Die Palette internationaler Autoren gleicht einem Who is Who der Kriminalliteratur.

Julian Symons
Entscheidung im Kreuzverhör
(thriller 2866)
Für die Partygäste ist die Sache klar: Solomon Grundy hat versucht, die junge Frau zu vergewaltigen. Als sie ein paar Tage später aufgefunden wird, gibt es nur einen Verdächtigen....
Der 31.Februar
(thriller 2871)

Paco Ignacio Taibo II
Das bizarre Leben
(thriller 2940)
Comeback für einen Toten
(thriller 3019)